ANDREY KURKOV
Diary of an Invasion

侵略日記

アンドレイ・クルコフ

福間恵 訳

集英社

侵略日記

DIARY OF AN INVASION

by Andrey Kurkov

目次

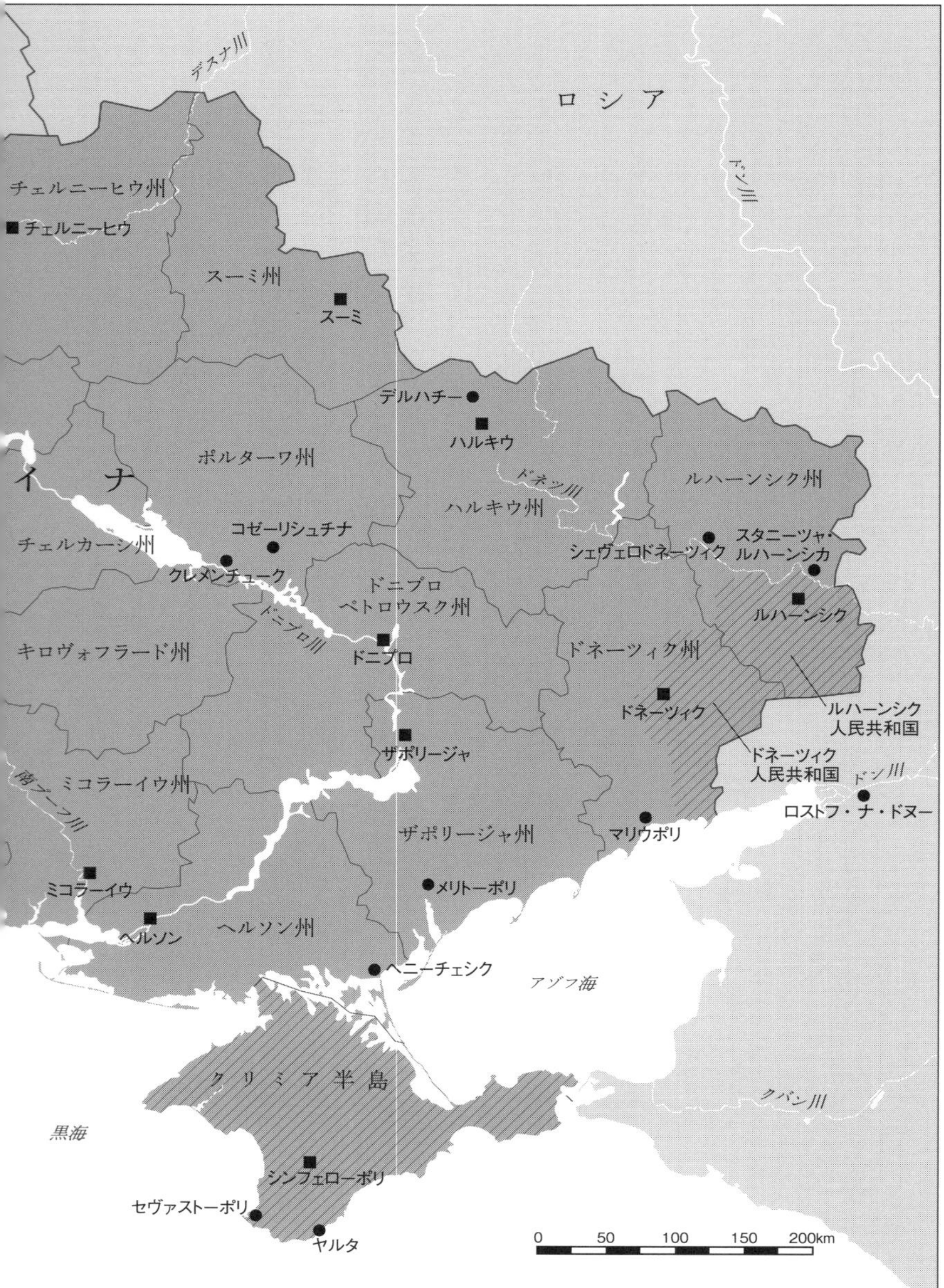

デスナ川
ロシア
ドン川
チェルニーヒウ州
チェルニーヒウ
スーミ州
スーミ
デルハチー
ハルキウ
ポルタ－ワ州
イナ
ドネツ川
ルハーンシク州
ハルキウ州
コゼーリシュチナ
チェルカーシ州
クレメンチューク
シェヴェロドネーツィク
スタニーツャ・ルハーンシカ
ドニプロペトロウスク州
ルハーンシク
ドニプロ川
ドニプロ
キロヴォフラード州
ドネーツィク州
ドネーツィク
ルハーンシク人民共和国
ザポリージャ
ドネーツィク人民共和国
南ブーフ川
ミコラーイウ州
ドン川
ロストフ・ナ・ドヌー
マリウポリ
ザポリージャ州
メリトーポリ
ミコラーイウ
ヘルソン
ヘルソン州
ヘニーチェシク
アゾフ海
クリミア半島
クバン川
黒海
シンフェローポリ
セヴァストーポリ
ヤルタ
0 50 100 150 200km

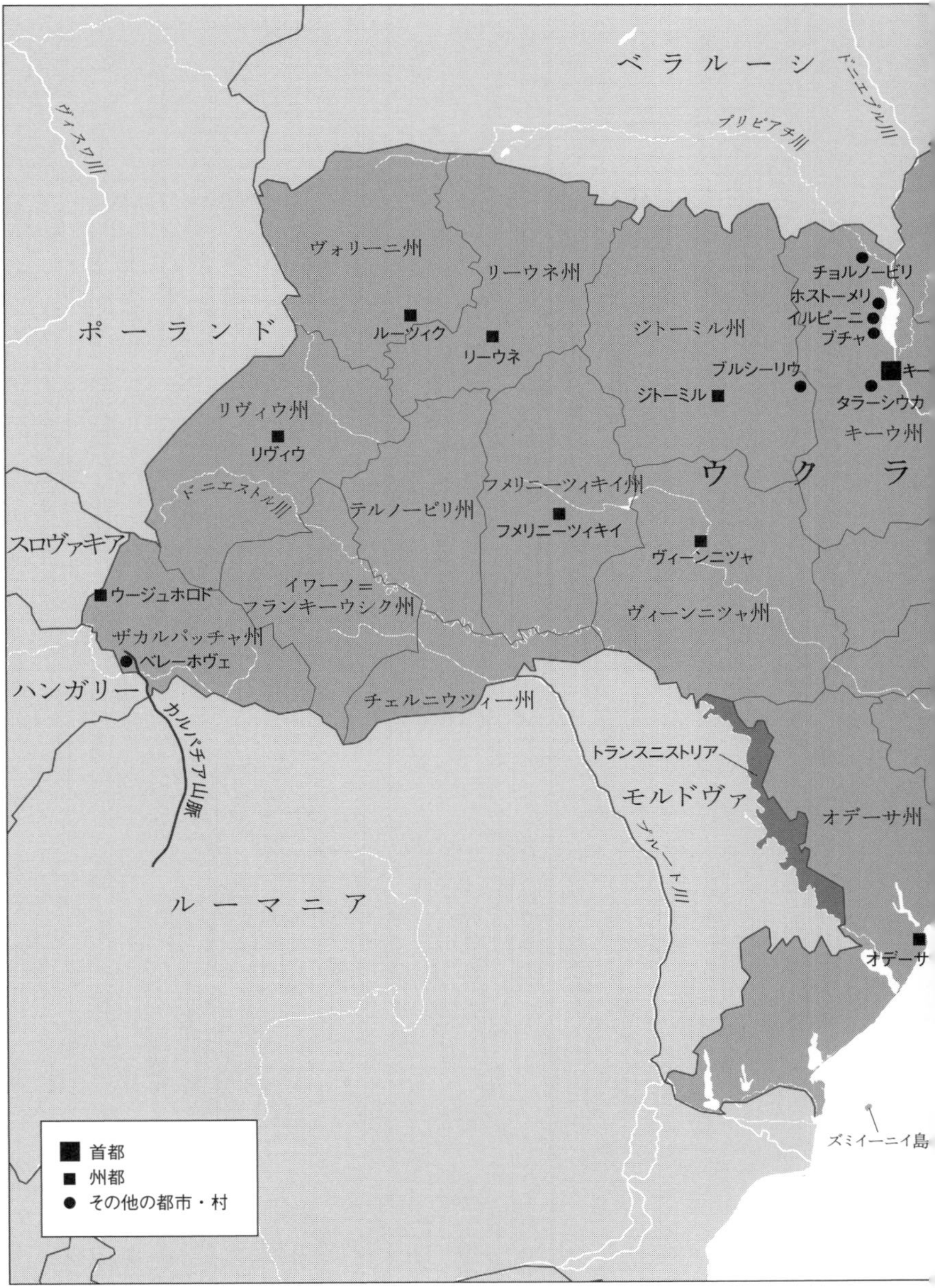
ベラルーシ
ドニエプル川
プリピアチ川
ヴィスワ川
ポーランド
ヴォリーニ州
リーウネ州
ルーツィク
リーウネ
ジトーミル州
チョルノービリ
ホストーメリ
イルピーニ
ブチャ
ブルシーリウ
キー
ジトーミル
タラーシウカ
キーウ州
リヴィウ州
リヴィウ
ウクラ
ドニエストル川
フメリニーツィキイ州
テルノーピリ州
フメリニーツィキイ
ヴィーンニツャ
スロヴァキア
イワーノ＝
フランキーウシク州
ウージュホロド
ヴィーンニツャ州
ザカルパッチャ州
ベレーホヴェ
ハンガリー
チェルニウツィー州
カルパチア山脈
トランスニストリア
モルドヴァ
オデーサ州
プルート川
ルーマニア
オデーサ
ズミイーニイ島
首都
州都
その他の都市・村

ウクライナ軍の兵士たちに

まえがき

二〇二二年二月二四日は、ほとんど何も書けなかった。キーウに響き渡ったロシアのミサイルの爆発音で目覚めた私は、自宅アパートメントの窓辺に一時間ほど立ち尽くして人気《ひとけ》のない街路を眺めやり、戦争が始まったと気づいたが、この新たな現実をまだ受け止められなかった。続く数日間もやはり何も書けなかった。車でまずはリヴィウに、それからカルパチア山脈をめざした移動は、果てしない渋滞で想像を絶する長旅になった。国内の他のあらゆる地域からの車の波が、西へ続く道という狭い漏斗めがけて押し寄せていた。誰もが戦争の暴力から家族を守るために逃げようとしていた。

ウージュホロドに到着し、友人宅に迎えられて、ようやく私は他人のデスクに向かい、パソコンを開いた――書くためではなく、これまで二か月間書いてきたメモや文章を読むためだ。その中に私は、この戦争の兆候を見つけようとしていた。予想よりもずっと多くのものが見つかった。

ウクライナはこれまで、世界的に第一級のチェスプレーヤーを輩出してきた。優れたプレーヤーは、何手も先を見越す。おそらくウクライナ人は、この能力を遺伝子の中に持ち合わせているのだろう。この国の激動の歴史を生き抜くために、人々は自国の未来と家族の未来を何年も先まで見越して計画を立てる必要に駆られてきたからだ。

劇的な経験をすると、未来を劇的に理解するようになる。だが、あたかも言い得て妙な小話のように、ウクライナの国民性はロシアのそれと違って、運命論とは無縁だ。ウクライナ人が落ち込むということは、まずあり得ない。ウクライナ人は困難な状況でも、勝利を求め、幸福を求め、生きのびることを求めるように、そして人生を愛するようにプログラミングされているのだ。

大災害や悲劇のさなかに、血みどろの軍事作戦のさなかに、努めて楽天的であろうとしたことはあるだろうか。私はそう心がけてきたし、今後もその姿勢を崩さないつもりだ。私は民族的にはロシア人で、ずっとキーウで暮らしてきた。私は自分の世界観に、行動や人生に対する態度に、一六世紀、まだウクライナがロシア帝国の一部になっていなかった時代の、ウクライナのコサックの世界観と行動の影響を感じる。当時、ウクライナの人にとって、自由は金《きん》より大切だった。あの時代が戻って来て、ウクライナ人にとって自由はまたもや金《きん》より大事なものになっている。

この戦争のせいで、私と私の家族は自宅から追いやられた。私は、強制的に移住させられた何百万ものウクライナ人のひとりとなった。だが、この同じ戦争が私に、ウクライナとウクライナの同胞をより良く理解する機会を与えた。私は数百人の人々と出会い、数百の物語を聞いた。以前はわからなかった、ウクライナについての事柄への洞察が与えられた。この悲劇の月日の間、ウクライナ人は自国と自国民についてたくさん学び、理解してきた。このような発見をするのに戦争は最適な時期ではないが、この戦争がなければ、こうした発見もできなかっただろう。

この日記は、今回の戦争が始まる二か月前に私が書いた文章から始まり、その後に戦争中の記録とエッセイが続く。これは私的な日記であり、この戦争についての私の個人的な歴史でもある。これは私の物語であり、私の友人たちの、知人たちの、見知らぬ人たちの物語であり、私の国の物語である。総合的には、これはロシアがウクライナを侵略した記録であるだけでなく、ロシアから押しつけられたこの戦争——と、独立国としてのウクライナを滅ぼそうとするロシアの企て——が、いかにウクライナのナショナル・アイデンティティ強化に寄与したかという記録でもある。この戦争はウクライナを、世界から見てよりわかりやすい国にした——ヨーロッパの一国家としてよりわかりやすい、より受け入れられやすい国にしたのである。

二〇二一年一二月二九日
デルタよ、さようなら！　こんにちは、オミクロン！

デルタよ、さようなら！　こんにちは、オミクロン！　これが新年を迎える前のウクライナのムードだと言えるだろうし、ヨーロッパも世界もたどる道は共通する。共通する価値観と敵は、地政学的孤立に対する最強の武器である。しかし、新年の国民のムードが、何か輝かしく混沌とした政治的決断でにぎわうのでなければ、ウクライナはウクライナたり得ないだろう。国家権力の「オーケストラ」、つまり内閣が、新しい法案を花火のごとく空に向かって打ち上げているので、誰もがその刺激的な光景を見上げて驚いている。

ウクライナの人たちというのは、何かしら語り合い、議論し、反対を唱える話題には全く事欠かないようにできている！　国防省が一八歳から六〇歳までの、ほぼすべての女性を兵役登録するという決定をしたとき、ロシアとの戦争の可能性についての話題が新たな活気を帯びてよみがえり、あらゆる家庭の台所に入り込んだ。どうやらこれが、ウクライナ人の戦争への恐怖心を再びかき立てる唯一の方法だったようだ。国民は既に、戦争を恐れることにもう飽き飽きしていたのだから。

二〇一四年、クリミア併合のさなかに、ロシアの軍隊が他国の領土で戦うことを認める議決をロシア連邦議会下院が行なったときにはぞっとしたものだ。以来、ドンバス地域では事実上、ウクライナとロシアの戦争が続いてきた。

だが、ドンバスにロシア軍がいるという証拠は別の形でも現れた。ひとりの兵士が麻薬の効いた状態で、おぼつかない足取りでウクライナ軍の敷地内に入り込んできた。この男はウクライナ保安庁の事情聴取に対し、上司のロシア軍将校たちからいじめられていると泣き言を言ったのである。

いうまでもなく、女性を兵役登録するとの国防省の発表に、ウクライナの男性たちは当惑している。そして女性たちもこれが気に入らず、特に、妊婦も幼い子を持つ母親も二〇二二年末までに登録されることになると明らかになってからはなおのこと。そのうえ、この期限までに登録を済ませられなかった女性には、かなりの罰金が科せられるという。要するにこの法案は、敵に対するウクライナ社会の新たな結束をもたらすどころか、この国の軍首脳部の能力について活発な議論を巻き起こしたのだ。

おそらくこうした論争のガス抜きのためだろうが、当局は別の法案で国民をさらに混乱させる決断をした。それは環境省が出した法案で、保護対象の天然資源に損害を与えた際の罰金増額である。その法令には各損害に対する罰金額がそれぞれ明記されており、普通のカエルを殺した場合(一匹当たり一四フリヴニャ)、無許可でキノコを採取した場合(キノコひとつ当たり七五フリヴニャ)、野生の木の実を違法採取した場合(一キログラム当たり一一五四フリヴニャ)、といった具合である。

女性の兵役登録に関する決定を擁護する人たちは、男性と対等に女性が兵役に就くイスラエルの例に即して議論する。保護対象のカエルやキノコ、木の実の件を擁護する人たちが、似たような戦術を取っていないのは残念なことだ——例えば、スイスの「キノコ警察」を引き合いに出すとか。「キノコ警察」は、森でキノコ狩りをした人の収穫高を量る権限と、その収穫高がスイスの法律で許可されている量を上回った場合に罰金を科す権限を有している。

概して私は、ウクライナにはイスラエルよりもスイスの例に倣ってほしいと思う。これが私の、自国に対する新年の願い。

ところで、私は振り返ってみて考える。二〇二一年から二〇二二年に切り替わってほしくないものは何だろうか。そう、もちろん以前からのガス料金と電気料金。だが経験上、新年にはいつもすべての価格が改まることがわかっている。だから現実的なところとして、キーウのコーヒー店のコーヒーの質は変わらないでほしいと願う。

フランス、イタリア、スペインのワインの品揃えが落ちてほしくはない一方で、ウクライナのベッサラビア産とザカルパッチャ産のワインが新年も引き続き、味と質で私たちを楽しませてくれるといいなと思う。それから、ウクライナのチーズ生産者と、おいしい農産物を作る小規模な職人気質の生産者たちの新たな成功も願いたい。ウクライナ人にとって、食物の味は非常に大事だ。おいしい食物があるからこそ、ウクライナ人は政治の現実に妥協できる。これが我々の歴史であり、精神性なのだ。

作家ゆえ、私は新年の喜びとは異なるものを伝えずにはいられない。小さいが注目を集めている「本のロビー団体」が、ワクチン接種を完了したウクライナ市民がもらえる一〇〇〇フリヴニャで買うことのできる対象商品・サービスに、書籍も加えるよう政府を説き伏せたことだ。この「Covid 1000」の事実上の小切手はおよそ八〇〇万枚が既に発行されており、ワクチン接種したウクライナの人々がネット書店に群がって、そのお金で文芸作品を買い求めた。ウクライナの出版社の半数は、このおかげで破産を免れて、そして新たな、いささか喜ばしい問題を抱えることにもなった。出版社は、絶版の本を至急増刷しなくてはならない。唯一の問題は、紙不足と印刷会社不足だ。これは問題であり、同時にインセンティブでもある。そのうえ、二〇二二年の国家予算に、ワクチン接種者への「Covid 1000」ギフト分が、もう一八〇億フリヴニャ組み込まれたのだ。まもなく、ワクチン接種したウクライナ人は未接種のウクライナ人より読書量が多い、と言っても差し支えないことになるだろう。

ということで、ワクチン接種者への報奨は二〇二二年も続くだろうし、マスク着用、入念に選んだオリガルヒに対する闘い、外国投資の保護の約束、そしてQRコード——公空を飛行したりレストランに入ったりする権利の裏付け——も同様に新年も続くだろう。

二〇二二年を存分に楽しもう。そして私たち全員に神のご加護がありますように!

二〇二二年一月三日
「戦争には触れないで!」

毎年一二月三一日の、年が明ける一〇分から一五分前に、ウクライナ大統領がテレビで国民に祝辞を述べる。このソ連時代の伝統は、他のいくつかのソ連の習慣や風習と同じくすんなりとウクライナに根づいた。二〇一五年までは、ウクライナの多くの人は、まずウラジーミル・プーチン大統領がロシア国民に向けて述べる祝辞を午後一〇時五〇分に聴いてから、その一時間後にウクライナ大統領の祝詞に耳を傾けていた。ドンバス地域での戦争勃発とクリミア併合の後、ウクライナのロシア系テレビチャンネルは閉鎖され、それに伴いプーチンの年頭の挨拶を聴くこともなくなった。以来、ウクライナ大統領だけが年越しの演説をする。二〇一八年に、最も人気のあるチャンネルのひとつでありウクライナの有力オリガルヒ、イーホル・コロモーイシキイがオーナーのテレビ局で、当時の大統領ポロシェンコの代わりに、テレビコメディアンのウォロディーミル・ゼレンスキーが国民に祝辞を述べたのも事実だ。彼は同時に、大統領選への出馬宣言もしたのだった。

今年は、かつてはウクライナ第五代大統領ペトロ・ポロシェンコが所有し、現在はそのテレビ記者たち自らが所有するチャンネルで、ポロシェンコが二〇二二年の始まりの直前にウクライナ国民への新年の祝辞を述べた。同テレビ局はその後、夜中の一二時直後にウォロディーミル・ゼレンスキーの祝辞を放映したのである。

放映されたゼレンスキーの年頭の挨拶は、二一分間に及んだ。誰もが忍耐強く最初から最後まで視聴するわけではないと承知している大統領府は、ウェブサイトに演説の全文を掲載した。大半は達成済みの事柄と未解決の問題についての報告だったが、この国で最も重要な職業を列挙する場面もあった。軍人、医師、教師、スポーツ選手、炭鉱労働者等々である。また、明らかにロシアに対するメッセージとして、大統領は「近隣の方々には、（ウォッカの）瓶と肉のゼリー寄せ持参でいらしていただきたい。武器持参で突撃してくるのではなく」との願望を述べた。戦争への言及はこれだけだった。ロシアがウクライナとの国境に、戦う気満々の大規模な部隊を配備し、兵站、野外病院、戦車やその他設備への燃料補給用可動式施設までも揃えている事実に、大統領は触れなかった。しかし、これはもう常識なのであり、ロシアによるウクライナへの軍事侵攻の可能性は、めでたい席上で好まれる話題では到底ないだろう。

ゼレンスキーの新年の演説は、その記録的な長さにもかかわらず、ここから鮮やかで印象的な引用句を取り出すことはできない。私が異議を唱えたい、というか、少なくとも賛成しかねる箇所がひとつだけある。それは「我々は、自国の問題を世界が解決してくれるのを待っているのではない」というフレーズだ。

ボリス・エリツィンは、ロシアとウクライナは一緒でなければ存立し得ないと信じて疑わない人だったが、こう発言したとして一時有名になった。「朝目覚めて、私は自分に問うた。お前はウクライナのために何をしたのか?」今、バイデン大統領とヨーロッパの多くの国のリーダーたちが、目覚めてこれと同じ思いをしていると私には思われる。バイデン大統領はこの二週間で、プーチンとの二度めの電話会談を行なった。会談のたびに、バイデン大統領はその後数日かけて考え、それからようやくウクライナ大統領に電話をして会談の内容と結果を伝える。一方、クロアチアは、ウクライナのEU加盟への展望に関する宣言に調印し、エストニア大統領はウクライナに武器支援をすると約束した。ドイツだけが、公にウクライナへの武器供与に反対している。ドイツ外相は、ウクライナに武器を売れば戦争の可能性が高まりかねない、と発言した。実のところ、ロシアとウクライナが戦争になったら、ロシア・ドイツ間の天然ガス・パイプライン「ノルドストリーム2」開通の可能性が遠のくし、ドイツは、そしておそらく他の西欧数か国も、そんな事態は是が非でも避けたいと思うだろう。

もちろん、ウクライナは北大西洋条約機構《NATO》に加盟招待されていないが、NATO諸国の兵器（対戦車ミサイルのジャベリンとトルコ製攻撃ドローンの両方）は既にウクライナに届いていて、前線に配備済みである。トルコと米国の両国は、ウクライナにいつでも武器を売る用意がある。トルコは、戦闘用ドローンの製造工場をキーウ近郊に建設する支援までしている。ロシアにはこんなドローンはない。トルコの攻撃ドローン「バイラクタル」が初めてドンバスの分離主義勢力に対して使用されて、ロシアはこのウクライナの攻撃に禁止兵器で反撃した直後、ウクライナが西側諸国の兵器を使って、分離主義勢力が占領したドンバス地域の一部を奪還する計画をしていると言い出した。この口実のもと、ロシアは国内全域から集めた戦車部隊と大砲をウクライナとの国境へ送り始めた。国民から正当な承認を得てはいないベラルーシの大統領ルカシェンコは、ロシア・ウクライナ戦争が起こった場合には、ベラルーシ軍はロシア側につく、とすぐさま声明を出した。ということは、戦線はウクライナの北東地域の国境全体に延び得る——三〇〇〇キロメートル以上になり得るわけだ。そしてこれは、ロシア軍艦が軍隊を上陸させることのできるアゾフ海に沿った、数百キロメートルに及ぶ海の国境線を含めていない数字だ。現在のドンバス地域における前線は、約四五〇キロメートルの長さである。

一方、キーウに五〇〇〇か所あるすべての防空壕の点検が行なわれ、警報や重要な公的発表用の市内アナウンス設備も同様に点検が済んだ。しかし、こうした動きのどれにも、市民は全くパニックを起こさない。「ロシアとは、もう八年も戦争状態にあるんだからね！」と誰かが言う。「プーチンは、西側諸国へのはったりと脅迫をずっと続けているのさ！」と別の者が言う。両者とも正しい。しかし、ロシアが西側諸国に、ウクライナに侵攻しないとの保証を拒んでいるのも事実だ。

ところが、キーウは動じないままである。レストランとカフェは満員。ピザとスシの配達員が、自転車で、原付バイクで、電動キックボードで、はたまた自らの足で、街路を疾走する。キーウ市民は大忙しで新年を祝っている。私が住んでいるキーウ旧市街の〈黄金の門〉は、世界で最も「クールな」都市部トップ一〇〇の一六位にランクインした。娘の友人はロンドンから、新年を祝うためにやってきたのだが、キーウとこの旧市街に惚れこんだ。自宅のある短い通りには、ひげを整え、ウィスキーも飲める理髪店が四軒あり、ワインバー三軒にカフェが六軒あって、地下フロアを備えた小さなフードコートも一か所ある。ここの地下はかつては水泳プールで、改装された今では、座ってカフェラテを飲める。私が暮らしている建物には、バー、カフェ併設の画廊、画材店、それに洋裁学校が入っている。年末の一〇日間で、我が家から通りを隔てた場所にある小さくて居心地のいい公立庭園が、市の予算からの支出で、クールな――コールド《寒い》ではなくて――コンクリートに覆われた、パーヴェル・シェレメトの名にちなんだ記念公園に変わった。パーヴェル・シェレメトはベラルーシのジャーナリストで、モスクワからウクライナへ逃れてきて近くの通りに住んでいたが、その路上で、二〇一六年七月二〇日に殺害された。下手人たちは彼の車の下に爆弾を仕掛けるだけで良かった。彼が家から車を発進させたとたん、爆発したのだった。

****

妻と私はこの爆発音を聞いた。夏の早朝のことで、ウクライナでは「ロシア・ウクライナ戦争」と呼ばれている、ドンバス地域での戦争が三年めに突入していた時期だったが、あれが私の人生で唯一の、キーウで聞いた爆発音だった。

　戦争勃発当初に分離主義勢力の砲撃で部分的に破壊された小さな町スタニーツャ・ルハーンシカに残っていた住民たちは、二〇一五年以来、多かれ少なかれ平穏に暮らしていた。だが実のところ、戦争前は人口一万二〇〇〇人だったこの町全体がちょうど境界線上にあり、すぐ向こうは分離主義勢力が占領するルハーンシクという状況下なのだ。そして昨年秋に、ここ六年で初めて、スタニーツャ・ルハーンシカの一般市民宅の屋根に再び砲弾が着弾した。これが起きたのは、ロシアがドンバス地域に、そしてウクライナとの国境に向けて戦車や大砲を備えた部隊を送り出すよりも前のことだ。

　ドンバスでは、交戦の激化と範囲拡大が常態化しているが、それでもいつもは、分離主義勢力とそれを指揮するロシアの指揮官が砲撃対象とするのは、ウクライナの軍事施設であって一般市民の住居ではない。

　前線の地域では、始まるかもしれない戦争についての考えはキーウのそれとは異なる。彼らは戦争を良く知っていて、それゆえ心底恐れている。二〇一九年の大統領選の際、ここの住民はウォロディーミル・ゼレンスキーに投票した。彼は、この地でのロシアとの戦争を一年以内に終わらせ、ウクライナに安定と繁栄を取り戻すと約束したのだ。ゼレンスキー大統領の任期三年めの年に、「大戦」は以前よりもずっと近づいているように思われる。

　とはいえ、大多数のウクライナ人は何に対しても――ロシアにも、新型コロナウイルス感染症にも（夏からは、ワクチンは幅広く入手可能となっているのに、大人の半数以下しか接種を受けていない）あまり恐がっていないらしい。世論調査から判断すると、ウクライナ市民が最も恐れているのは貧困である。だからこそ、一〇〇万人以上の市民がポーランドへ出稼ぎに行っているのだ。チェコ共和国、スペイン、ポルトガル、イタリアへの出稼ぎは、数十万人以上。働き者のウクライナの人々は、デンマークにまで出て行った。今やデンマークの農場で働くウクライナ国民は、数千人にのぼる。数百万のウクライナ人が外国で暮らし、稼ぎをウクライナに住む大事な人に定期的に送っている。ゼレンスキー政権は何度か、こうした送金への課税計画を発表している。何といっても、数十億ユーロの話だ。西ウクライナの半分が、外国にいる身内の稼ぎで生活している。そしてどうやら暮らし向きがとてもいい（し、日常的な爆撃からもはるかに遠い）ので、東ウクライナの住民は、伝統的にはロシアに出稼ぎに行っていたが、やはり行き先を西欧諸国に変えた。ロシアでは今、ウクライナからの出稼ぎ労働者が以前よりかなり減っている。そして親ロシア感情の砦である東ウクライナが西側を向き始めたのなら、これもまたロシアがいらつく理由となるわけだ。

＊＊＊＊＊＊＊＊

ウラジーミル・プーチンは、ドイツ人がロシア帝国を分割するために、一九一八年にウクライナをこしらえたと以前発言したことがあったが、昨年末に考えを変え、ウクライナはウラジーミル・レーニンが作ったものだと述べた。どうやら彼がこう言ったのは、ロシアはヨーロッパよりもウクライナに口出しする権利があると示すためだったようだ。ウクライナはロシア大統領の強迫観念であり、彼は夜も眠れないほど、目覚めている間も他のことを考えられないほどそれにとらわれている。彼の政治の同志たちがロシアのテレビで、キーウを爆撃するとか、ウクライナを三分割するとか、あるいは西ウクライナを除く全土を占領するとか、はたまたオデーサ市からトランスニストリアまでの沿岸地域を占領するとか、毎日そんな提案をしている。チェチェン共和国の首長ラムザン・カディロフは、自身がウクライナを占領し、チェチェンに併合する案を提示した。実際は、彼は後になって、プーチンに頼まれた場合に限りそうすると補足したのだった。

プーチンは、自国軍に攻撃を開始せよと命令するだろうか。これは二月初旬までにはっきりするだろう。少なくとも軍事と政治の専門家たちは期限についてそう提示している。それまでにはアメリカとロシアは三回会談を行ない、状況について議論し、両国関係の未来、そしてウクライナの未来について話し合っているはずだ。この会合には、ウクライナの代表は同席を求められないだろう。

「我々は、自国の問題を世界が解決してくれるのを待っているのではない」ゼレンスキー大統領は、年頭の挨拶でこう述べた。

私としてはそれを待っているし、むしろ当てにしているのである。

二〇二二年一月五日
「メリークリスマス!」

今年は、ホワイトクリスマスではない! 結構グレーがかっていて、ところどころ緑色のところまである――少なくとも、冬小麦が畑から芽を出しているジトーミル州《オーブラスチ》（原註：オーブラスチはおよそイギリスの州《カウンティ》に相当する）ブルシーリウの町周辺ではそうなのだ。

　それでも、ウクライナの人たちの気分は雪のときと同じで、嬉々としている。こんな気分で、子どもたちはたいていそり遊びに行くか、雪合戦をする。村では宵の口に、どの家に若い家族が住んでいるかわかる。三〇メートルとか五〇メートルもの長さの電飾が一般的になり、普段は暗い通りの家々の正面もその電飾に照らされている。多くの家庭が中庭のモミの木に飾り付けをし、常緑樹がない家ではりんごやなしの木にクリスマスの飾り付けを施している。

　ウクライナの祝祭シーズンはひと月続く。一二月一九日の聖ニコラウスの日から一月一九日の神現祭までだ。ひと月まるまる祝うには、うらやましがられるほど健康でなくてはならない。そこまで頑健でない人は、ほんの二週間に短縮してお祝いする。ヨーロッパのクリスマスから正教会のクリスマスまで、つまり一二月二五日から一月七日までだ。実のところ、熱烈な信者にとっては、正教会のクリスマス準備には四〇日間の精進が含まれる。まず、勇気のいることだが、肉もアルコールも抜きでひと月以上を過ごす。そして一月六日のクリスマス・イヴは、食卓に肉を使わない料理を一二皿並べて、空に一番星が出るのを待つ。ウクライナ人は生まれに関係なく、つまりどの宗派か、どの国で生まれたかには関係なく、節制を熱烈に支持するタイプではない。大晦日に、どうして精進料理で済ませることなどできようか？　肉のゼリー寄せ、肉と野菜をマヨネーズであえたオリヴィエ・サラダ、それにシャンパンもなしだなんて！　だからクリスマスは、冬の唯一無二のお祭りというより、祝祭シーズンという山々の最高峰であると言う方が適切だ。

クリスマスには家の掃除はしてはいけないし、頼まれた手伝いを断ってはいけないし、狩猟や魚釣りもしてはいけない。こうした決まりがちゃんと実行されているか目を光らせるのは、伝統的には主婦の役割で、夫たちは何もわかっていない。そして、クリスマスの食卓で、いつもは厳格な主婦が寛大なことに、夫がウォッカやワインを多少飲むのを許すが、それは何もクリスマスの日に夫が酔っぱらうのを大目に見ることにするというわけではない。誰にも狩猟や魚釣りに行く気を起こさせないための、確実な方法にすぎないのだ。

新年とクリスマスのお祝いには、以前からずっと、大きな違いがあった。新年は騒がしく、大人数で集まり、花火やシャンパンがつきものだ。クリスマスは静かに家族で過ごす時間である。だが政治的弾圧の犠牲になったのは、どちらも同じだ。一九一五年に、皇帝ニコライ二世が、「ドイツの悪しき影響」だとして新年を祝うのを禁止した。この皇帝を退位させたボリシェヴィキは、「クリスマスツリー祝祭日」の復活を認め、この祝日に「クラスナヤ・ヨルカ（赤いクリスマスツリー）」という新名称まで与えた。まさにこの「クラスナヤ・ヨルカ」祭のために、ウラジーミル・レーニンは一九一九年の一月六日に、モスクワからソコーリニキ村にいる子どもたちに会いに向かった。このとき、レーニンとその護衛は、当時名うてのモスクワの盗賊ヤーコフ・コシェーリコフに襲われた。レーニンは、ブローニング銃も所持金も車までも奪われたが、それでも何とかソコーリニキにいる子どもたちのもとへたどり着いた。当時の農家の子どもたちにとっては、新年の祝日はエキゾチックで、外国のものといった感じだった。その点クリスマスの方が、親しみがあった。もしレーニンが子どもに会いに行くのが正教のクリスマス・イヴである一月六日ではなく大晦日だったら、ボリシェヴィキの計画がクリスマスの祝いを新年と取り換えることだとすぐに明白になっただろう。

もしロシアで、クリスマスおよび宗教的祝祭日全般を撤廃するボリシェヴィキの闘いが多かれ少なかれ成功していたら、一九一七年の革命と第一次世界大戦の終結により、ウクライナでの国家解放運動に新たな勢いが生じたことだろう。独立国ウクライナを望む気持ちは、クリスマスをはじめとする民俗伝統復活への強力な動機づけとなっていた。ウクライナ人作曲家でキーウ大学の講師だったミコーラ・レオントーヴィチは、古いウクライナのクリスマス祝歌《キャロル》「シュチェードリク」を二〇年もかけて編曲に編曲を重ねた。一九一九年一月にキーウで、ウクライナ人民共和国政府の要請に基づき、ウクライナ共和国合唱隊が誕生したのだが、その目的はヨーロッパをはじめとする世界にウクライナの音楽と文化を知ってもらうためだった。「シュチェードリク」は、この合唱隊の大ヒット曲となった。一九一九年三月にはヨーロッパツアーを実施。一九二二年九月、この合唱隊の指揮者であり設立者でもあったオレクサンドル・コーシツィが、合唱隊員数名とポーランドを出発してアメリカツアーに向かったが、彼らは行ったきり帰って来なかった。

一九二二年一〇月五日、ウクライナのクリスマス祝歌「シュチェードリク」のアメリカ初演奏が、ニューヨークのカーネギーホールで行なわれた。この英語版である「キャロル・オブ・ザ・ベルズ」は、一九三六年三月にニューヨークのマディソン・スクエア・ガーデンで初めて演奏された。このときの指揮者は、ウクライナ系アメリカ人のピーター・ウィルハウスキー。彼がこのクリスマス祝歌の英語の歌詞を書いたのだ。これが、ウクライナのキャロルがクリスマスシーズンの世界的なヒット曲となった経緯である。この楽曲の歴史と、オレクサンドル・コーシツィ率いるウクライナ合唱隊の永遠なるアメリカツアーの物語は、研究者で作家のティーナ・ペレスーニコがフルブライト客員研究員プログラムの研究テーマとして、一冊の本にまとめることになっている。個人的に、私はこれを読むのが大変楽しみだ。二〇二三年のクリスマスにはうってつけの贈り物となるだろう！

この本が出版されるまでは、「シュチェードリク」をYouTubeや他の動画配信プラットフォームで探して、ウクライナ語版でも英語版でも聴いてもらえたらと思う。この楽曲は、完璧なクリスマス・ムードを醸し出してくれるのだ。

二〇二二年一月一四日
ウクライナのテレビ番組　プロデューサーたちと俳優たち

ウクライナで一番高い山はカルパチア山脈にあり、ホヴェールラと呼ばれている。標高二〇六一メートル。だがウクライナで一番重要な山はキーウにあり、それは標高わずか一九五メートルのペチェールシクの丘だ。キーウのペチェールシク区は、それと同じ名前の丘の上にあって、ウクライナの政治的中心である。ここの一、二ブロック内に、内閣ビル、国会議事堂、大統領府その他数多くの重要な政府機関が存在する。これらすべての省庁や他の国家機関の中で、ペチェールシク区裁判所はもう二〇年以上、特別ひどい評判をほしいままにしてきた。この裁判所の判事のロディオーン・キリェーイェウが、ヴィークトル・ヤヌコーヴィチ政権から直々の命を受けて、二〇一一年一〇月にユーリヤ・ティモシェンコに対し、禁固七年と罰金一億五〇〇〇万ユーロを言い渡したのだ。罪状は、ロシアとの天然ガス合意書に調印してウクライナに損害を与えた由。ヴィークトル・ヤヌコーヴィチ元ウクライナ大統領は、ユーリヤ・ティモシェンコに恐れと憎しみというふたつの強い感情を抱いていた。ユーロマイダンの抗議活動が勝利に終わった後、ロディオーン・キリェーイェウ判事はウクライナから逃れてモスクワへ行き、現在はそこで弁護士として働いている。同時にヤヌコーヴィチも、彼の「私的」検事であるヴィークトル・プショーンカ検事総長と、その他数百名の役人、判事、軍首脳部と共にモスクワに逃亡した。だがペチェールシク区裁判所はそのまま残り、今度はまたもやウォロディーミル・ゼレンスキー現大統領と結びついている。

クリスマス・イヴの一月六日、ゼレンスキー大統領がカルパチア山脈でスキーをしている間に、ペチェールシク区裁判所は、ウクライナ第五代大統領だったペトロ・ポロシェンコの財産を差し押さえた。第六代大統領対第五代大統領の争いが顕在化してきている。ペトロ・ポロシェンコ本人に対する逮捕状も発行された。事実、この令状に自らサインをするのを避けたいがために、ウクライナの検事総長イリーナ・ヴェネティィークトワは丸一日休暇を取った。ポロシェンコの逮捕状は次長検事がサインをし、今後もその責任を負うことになる。ポロシェンコ自身はまだポーランドにいるが、一月後半に帰国すると断言している。ベテラン政治家のポロシェンコは、帰国しないことは罪を認めることだと理解している。今でもポロシェンコは反対勢力のリーダーであり、支持者が二番目に多い政党「欧州連帯」の党首である。だから、彼のやるべき仕事は、堂々たる帰国を果たし、自身の逮捕の可能性を政権復帰への政治闘争を進めるために利用することなのだ。表向きには、ポロシェンコは反逆罪に問われていて、より具体的に言うと、テロ組織への資金提供という罪である。この罪状は、発電用燃料が危機的に不足していた時期に、国内の発電所がドンバスの分離主義勢力から直接石炭を購入することを当時の大統領だった彼が承認した事実に基づいている。クリミア併合とドンバス地域での戦争勃発以来、ウクライナのほぼすべての炭鉱は、分離主義勢力が支配する地域に存在する形となった。その分離主義勢力の石炭は、前線で交戦状態が続く中、ロシアの領土を通過して列車で運ばれてきたのだった。

ポロシェンコの逮捕状が出たという話は、ユーリヤ・ティモシェンコの裁判と逮捕の話を思い出させる。とはいえ、両者にはわずかながら違いがある。去る二〇一一年、ティモシェンコを恐れ、嫌っていたのはヤヌコーヴィチただひとりだったが、一方ポロシェンコは、高い地位にある敵が同時に三人いる。ウォロディーミル・ゼレンスキー、オリガルヒのイーホル・コロモーイシキイ、そしてロシア連邦大統領ウラジーミル・プーチンである。プーチンは、ポロシェンコとの会談はおろか、電話会談さえ断固として拒否した。

二〇一五年から二〇一九年に駐米ウクライナ大使を務めたワレーリイ・チャーリイはインタビューに対し、ポロシェンコの逮捕はプーチンとゼレンスキーの会談を計画するうえでの、クレムリン側の条件のひとつだと示唆した。今のところ、ゼレンスキー大統領は、プーチンとの会談はもちろん、電話会談さえ計画できていない。しかし、ポロシェンコの逮捕もまだである。いずれにせよ、連続ドラマ「第五代大統領の迫害」の新エピソードは、まもなくウクライナの全テレビ局で放映されるだろう。

一方、ウクライナの人たちが現在、目を丸くして見守り、その進展をしきりに話題にしたがっているのが、カザフスタンでの出来事である。カザフスタンのデモは、ウクライナの革命精神を高めたし、最も急進的な「安楽椅子評論家」たちがカザフスタンのユーロマイダンを予想し、民主化が進んで、汚職撲滅につながるのではと口にし始めた。ところが、ロシアが素早く反応したため、この中央アジアの大国の勝利と輝かしい未来についての議論は軒並み失速した。カザフスタン大統領の要請により、ロシア・ベラルーシ・カザフスタン・アルメニア・キルギス・タジキスタンが加盟する集団安全保障条約機構の「平和維持軍」がカザフスタンに派遣され、これにより、最大都市アルマトイと首都アスタナで起こっていることを、誰もがより深刻に考えさせられる事態となっている。なぜウクライナはカザフの革命への支持をまだ公式表明しないのかという当局への苦情の声が、キーウでは既に数多く上がっている。ゼレンスキー大統領も首脳部のその他の議員たちも、この事件についてまだあまり発言していない。一方、ウクライナ国外ではほとんど知られていないイェウヘーニイ・シェフチェンコ国会議員は、カザフの首都へ赴き、ロシア軍の到着を待っていると述べた。彼には、トカエフ大統領がこの事態に収拾をつけられるとは思えないからだそうだ。シェフチェンコはゼレンスキーの「国民の僕」党員として国会入りしただけでなく、二〇一九年の大統領選でゼレンスキー候補の腹心だった。彼は、自身の親露・反米の見解を全然隠さなかった。昨年、ベラルーシのデモのさなかに、彼はミンスクへ行ってアレクサンドル・ルカシェンコの罪を許すようベラルーシ国民に訴えたため、ウクライナで悪名高い人物となった。ミンスクの大統領宮殿でルカシェンコと会談し、彼への支持を表明した。このシェフチェンコの行動に、ウクライナ国民とベラルーシ国民の多くが困惑した。ウクライナ社会では、的を射た疑問が投げかけられた。「誰が彼をルカシェンコのもとに派遣したのか？　彼が表明した支持は、一体誰のものなのか？　国会の代表なのか、それとも大統領の名代か？」シェフチェンコはすぐさま「国民の僕」の国会会派から除名され、同党は、ルカシェンコとの会談はシェフチェンコが自らの責任で企画したものだとの声明を出した。現在、彼は無所属・無会派の代議士であり、結果的に、この議員国際会議を提唱するグループのトップである彼は、カザフスタンとつながっていると判明した。

ウクライナには、こんな「親ロシア」のジェームズ・ボンド気取りが多すぎる。親露あるいは反米の見解を持つこと自体は犯罪ではない——何といっても、我々は民主主義の国なのだから。とはいえ、クリミア併合とドンバスでの戦争勃発の後にこうした考えを大っぴらに表明することは、厳密には礼儀にかなっているとは言えない。直近の支持率によれば、有権者の多くて二割がいまだに、ウクライナの親ロシア政党に投票するつもりだという。しかもロシア軍がウクライナ国境を固めているこの期に及んでも！

ところで、カザフスタンにロシア軍が登場したことで安堵した人も、ウクライナには一部存在する。彼らは、これでロシアはウクライナのことを忘れるだろう——少なくとも当面は、と考えたのだ。地政学に対して単純素朴なのも、ウクライナ社会を悩ますもうひとつの不幸だ。ロシア空挺部隊のカザフスタンへの派遣が開始されたまさにその日に、ロシア共産党は連邦議会下院に「ドネーツィク人民共和国」と「ルハーンシク人民共和国」を承認する法案を提出した。下院議員であり、ロシア連邦共産党中央委員会のメンバーでもあるカズベク・タイサエフは、この法案が承認されると確信していると発言し、南オセチアやアブハジア同様、占領地域であるウクライナのドンバス地域もまもなく正式にロシア支配地域となるだろうと述べた。

ウクライナのマスメディアは、このロシア下院のニュースにほとんど反応しなかった。伝統的な新年とクリスマスの休暇は、一二月一九日の聖ニコラウスの日から一月一九日の神現祭まで丸々ひと月続き、ロシア人もそうだがウクライナ人も、友人や家族を訪問し、楽しい宴会の準備をしたり、テレビを観たりする。この時期、ウクライナ人とロシア人の両方が観て楽しみ、幸せな気分になっていたのが、やがて大統領となるウォロディーミル・ゼレンスキーが二〇〇三年に設立した〈クヴァルタル九五〉制作の番組だった。現在、ロシア・ウクライナ戦線の両側の視聴者たちが、ウクライナとロシアの有名な俳優が出演する超人気テレビコメディ番組「仲人たち」の第七シーズンを楽しんでいる。二〇一七年にこのシリーズがウクライナで放映禁止になったのは、シリーズ主役のフョードル・ドブロンラーヴォフがクリミア併合への賛同を口にしたからだった。ドブロンラーヴォフとこのシリーズの他の出演俳優二名がウクライナ入国禁止処分となった。当時この番組のプロデューサーだったウォロディーミル・ゼレンスキーは、ウクライナ保安庁が下した禁止処分と決定を批判した。ゼレンスキーが二〇一九年五月に大統領に就任すると、ドブロンラーヴォフのウクライナ入国禁止は取り消され、この番組のウクライナのテレビ局での放映も解禁となった。

「仲人たち」の第七シーズンは、「中立地帯」のベラルーシで撮影された。ロシアでは、この番組はロシア第一チャンネルで放映されている。同テレビ局は反ウクライナのプロパガンダを流すので、ウクライナ国内ではこのチャンネルは放送が禁止されている。一方、ウクライナでこの番組を放映するのは1＋1テレビ局で、この局のオーナーは、オリガルヒのイーホル・コロモーイシキイだ。ロシア第一チャンネルは、このウクライナの番組の放映権を外国のエージェントから購入した。ウクライナでは、テレビ番組をロシアと直接取引することが禁じられている。

ウクライナとロシアの視聴者がテレビ画面の前で笑っている間に、米露間のウクライナをめぐる一連の会談の初回がジュネーヴで行なわれた。両者は以前表明した立場をもう一度明言した。アメリカかロシアが譲歩すると思っている人はごく少数だ。三回予定されているNATOとロシアの会談は、「外交交渉の期間」を長引かせ、起こり得る軍事行動を延期させることにしかならないように思われる。

一方ウクライナの首脳部は、またもやウクライナをめぐる交渉の席にウクライナの代表がいないことを懸念している。ウクライナ大統領府長官アンドリーイ・イェルマークは、ロシア側の交渉責任者である大統領府副長官ドミートリイ・コーザクと近いうちに会談する予定だと語った。彼はまた、北京五輪の期間中にプーチンとゼレンスキーの会談が実現するかもしれないと言った。このニュースにより、多くのウクライナ政治学者の間で懸念が広がった。結局、アメリカとヨーロッパ数か国は北京五輪に対する政治的ボイコットを表明し、したがってロシアとウクライナの大統領会談が実現したとしても、ロシアのシナリオ通りに進むに決まっている。ドイツやフランス、アメリカの代表が同席せずに行なわれるのならなおさらだ。これら西側諸国の参加なしでウクライナについてロシアと交渉することは、ウクライナの参加なしでロシアと西側の我が同盟国が交渉するよりもずっと危険なのである。

きっとウクライナ大統領もこのことを考えつつ、カルパチア山脈のウクライナ随一の山岳リゾートにして、最高峰ホヴェールラ山から三〇キロメートル離れたブコヴェーリで、スキーやスノーボードをしているに違いない。

二〇二二年一月一五日
ろうそくが灯る一月の夜

最近、最高風速二〇キロメートル近くの強風がウクライナ中で吹き荒れている。強風はたいてい天候を変え、送電線を切って停電にする。停電になるとたいていは、外の世界とのコミュニケーションが途絶えることになる。Wi-Fiもテレビもダメ、スマホを充電する手立てもない。残るはろうそくと本だけで、二〇〇年前と同じだ。当時がそうであったように、ろうそくは本よりも大事。しかも安い！

強風のせいでウクライナの何百もの村が停電になったあの夜、何十万とは言わないまでも多くのウクライナ人が食卓の引き出しやサイドボードをひっかき回してろうそくを探した。みんなの世界が、ろうそくに照らされた場所だけに縮んでしまった。強いられたロマンスがハイテクの現実に勝った。

風がもたらした暗闇に包まれたのは、私がキーウから六五キロメートル離れた、オブーヒウ地区のヘルマニーウカ村に住む友人を訪ねたときのことだ。このヘルマニーウカは、少なくとも一一世紀から存続している歴史的村落である。私たちは食卓を囲んで、ワインを飲みながら本の話をしていた。

以前にもまして、本は読むためにではなく語るためにあると私には思える。当然ながら、テレビ番組の方が本よりも語られる機会が多いが、話題としては本の方が楽しい。本の方がテレビよりも感動的だ。それに、もう一度言うが、本なら電気がなくても読める。電子書籍でない限り。

今回私たちが話題にした本は、ソ連時代に生まれた世代が学校のロシア文学の授業で読まされ、独立後のウクライナに生まれた世代も読んだし、読み続けているけれど、今は外国文学の範疇になっている作品だ。すなわち、ロシアの詩人にして作家のアレクサンドル・プーシキン（一七九九―一八三七）の韻文小説『エヴゲーニイ・オネーギン』である。

ろうそくの明かりが灯る食卓には、チャーミングな若い女性がふたり、ダーシャとカーチャ――どちらもドネーツィクからの避難民――と、ホストであるジュリエタとアリーがいた。この家の女主人であるジュリエタは、アフリカ系ウクライナ人である。父親がアフリカ出身で、ソ連に留学生としてやってきた。卒業すると彼は母国へ帰ったが、娘とその母親をキーウに残していった。ジュリエタの夫アリー・ファン・デル・エントはオランダ人で、有名なスラヴ学者、出版者、翻訳者である。彼は二年前に、ジュリエタと一緒に暮らすためにウクライナに移住した。アリーは多くのロシア詩人とウクライナ詩人の作品を翻訳し、ウクライナ文学で最も有名な大御所詩人リーナ・コステンコの作品も手がけているのだが、その彼が食卓の席で最初に『エヴゲーニイ・オネーギン』とプーシキンの話を切り出したのだった。

アリーは最近、出版社を通じてロシアから、この作品のオランダ語新訳版への助成金を受け取った。ロシアは今も、自国の古典文化のPRには費用を惜しまない。ロシアの偉大な文化的イメージが、すこぶる評判が悪く、好戦的な政治的イメージについて反論するための最適な論拠とみなされている。オランダでは、隣国のドイツやフランスよりも、ロシアのイメージはずっと悪い。数年にわたる調査の末に二〇二〇年三月から始まった裁判は今も続いている。アムステルダム発クアラルンプール行きのマレーシア航空一七便が、ドンバス地域上空でロシア製ミサイル〈ブーク〉に撃墜された、あの事件だ。

アレクサンドル・プーシキンの詩は、全作品が既にオランダ語に翻訳されている。『エヴゲーニイ・オネーギン』や『青銅の騎士』その他の一番最近の翻訳は、オランダで最も有名なロシア研究者に数えられるハンス・ボランドによるもので、彼は長い年月をかけてプーシキンのほぼ全作品の翻訳を進めた。二〇一三年にボランドの翻訳が発表されたときには、オランダ外相のフランス・ティメルマンスが「これはオランダの読者にとってきわめて大きな贈り物だ。そしてオランダ語にとってもきわめて大きな贈り物だ」と述べた。二〇一四年八月、ロシア文学の普及に尽力したとしてロシア政府がプーシキン・メダルを用意したが、ボランドはこう言って辞退した。「もし貴国の大統領が、その行動と考え方を私が嫌悪する今の大統領でなかったら、私はこの名誉を大変ありがたくお受けしたでしょう。彼は、この星の自由と平和に多大な脅威を与えています。願わくは近い将来、彼の『理想』が完全に潰されんことを。彼と私の間に、そして彼の名前とプーシキンの名前の間につながりを持つことなど不快極まりなく、耐え難いです」

プーシキンは、ウクライナで最も有名な詩人のタラス・シェフチェンコと同じく、生前は現在の用語を使えば反体制派で、政治犯だった。反君主制主義の風刺詩を書いたことで、皇帝はプーシキンを流刑に処し、キシナウやオデーサでイナゴ退治に従事させた。プーシキンが韻文小説『エヴゲーニイ・オネーギン』を書き始めたのがキシナウで、オデーサでも引き続きこの作品に取り組んだ。だからウクライナは、この小説のオランダ語新訳に取り組むのにきわめて合理的な場所と思われる。

古くからあるヘルマニーウカ村の、タラス・シェフチェンコ通りにある居心地の良い家で、『エヴゲーニイ・オネーギン』のオランダ語新訳作業は現在たけなわである。ウクライナの詩の翻訳も続いているが、こちらはウクライナ政府からの助成金や後援はない。アリー・ファン・デル・エントは、熱意だけを原動力にして仕事をしている。もしロシア政府がプーシキン・メダルを授与すると言っても、きっとアリーも辞退するに違いない。彼も、ハンス・ボランドと同じように、プーシキンを愛し、プーチンを嫌っている。そのうえ、彼は妻のジュリエタとウクライナをとても愛している――ロッテルダムのアパートメントを売って、ウクライナの村に一軒家を買うほどに！

私は、オランダやヨーロッパでのウクライナの詩の普及をプーシキンが「支えている」というこの奇妙な状況が気に入っている。

本についての私たちの会話は、食卓でグラスを手にしたまま、家の電気が再び点いた後も続いた。念のため、ろうそくは消さずにおいた。そうすれば、後でマッチを探す羽目にならずに済むから。

最近、ウクライナのマスメディアでは、人々は本について語ることを恐がる傾向があるようだ。1＋1テレビ局のニュースウェブサイトTSNに、新年の贈り物についての記事があり、家族や友人に本を贈るのはやめましょうと書かれていた。それどころか、そんなプレゼントをしたらひどい結果になる、とまで警告されていた。曰く、もし家庭内でいさかいや誤解を招きたくないのなら、夫への贈り物に本など選ばぬに越したことはない。そして妻に新年の贈り物として本をあげるのは、彼女の浮気の口実になりかねない、といった具合だ。付記すべきは、この助言をめぐってFacebook上で激論が交わされた結果、新年の贈り物についての記事からこの部分が削除されたこと。今ある記事では、本については何も言及されていない。

そして最後に、ヘルマニーウカ村にご注目いただきたい。ここには一九世紀建築の最も興味深い事例があり、美術館と、展示物が豊富な歴史博物館がある。一九一九年までここには大きなユダヤ人集落があり、嵐のような時代を経て、二度の血なまぐさい大虐殺《ポグロム》でその歴史は絶たれた。ポーランドとロシア帝国の国境は、かつてこの村の横を通っていた。一一世紀にはここに環濠集落があったのを、一九九〇年代後半にウクライナの考古学者たちが発掘した。またここで、一六六三年に「黎民評定」が開かれた。対立するふたつのコサックの党派、イワン・ヴィホーウシキイ将軍の側とユーリイ・フメリニーツィキイ将軍の側とがこの会議での協議を試みた。イワン・ヴィホーウシキイは親ポーランドの政治家、ユーリイ・フメリニーツィキイは親ロシアとみなされていた。この評定は流血沙汰に終わった。ウクライナの歴史でこの時点から始まる時代を、学校の歴史の教科書では「荒廃の時代」と呼んでいる。この内戦の時代は、現在のウクライナの領土におけるモスクワの政治的影響力を強めただけだった。

二〇二二年一月二一日「悪く思わないでくれ！」

私たちが親友のジュリエタとアリーを訪れた日、夜中の一二時頃になってドネーツィク出身のふたりの女性、ダーシャとカーチャがキーウに戻る用意を始めた。私はびっくりして言った。「夜のこんな時間に、タクシーをここに呼ぶなんてできるのかい？」それができるとわかった。ジュリエタはオブーヒウのあちこちの個人タクシーに電話をし、そのうちのひとりが、一〇〇〇フリヴニャ（約三三ユーロ）でキーウまでふたりを送り届けると返事をした。一時間でこの金額はかなり安い、と思われるかもしれない。だがウクライナでは、月の最低年金額が二五〇〇フリヴニャで、月額最低賃金は六五〇〇フリヴニャであることを念頭におく必要がある。だからタクシー運転手にとっては、ガソリン代に二五〇〇フリヴニャ使うとして、たとえ帰りは空車で戻らないといけないことを勘案しても、これは非常にいい稼ぎなのである。

翌日土曜の朝、私たちが帰宅するときも、突風はまだ止まず、道路からタクシーを吹き飛ばす勢いだった。私たちが後にした友人宅は、再び停電になった。キーウへの帰りの車中で、私たちはラジオを聴いていた。そのラジオ番組のホストは、ゼレンスキー大統領の最近のインタビューをからかっていた。大統領はそこで「ソ連にはプラスもマイナスもあった」と発言していたのだ。

続いての報道は、警察の高官が飲酒運転で逮捕された件だった。彼を逮捕した警官とのやりとりが録音されており、この違反者が警官に「同僚なら助け合わなくてはいけないだろ。そうじゃなかったら、我々はどうなるんだね？」と酔っ払った声で弁明しているのが聞こえた。妻と私が車で誰かの家に行くときは、そこで一晩泊まるのが習慣だ。訪ねて行っておきながら、おいしいワインを飲まないなんて、何の意味があるというのか？　悲しいかな、すべてのドライバーがこう考えるとは言えないのだ。いまだにウクライナでは酒酔い運転が多すぎるし、その数には酒酔い警官も含まれている。

その次のニュースはハッカーの件だった。前日、ウクライナの内閣やその他多くの政府機関のウェブサイトが、過去四年で最も大規模な攻撃を受けた。ロシアはすかさず、この攻撃とは何の関係もないと表明し、アメリカの複数の企業を攻撃したことで告訴されていた一四名のロシア人ハッカーを、合衆国当局の要請に応えて逮捕しさえした。

私はいったんキーウに戻ってから、ハルキウ出身の知人に会いに行った。ハルキウはロシアとの国境から三〇キロメートルに位置する、人口一〇〇万人規模の都市である。

「どう思う？」と彼は言った。「戦争になるんだろうか」

「ならないように願ってる」と私は答えた。

「そうなるだろうよ」彼は悲しげに言った。「だけど、ハルキウには来ないだろう。ハルキウが攻撃されることはないよ」

彼は続けてこう説明した。ロストフ・ナ・ドヌーの近くに集結しているロシアの部隊は、ドンバス地域の分離主義勢力と共にマリウポリを掌握しようと準備を進めており、たぶんそこを通ってクリミアへの回廊地帯を作ろうとしているのだろう。ヴォロネジ近くに集まっている部隊も、狙いはドンバス地域とハルキウ州東部だろうし、ブリャンスク近くに集まっている部隊は、キーウからほど近いチェルニーヒウとスーミを狙っているのだろう、と。

あのカフェのコーヒーはいつもは素晴らしいのだが、この会話のせいで、実にひどく苦味のあるものに感じられた。

帰宅して、Facebookを見ていったん戦争を忘れることにした。ウクライナ人の投稿は常に、戦争より猫にまつわるものが多い。私の予想は正しかったが、学校給食をめぐる白熱した議論に、やはり首を突っ込んでしまった。二〇二二年一月一日に、ウクライナで学校給食の極端な改革が始まることがわかった。菓子パン、ソーセージ、クリームケーキ、砂糖と塩が、その他長々としたおいしいものリストと共に禁止された。この改革の立案者は、テレビで非常に有名なシェフのイェウヘーン・クロポテーンコである。学校給食改革という難しい仕事を精神面で支えたのが、オレーナ・ゼレンシカだった。彼女は、夫のウォロディーミル・ゼレンスキー、現ウクライナ大統領が設立したコメディ制作会社〈クヴァルタル九五〉の脚本家である。

ウクライナの社会は、Facebook上でもその外でも、今や真っ二つに分断されている。片方はこの学校給食改革を支持し、もう片方は毒づいている、というか、うちの子どもは新しいヘルシーな給食を食べたがらないし、以前の、ヘルシーさには欠けるけど人気のある食べ物に戻してほしいと言っている、などと書き込む。一六〇種類の料理から成る新しい学校メニューは、そのすべてのレシピと共に健康省と教育省のウェブサイトで閲覧可能だ——そのサイトがハッカーによって麻痺状態にされていない限りは、という話だが。

クロポテーンコは、幼稚園と職業学校のメニュー刷新を終えようとしているところだ。彼の他の計画には、料理学校のカリキュラム変更も含まれている。彼の活動範囲は驚くほど広範で、しかも好ましいことに、彼は自分への反感に非常に寛容だ。ご批判のすべては私が今、手がけている仕事になお一層精進するための助けとなります、と、さらりと言ってのけている。補足しなくてはならないのは、このウクライナ国内の学校給食改革以前は、生徒たちは一九五六年にソ連で認可された基準・分量・レシピに従った給食を食べさせられていたということだ。だからおそらく、テレビの有名人たる彼らから、幾分良いものがもたらされているはずである。

二週間の休暇を楽しんだ後、この国は次第に現実に戻りつつある。ヘルマニーウカでの夕食の席で、ドネーツィクからの避難女性ふたりは、今住んでいるキーウの近くで地域防衛隊の訓練コースに参加していると言った。そこで軍隊式の応急手当と民兵の戦法の訓練を受けているのだ。攻撃が始まった場合には、応戦の用意はできているという。二〇二二年一月一日から、変わったのは学校給食だけではない。この国の防衛システムも変わったのだ。この日からウクライナの地域防衛隊が本格稼働に入った。二〇二一年五月に、新法によって既に、その分遣隊の規模が一万一千人までに引き上げられていた。

今話題にしているのは、自分の村や町、都市を守るために武器を使って戦う意思のある義勇兵のことだ。安全・防衛・情報問題を担当するフョードル・ヴェニスラーフスキイ国会議員は、二月までには地域防衛隊の全隊員に武器が行き渡り、交戦が始まった際の守備位置の通知もなされるだろうと述べた。ロシアとの国境に住む地域防衛隊員たちは、既に武器を受け取っていて、いつでも使えるようになっているはずである。これと同時に、クレムリンは、極東ロシアからウクライナ国境に向けてイスカンデルの移送を開始した。最長五〇〇キロメートル離れた敵地の標的を破壊する能力のあるミサイルシステムだ。

この地政学的対立は、長らくウクライナ国境で火花を散らしてきたが、ひと月以内に発火点に達すると言っても差し支えないだろう。私は、ロシアがウクライナ国境からあっさりと自国軍を撤退させることはない、と既にはっきりと悟っている。NATOとの実りのない交渉は、わずかな成果も達成されずに終わった。ロシアはウクライナへの軍事攻撃がNATOの面子を潰すことになると信じて、賭けの度合いを高め続けるだろう。結局、ウクライナで何らかの戦闘行為が始まれば、NATOは三歩下がって、何が起こっているのか見守るだけだろう。ウラジーミル・プーチンにとっては、NATOの面子を潰すことの方が、ウクライナからもう一口食いちぎることよりもずっと重要なのだ。おそらくプーチンはウクライナに、後になって、戦争が終わってから謝罪さえするだろう。彼はこう言うのだろう。「悪く思わないでくれ！」——アメリカのギャング映画で、ときにマフィアが相手を殺す前に言う科白だ。

二〇二二年一月二八日
ウイルスと戦争の間

火曜日、私は村の小さな別宅で一日か二日過ごすため、キーウを出発した。いつも通り、この旅にはふたつの目的があった。静かな中で仕事をすることと、ボイラーがちゃんと動くかを確認することだ。この冬は天気が気まぐれだ。一週間に一度、摂氏マイナス一二度あたりまで下がり、それから〇度に戻る。こんな天気だから、暖房をつけっぱなしにする必要があるし、当然ながらガス料金をいつでも払えるようにしておかなくてはいけない。あるいはボイラーを切って、パイプとラジエーターから水を抜き、春まで家を閉じておくか。

同じ日の夜、長男が電話をしてきて、コロナウイルスに感染したと言った。念のため、私はすぐにはキーウに戻らないことにした。私の「田舎」の仕事部屋は、隣家の庭が見渡せる。毎日、日に数度、ご隠居の隣人トーリクはタバコを吸いに門まで出てくる。彼は、道行く村の人に挨拶するのが好きだ。二、三分立ち話をする人もいる。彼は決して門の外には出ない――老いた脚がそうさせないのだ。私が出向いて、フェンス越しに話をすることもある。昨日私たちがしゃべっていると、通りのずっと先の行き止まりに住む村の仲間が通りかかった。「いいニュースだね！」が、彼のビジネスライクな挨携だった。「もうケースなしで猟銃を持ち歩いていいんだからさ！　内閣があの法律を承認したんだよ！　軍事的脅威があるからだって！」

「空気銃があったらなあ！」トーリクは夢見るような表情で応じた。「野良犬を追い払うのに使うんだけどな。あいつら本当にうるさいんだ！」

トーリクの庭には犬小屋が三つある。ふたつは飼い犬のドーリカとバロー用で、ひとつは二年前に亡くなった隣人が飼っていた赤毛の犬ピラート用だ。トーリクと彼の妻は、ピラートの飼い主が亡くなったときにこの犬を引き取ったのだが、今でも毎日ピラートは隣へと走って行き、元の家を守っていて、トーリクの庭に戻るのはごはんのときと夜寝るときだけだ。

「ポロシェンコのことは報道してないな！」というのが、緑色の金属フェンスにタバコの吸いさしを押しつけながらの、トーリクの別れぎわの言葉だった。杖にすっかり頼り切って、彼はゆっくりと家の玄関に続く道に向かった。

　この国の主なテレビ局でポロシェンコのことがほとんど話題になっていない事実に、私は驚かない。このことは、大統領府がポロシェンコを気にしていない、という意味ではない。全く逆なのだ！　彼は先週、野党連合のリーダーになるためにウクライナへの帰国を果たした。少なくとも、これが彼自身の帰国のシナリオだった。ところが、大統領府のシナリオによれば、帰国後即刑務所行き、たぶん保釈金は一〇億フリヴニャ（三七〇〇万ドル）。

　判事は丸三日経ってからポロシェンコを釈放し、保釈金は請求しなかった。ただし、彼のパスポートは取り上げられ、キーウ州外に出るのも禁じられている。これは明らかに大統領府の思惑とは違う結果であり、おそらくそれが理由で政治の専門家たちは、ゼレンスキー大統領が第五代大統領をもう一度獄中に追いやらんがために、新たな検事総長と調査チームを探している、と発言しているのだ。

実際、ポロシェンコはバラバラな野党を自分の周りにまとめ上げることに失敗したし、この試みはいつになっても成功しそうにない。他の野党のリーダーも有力政治家も、ゼレンスキーと確執のある彼への支持表明として、空港に出迎えに行くことさえしなかった。だが彼の党の支持者たちは、警察に阻止されずにウクライナ全国からやってきた。警察は当局からの指示に従い、彼らのバスが首都に入るのを阻止しようとはした。これと似たことが八年前にもあり、キーウからの指示で、警察はマイダンのデモに向かう人々が乗ったバスを止めようとした。あのときは当局の行動はより露骨で、より攻撃的だった――バスのタイヤをパンクさせ、活動家たちを殴って逮捕し、犯罪事件をでっち上げた。今回はそのような光景を見ることはなかった。

ロシアの政治家たちは何度も、ウクライナが内戦状態にあり、ロシア連邦と戦争しているわけではない、と主張している。もし何らかの内戦がウクライナ国内で続いているとするなら、それは十中八九、現大統領と前大統領との戦いだろう。こういう戦いはウクライナの政治家の一種の伝統となっていて、今回だけはこの政治的内戦は、ロシアがウクライナを相手に本物の戦争を準備しているという背景幕の前で進行しているのだ。そしてウクライナも、来るべきロシアの侵攻に準備をしているように見えるものの、現大統領にとってはポロシェンコとの戦いの方が今も優先度が高いのではなかろうか、と思えるときもある。

ポロシェンコ自身は、ロシアの侵攻に備えて全政治勢力に結集するよう求めた。しかし、反応は芳しくなかったようだ。ユーリヤ・ティモシェンコもアルセーニイ・ヤツェニュークも、ポロシェンコ率いる政党「欧州連帯」の既に強い立場をさらに強めたいとは思っていない。最近の世論調査では、「欧州連帯」はゼレンスキー率いる「国民の僕」党に追いついていて、追い抜いてさえいる結果のときもある。当然ながら、大統領府がこれに動揺しても致し方あるまい。

私の村では、おそらく他の村もそうだろうが、地元民は現政権を非難し、前政権については何も言わない。村では第六代と第五代の大統領の戦いについては誰も話題にしないのに、ウクライナに対するドイツの態度には声高に憤慨している。ドイツがウクライナへの武器供与を拒絶し、しかもドイツから購入した榴弾砲をエストニアがウクライナに供与することまで禁じたとして、ウクライナの政治家たちがドイツを批判する声明を出した後に、国内で反ドイツ感情が急速に高まった。

私がキーウとジトーミルの間にある家で隔離生活をしていた間、私の本を出版してくれているオレクサンドル・クラソヴィーツィキイもオデーサ出張の際に体調を崩した。オレクサンドルはウクライナ最大級の出版社フォリオのオーナーで、ノルウェーの作家ジョー・ネスボとアーラン・ルエの作品のウクライナ語版刊行も手がけている。コロナウイルス検査で、彼は陽性判定となった。オミクロンの強力な波が、今やウクライナ全土を覆っている。オレクサンドルはオデーサのホテルに閉じこもり、回復を待ちながら、この期間を利用して制作上のいくつかの問題をスマホで解決しようとしている。その最大のものは、ウクライナの出版業界を機能不全にさせている深刻な紙不足である。「Covid1000」のおかげでウクライナの出版業界は破滅の瀬戸際から引き返せたが、出版社には売るべき本が不足している。紙の価格が二〇〇パーセントも上昇したため、本の増刷も問題山積である。これだけ価格が高騰しても、市場にはまだ紙が出回っていない。

以前、ウクライナの出版社に供給していたフィンランドの製紙工場は、商用包装紙の生産に切り替えてしまった。これは無理からぬことではある。というのも数年前に、経済学者たちが、電子書籍の普及に伴い書籍の印刷用紙の需要が落ち込むだろうと予測していたからだ。ウクライナには製紙工場がたったふたつしかない。最大五〇〇〇トンの製紙能力があるが、ウクライナの出版社が必要とするのは六〇〇〇トン。ウクライナの書籍市場で繰り返される危機のせいで、ウクライナの出版業者が国際的な製紙市場で主要買付業者になったことは一度もない。

フォリオ社には自前の印刷所がある。場所はデルハチーという都市で、ハルキウとロシア・ウクライナ国境との間に位置しており、国境からわずか二五キロメートルの距離だ。オレクサンドルが充分な量の印刷用紙を見つけ、高額な新価格で仕入れ、印刷会社に納入することができるとしても、印刷所がその仕入れた印刷用紙もろともロシア軍に押収されないという保証があるだろうか。

「保証」は、近頃非常によく使われている言葉だ。ロシアはアメリカに対し、ウクライナがNATOに加盟しないことを保証する文書を要求している。ロシアは、ウクライナが引き続きロシアの影響圏に留まることを保証せよ、との要求に文書で答えるよう、アメリカに求めてきた。ロシアはウクライナを侵略しないという保証を拒み、中国は台湾を侵略しないという保証を拒んでいる。どういうわけか世界地図上のこのふたつのホットスポット、ウクライナと台湾には関連があるように思われる。どちらの地域も、「旧宗主国」が、今は独立している国に対して権利を主張している。どちらのケースも、アメリカはその独立した国の側についている。ブルームバーグの最近の報道では、習近平はプーチン大統領に、北京五輪が終わるまではウクライナを攻撃しないよう依頼したという。これはつまり、北京五輪が終わるまでは台湾への攻撃もないということだ。だがオリンピックの後は、一体何が起こるのか。外国の領海で、ロシア軍と中国軍の「シンクロナイズドスイミング」？

「どうしてわかるんだい？」と私は訊いた。

この日の夕方、ご隠居の隣人トーリクはタバコを吸い終えると、戦争はないときっぱり断言した。

「奴は恐がってるぞ！　毎日、武器を積んだ飛行機がイギリスとアメリカからキーウに到着する様子がテレビで流れてるんだから！」

「その反対だよ！」と私は言った。「それで攻撃がなお一層早まりかねないんだよ。そうすれば、アメリカとイギリスがウクライナに武器を供給する時間的余裕がなくなるから」

トーリクは私と言い争いはしなかった。代わりに、家でコーヒーを飲もうと誘ってくれた。私は丁重に断った。夕方にコーヒーは飲まない。夜ちゃんと眠れるように。

寝る前に息子に電話すると、彼は気分が良くなったと言った。次にオデーサにいる出版社経営者の友人に電話をして、紙問題がどうなっているか訊ねた。「二トン分は見つけた！」との返事。「すぐに印刷所に届くはずだ。いつでも印刷できるイプセンの四巻ものがあってさ。二月には用意したいんだ」

北京五輪が終わるまでに、そのイプセンを印刷する時間があるのか訊きたかったが、やめておいた。コロナウイルスに感染している人にしては、彼の声は実に陽気すぎるほどだった。それに、なぜ訊く必要がある？　紙を見つけたなら、彼にはきっと、北京五輪が終わる二月二〇日までに本を印刷する時間があるだろう。それを印刷所から移送できるかどうかは別の問題だ。判断するにはまだ早すぎる。

現時点では、生活は今まで通りだ。ゼレンスキー大統領は工業都市ザポリージャで、ドニプロ川に架かる新たな橋を開通させた。私の親友の、詩人にして精神科医のボリス・ヘルソーンシキイが、シェフチェンコ国家賞の文学部門にノミネートされた。結果は三月九日に発表される。オデーサ州のセルゲイ・グリュネヴェーツキイ知事は、宇宙交通管制試験国立センター長のウラジーミル・プリシャージュニイと連名で、オデーサとミコラーイウの州境地帯の一画を、宇宙船基地建設地に選定したと発表した。

楽しみなことはたくさんあるし、ウクライナには輝く未来があると考える正当な根拠もたくさんある。宇宙飛行に関しては、ソヴィエト宇宙科学の父セルゲイ・コロリョフがウクライナ生まれなのがこの国の誇りだ。もっと言うと、彼が生まれたジトーミルは、私の村の家から七〇キロメートルも離れていない。

二〇二二年一月三〇日
自分の言葉を選ぶこと　ウクライナの言語問題

政治犯と連絡をとるときのルールをご存じだろうか。私は知っている。現在、クリミアのタタール人政治犯ナリマン・ジェリャルと連絡を取り合っているのだ。彼はクリミア併合に対する否定的な姿勢を隠したことがないが、仲間たちからは非常に穏健だとみなされている政治家である。彼が逮捕されたのは昨年九月、クリミアのウクライナへの返還を外交手段でめざす国際組織「クリミアン・プラットフォーム」の第一回会議に参加し、その開催場所のキーウから戻った後のことだった。ロシアの習慣では、プーチンの政治方針に異議のある者は麻薬か手榴弾を押しつけられて、麻薬取引かテロの罪で起訴される。ナリマン・ジェリャルも、既に逮捕された大多数のクリミア・タタール人と同じく、テロの罪で訴えられた。彼とアフメートウ兄弟は、地方の天然ガス・パイプラインを爆破しようとした――つまり、絶大なる影響力を持つロシア産天然ガスへの攻撃を企てた罪で告訴されている。

私がナリマン・ジェリャルに手紙を書くときは、紙にペンで書いたものを写真に撮り、WhatsApp経由で彼の妻レヴィザに送る。彼女はそれをプリントアウトし、弁護士を通じて刑務所にいる夫に渡す。彼が返事を書き、弁護士を通じて妻に送り、彼女はそれを写真に撮ってWhatsAppで私に送る。ウクライナからも他の国々からも、収監されているナリマン・ジェリャルに多くの人が手紙を書いている。そのすべてが彼に届くわけではない。というのも、大半の人は刑務所の住所に送っているからだ。その手紙は刑務所で開封され、どの手紙を彼に渡し、どの手紙を渡さないかが判断される。ロシアの刑務所の大原則は、手紙はロシア語のみで書かれていること。そうでなければ破棄され、間違いなく宛先の人物には届かない。これは、ロシアの刑務所にいる外国人にも適用され、ロシア語がわからない人物でも同じ。私はロシア語で書く。それが私の母語だ。ナリマンの母語はクリミア・タタール語だが、クリミアの全住民がそうであるように、彼もロシア語が流暢だ。

ロシアの望みはナリマンを二〇年間収監すること。どういうわけか、ロシアの裁判所はクリミア・

タタール人――そしてクリミア併合に異議を唱える者――への刑期をやたらと二〇年にしたがる。クリミア住民で最初にテロ罪に問われたのはオレーフ・センツォーウで、二〇一四年のことだった。彼もまた刑期二〇年が言い渡され、申し立てによるとその罪は、シンフェローポリのレーニン像爆破を企んだとの由。彼は五年服役し、その後ロシアとの囚人交換の対象者となった。

たぶんロシアの指導者は、二〇年経てば、クリミア併合のことを誰もが忘れるものと思い込んでいるのではないか。それとも、ロシアの法律に照らして判事が判決を下せる最長期間が二〇年なのだろうか。私はロシアの刑法を学んだことがないし、学ぶつもりもない。だが私は、釈放されるまでナリマン・ジェリャルを支援するつもりだ。一三〇人以上のクリミア・タタール人活動家が、現在ロシアの刑務所にいる。そしておそらくその数は、近いうちにさらに増えるだろう。

クリミアで起きていることを背景に、そのうえウクライナとの国境にロシア軍の兵士と装備が増強され続けている現実を背景に、ウクライナの有名テレビ・キャスター、スネジャーナ・エゴーロヴァがFacebookにこう投稿して国中に衝撃を与えた。「そう!!! 私はプーチンを支持します!!! それに私の信念を変えるつもりもありません。『ウクライナは分別を取り戻すときだ!!!』」同じ投稿で、彼女が閲覧者に観るように勧めたのは、米国にはロシアを崩壊させ、ウクライナを乗っ取る秘かな作戦があるとするロシアのプロパガンダ動画であり、YouTube上のその動画のリンクをシェアしたのだった。

この投稿のおかげで、スネジャーナ・エゴーロヴァが今はトルコに住んでいることがわかった。そこから彼女は、二時間ものの長談義を定期的にYouTubeにアップしている――現在のウクライナと、この国の選んだヨーロッパ志向が気に食わない人たち全員に向けて。彼女の動画の視聴者は、サンクトペテルブルク、ドネーツィク、サハリンにいる。オデーサやその他ウクライナの都市にもいるが、人数は少ない。彼女の親ロシア的な考え方は、かなり前から明白だった。去る二〇〇四年、彼女は大統領候補ヤヌコーヴィチ支援コンサートの司会者としてウクライナ全土を回った。二〇〇四年の選挙は、オレンジ革命に終わった。そして二〇一〇年に始まったヤヌコーヴィチ政権は、ユーロマイダンのデモと、クリミア併合、そしてドンバス戦争に終わった。

もしスネジャーナ・エゴーロヴァがこの先何年も忘れられずにいるとしたら、歌手で作家のアンティン・ムハールシキイとの離婚劇という文脈においてだけだろう。ふたりが別れたのは二〇一五年だったが、政治上の理由による芸能界での離婚としては、今でもウクライナ一有名だ。彼女の夫アンティンはユーロマイダン運動を支持し、日常生活での言語をロシア語からウクライナ語に切り替えた。スネジャーナは民族的にはウクライナ人だが、ロシア語話者の立場を変えず、ユーロマイダンの抗議活動を大っぴらに批判した。ロシアのマスメディアは、大喜びで彼女の言動の一部を報道した。例えば、マイダンのテントの中で、デモ参加者相手の売春婦に違法な中絶が行なわれているとした、根も葉もない彼女の主張を。

結果的に彼女がトルコに落ち着いたという事実に、私は全く驚かない。出国する前に、彼女は裁判所を通じて元夫の財産をほぼすべて確保した。アンティンは、外国旅行も自分の子どもたちと面会することも禁じられた。スネジャーナには子どもが五人いる。うち三人がムハールシキイの実子で、娘が一人と息子が二人。衆目を集めた裁判の間、多くのウクライナ市民が彼女の側についた。まず母親だし、それにテレビスターだから。今、大多数のウクライナ人にとって、トルコにいて、プーチンを愛せと説得を試みる彼女は裏切り者だ。

ムハールシキイの離婚と法的受難の物語は、ハッピーエンドを迎えた。二〇一四年七月、彼はウクライナ人歌手として初めて、ドンバスの塹壕同然の場所で、兵士への慰問コンサートを開催した。その後、ウクライナ語普及のための演芸プロジェクト「ゆるやかにウクライナ語へ」を企画した。そして現在は、新たに迎えた妻で美術史家のエリザヴェータ・ベーリスカヤが、ウクライナ語はロシア語よりもずっとセクシーであると証明しつつ、ベッドの中での親密な言語としてウクライナ語をPRする活動を積極的に行なっている。もちろん、このキャンペーンは夫も支援している。

ウクライナ語の方がロシア語よりセクシーだというこの考え方に、ロシア人があまりにも憤慨したので、ロシアの主要テレビ局のトーク番組でエリザヴェータ・ベーリスカヤの活動が議論されたほどだ。もしフランス語とかイタリア語の方がロシア語よりセクシーだと言うのなら、ロシアでそれに憤慨する人はいないに違いない。

ロシア語の話題は、メディアや政治の場から消えることはないだろう。なぜならロシアは、ロシア語話者全員を、ロシア人だけに限らず世界中のロシア語話者を守るつもりでいるのだから。もしあるロシア人がロシア語を話さなくなったら、その人はロシアの関心から外れることになる。ウクライナでは、ロシアはロシア語話者を保護しているとみなされている。この理由で、ウクライナ語話者の活動家たちは、ロシア語と（国内人口の約半数を占める）ロシア語話者のウクライナ人に対して非常に敵対的な態度をとっている。ロシアの刑務所からオレーフ・センツォーウを釈放することを熱心に主張したアンティン・ムハールシキイその人が、ウクライナ帰国後のセンツォーウ宛の公開書簡で、彼がまだ国際的な公開イベントなどで引き続きロシア語を話していることへの憤りを表明した。

言っておかねばならないが、ここ二年にわたって、センツォーウはウクライナ語と英語の両方をかなりよく身につけた。彼はFacebookにはウクライナ語で投稿し、公的な場ではウクライナ語を話している。もちろん日常生活では今もロシア語話者だが、日常生活というのは検閲が許されない、ことに言語的検閲は許されない私的空間である。

最近、最も有名なロシア語話者ウクライナ人の詩人であるアレクサンドル・カバノフがモスクワで二冊の本を出版した。彼はロシア語とウクライナ語の両方で本を出し、自らバイリンガル雑誌の編集もしている。その彼が、ロシアの情報ポータルサイトRevizor.ruによるこの新刊書についてのインタビューでこう発言した。「ウクライナでロシア語は迫害されていないなどと言ってる奴は、どいつもこいつもオツムが足りないか、ならず者かのどちらかだ」

いや、何もカバノフはプーチンを愛せと求めているわけではない。新しく独立した国家では避けようのない、言語学的・地政学的な変化についていけてないだけだ。ラトヴィア、エストニア、モルドヴァ、リトアニアでは、一部の国民にとってロシア語は日常生活の言語であり続け、そしてある程度は文化的言語でもあるが、これらの国々のロシア語話者は、大半が自国の言語も身につけている。いずれウクライナもそうなるだろう。割合で言うと、バルト海の国々よりもウクライナの方が、ロシア語話者率は高止まりしそうだ。というのも、ウクライナ国内のロシア語化は、他所よりもずっと強引だったからだ。一〇〇万人都市のハルキウは、一九一九年から一九三四年までウクライナ・ソヴィエト社会主義共和国の首都で、当時はほぼ一〇〇パーセントがウクライナ語話者だった。それが現在は、ほぼ一〇〇パーセントがロシア語話者なのだ。五〇年後にはどうなっているか、私にはわからない。これもまた、総勢一三万人のロシア語を話す軍隊がウクライナに攻撃を仕掛けるかどうかによる。そんな事態にならなければ、ロシア語優勢となった地域もいずれウクライナ語に戻るだろう。その場合、変化は非常にゆっくりで、多くのロシア語話者ウクライナ人も大して気づかない程度だろう。これは世代交代に合わせた変化になるはずだ。何といっても、もうウクライナの公立学校ではロシア語を教えず、ウクライナ語だけで授業をしているのだ。高等教育のレベルでは、英語を使っている専門学校や大学もいくつかある。

一方、ロシアの刑務所に収容されているウクライナ人の戦争捕虜と政治犯の、ウクライナ語話者である親、妻、子どもたちは、息子や夫にロシア語で手紙を書くことを強いられている。ときには下手なロシア語の手紙になることもある。だが、少なくともそういう場合は、愛する人に手紙が届く確率は高まるわけだ。

二〇二二年二月二日
歴史を作り変えること

多くの人にとって、だいぶ前から歴史は科学であることをやめており、文学の一部になっている。まさに小説と同じで、発表前に編集されるのだ。何かが加えられ、何かが削られ、何かが変更される。いくつかの考えは洗練され、良く練られ、いくつかの概念はより強調される一方で、控えめにされるものもある。

この編集の結果、見知った過去の出来事を構成する代わりに、新たな「打開策」が浮上し、出来事の意義が改変され、それが現在の出来事に与えた影響も変えられる。

一部の政治家は、自分のイデオロギーやイデオロギー的言説にうまくはまるように歴史を新バージョンに変更するのが大好きだ。

ときには、強調する部分の変更はきわめて無害に思われ、長期的な影響もないように見えることもある。ヴィークトル・ユーシチェンコ元大統領がククテニ・トリピッリャ文化（紀元前五五〇〇年までさかのぼる、今のウクライナとモルドヴァにあたる地域の新石器・金石併用時代の文化）を好んでいたのを思い出す。ウクライナ人はこの文化の承継者である、と彼は心から信じていた。アマチュアとプロの歴史家数名が、ククテニ・トリピッリャ文化があたかもウクライナ国家の発祥であるかのような本を書き始めた。同時に、この文化の遺跡を考古学者が発見したキーウ近郊の地に、初のククテニ・トリピッリャ文化の私立博物館が登場した。ユーシチェンコがウクライナの政界を去って以来、もう誰もククテニ・トリピッリャ文化と現代のウクライナに直接的な関係があるなどとは言わない。

他方、プーチン大統領は長年、現代生活に影響を及ぼすやり方で歴史を編集するのを好んでいる。対ファシズム・ソヴィエト戦勝七五周年記念に寄せた彼の論文が発表され、アメリカでも読まれた。

その論文を詳しく取り上げても意味がないが、現在の私たちの状況では、プーチン大統領が三〇〇〇キロメートルに及ぶウクライナの、ロシアおよびベラルーシとの国境を果てしない前線に変える準備をしているこの状況下では、その最後の段落を引用する価値はある。

「共通の歴史的記憶に基づいて、我々は相互に信頼し合うことができ、また信頼し合わなくてはならない。このことは、地球上の安定と安全を強化するための、そしてあらゆる国家の繁栄と安寧をめざすための実りある交渉と協調的行動に向けた確固たる基盤となるだろう。これが世界全体に対する、現在と未来の世代に対する我々共通の義務であり責任であるとするのは、何ら誇張ではない」

プーチンは、ウクライナを考案したのはウラジーミル・レーニンだと言うようになった。以前のバージョンのロシア史では、ウクライナを考案したのは第一次世界大戦終戦時のドイツ人だということになっていた。このバージョンは、ソ連時代でもソ連崩壊後のロシアでも好まれた。しかし今、私たちは現ロシア連邦大統領の言葉に注目する必要がある。

一九一七年の革命と皇帝の廃位を指揮するために、国外生活をしていたレーニンが秘かにロシアへ戻る手助けをしたのがドイツ人たちだった。彼は貴重品の貨物を装った、きっちりと閉ざされた鉄道貨車でドイツからロシアへ送られた。現在のロシアでは、レーニンは「外国のスパイ」とみなされるのが鉄則である。理論的には、赤の広場の彼の霊廟には「外国のスパイ、レーニン」と書かれるべきなのだ。

ロシア連邦における歴史の書き換えというか修正のパラドクスは笑えるけれども、ウクライナ国内でも、歴史は面倒な話題になりかねない。時折、客観主義の歴史学者と愛国主義の歴史学者の間で激論が交わされる。その一例が現在進行中の、ヤロスラーウ・フリツァークとウォロディーミル・ウヤトローヴィチの論争である。フリツァークは最近出た素晴らしいウクライナ史の本『過去を乗り越えて　ウクライナのグローバル史』の著者であり、ウヤトローヴィチは熱狂的な歴史学者で数多くの著書を出していて、「国民の記憶」研究所の元所長という人物。この議論の一番の争点は、記憶と歴史は選択的であり得るか？　という問題である。それは大いにあり得ることだ。実際、私たちはこの「選択的な」歴史に生きている。

最近、キーウのど真ん中の、黄金の門からほど近いブーランジェリー・カフェがあるビルの壁に、史跡銘板がお目見えした。その銘板には、一九一八〜一九二〇年の軍服を着たひとりの男が描かれている。名をミコーラ・クラソーウシキイという。銘板の記述によると、彼はウクライナ共和国軍の有力な情報将校で、一九〇〇年代前半にこの家に住んでいたそうだ。キーウ住民の九九・九パーセントにとって、彼の名前は何の意味もないし、ミコーラ・クラソーウシキイの名を知る稀有な人も大方は、彼が諜報活動に携わっていたことを知らない可能性が高い。

実際、クラソーウシキイの生涯の大半は、キーウとその周辺の最も扱いにくくて複雑な犯罪を解決した有名な刑事であった。ロシア帝国の歴史上最も有名な反ユダヤ事件であるメンデル・ベイリス事件の捜査にも加わっていた。この事件は、フランスのドレフュス事件ととてもよく似ている。メンデル・ベイリスは「マッツォ（ユダヤ教のペサハまたは過越《すぎこし》の祝いで食べられる発酵させないパン）を作るための血液」を手に入れる目的で、キーウの正教会信者の少年を生贄にした儀礼的殺人の罪で告訴された。このふたつの事件は、ヨーロッパとロシアのエリートたちにはびこっていた反ユダヤ的な考え方がいかに似通っていたかを表している。

クラソーウシキイは最初から、この儀礼的殺人という見方には否定的だった。彼はすぐに真犯人を見つけたのだが、それはユダヤ人ではなく地元の強盗たちだった。当局はユダヤ人犯行説を必要とした。クラソーウシキイはこの事件から外された。当局は、国から一五コペイカ横領したとして彼を刑務所送りにしようとさえしたのだった。

クラソーウシキイのベイリス事件への関与が、あの史跡銘板に書かれていないのは残念だ。キーウ警察に、「キーウの伝説的刑事、ミコーラ・クラソーウシキイ」と記した別の銘板を、この家に設置しないのかと問うべきかもしれない。ポーランドの歴史学者に、彼がポーランドのスパイとして働いたというデータを、彼の死亡日と場所共々、公文書館で確認してもらうように頼んでみるのもいいだろう。悲しいかな、ウクライナの歴史学者たちは、我が国の歴史上重要なこの人物の伝記的詳細さえつかめていないのだ。

二〇二二年二月一一日
ウクライナの戦場　街路、図書館、教会

先日、帰宅した妻が、近くのウラジーミルスカヤ通りで銃撃があり、誰かが殺された、と動揺した様子で言った。実際には何を目撃したのだろうか。ウクライナ保安庁の本部庁舎から一〇〇メートルのところに、大勢の警官と救急車二台が来ていて、血まみれの、非常に痩せた若い男性が、通貨取引所近くの舗道に横たわったまま動かない状態だった、と妻は言った。そして彼の横にいる男性が、マイクで何かを叫んでいた。「マイク?」私は驚いて言った。「ワイヤレスマイクとアンプが、彼の足元の舗道に置いてあった」と彼女は答えた。「たぶん抗議活動のパフォーマンスか何かじゃない?」と私は訊いた。「違う、道に倒れていた男性は絶対死んでたんだってば! そうでなければ、救急車で運ばれたはずでしょ!」

私はネットニュースを確認することにした。その時点で、暗号通貨取引所近くで自動小銃の発砲事件についての見出しがいくつか出ていた。三〇名ほどが絡む喧嘩が勃発したようで、その多くは迷彩服を着ており、そのうちのひとりが自動小銃を発砲したのだ。

一日程度経ち、事件の状況はもう少し見えてきたが、それほど完全ではなかった。警察はこの事件に関与した一四名を逮捕し、うち一一名を釈放して三名が引き続き拘留されている。逮捕された全員が愛国的組織のメンバーで、ドンバスでの戦闘を経験した退役軍人が数名含まれている。彼らがあの暗号通貨取引所でピケを張ろうとしたのは、今回が二度めだ。この退役軍人たちによれば、暗号通貨取引所を営む会社はドネーツィクとルハーンシクの分離主義勢力の活動に資金援助しているそうだ。同社自体はハルキウにあり、取引所を警備する会社もハルキウにある。逮捕された活動家たちは全員、合法的に登録した猟銃と銃弾を所持していた。自動小銃を所持していたのは、取引所から呼ばれた警備員たちだった。双方が空中に威嚇射撃をした。それがキーウの中心の、市警察本部とウクライナ保安庁本部庁舎の間で起きたので、大変なパニックになったのだ。銃弾で負傷した人はいなかったが、ふたりが怪我をして病院に運ばれた。私の妻が死んだと思い込んだ男がそのうちのひとりで、ドンバス戦争の退役軍人でジャーナリストのアレクセイ・セレデュークだと判明した。私はこの男に少し興味を持った。彼は「聖マリア」志願兵部隊の指揮官を務めていたとわかった。この部隊が解散したのは二〇一六年、志願兵は全員、ウクライナ軍に入隊するか、そうでなければ帰宅するよう国防省が促したときだ。彼は「鉄血親父《アイアン・ダッド》」という出版社のオーナーでもあり、自著『ある煽情家の告白』を自社で刊行した。要するに、彼は典型的なドンバス戦争の退役軍人ではない。というより、彼は「ロシア世界」に対する典型的な過激派闘士だ。

現在、ドンバス戦争から退役した軍人は、ウクライナ国内におよそ四〇万人いて、その数は着実に増えている。彼らの社会的な影響力が非常に強くなったので、二〇一八年末にウクライナ政府は退役軍人省の創設を余儀なくされた。

今も続くこの戦争の退役軍人たちは非常に活動的で、かつ団結がすこぶる固い。彼らの多くが事業を手がけ、経済的にもその他の面でも互いに支え合っている。犯罪者とギャングは退役軍人の会社との取引を避けようとする。武装して反抗してくるかもしれないとわかっているからだが、そうした事態に陥って、犯罪者側が勝った事件は今まで複数あったのだ。実際、合法ビジネスでは役割を見出せなかった退役軍人が、法の向こう側に出て行ったケースもある。それに、有罪判決を受けた犯罪者がかつてはウクライナのために戦っていたという話を、しばしば耳にすることはあるだろう。

キーウで一番有名な退役軍人の事業は、ピザチェーン店〈ピザ・ヴェテラーノ〉とその関連の街角コーヒースタンド〈コーヒー・ヴェテラーノ〉である。このピザチェーンの一店舗がキーウのど真ん中の、独立広場《マイダン》の近くにある。軍隊をテーマにした内装で、退役軍人たちに人気の店だ。彼らにとっては居心地よく感じられる、お気に入りの待ち合わせ場所なのだ。ワレーリイ・マールクスは、ドンバス戦争退役軍人の中で最も有名な作家だが、彼も時折ここを訪れる。彼の本はすべて戦争にまつわるもので、購入者の大半も退役軍人である。彼が自費出版したデビュー作の小説『道の上の足跡』は、ソーシャル・メディアを通じて三万五〇〇〇部以上売れた。軍出身のこうした作家は多く、たぶん二〇〇名くらいいる。彼らはほぼ戦争のことしか書かず、ウクライナの民間人の文学をチェックすることはない。それに興味がないのか、もしくは非軍人の作家に興味がないかだ。退役軍人たちが最も活動的なのは大都市である。地方では、その存在感はほぼないに等しい。

先週、私はようやく、ロシアとの国境に近いポルターワ州の人里離れた村を訪れた。あちらではドンバスでの戦争の話は一言も耳にしなかったし、あの戦いに関与した人にも会わなかった。

私は、人口およそ四〇〇〇人の村の図書館に講演者として招かれた。依頼された講演のテーマは、「地元と国のエリートたち　その役割と重要性」。工業都市クレメンチューク近くの、古くからある村落コゼーリシュチナまでの往復五時間の移動に車を手配してくれた。その図書館は最新式だった。古い建物が改築され、講堂を備えた教育用施設の拠点として生まれ変わったのだ。そこにはソヴィエト時代の出版物はひとつもない。蔵書はすべて独立後のウクライナで刊行されたものばかりだ。展示スペースや、来館者が無料の紅茶やコーヒーを飲んだり、持参した食べ物を電子レンジで温めたりすることのできる小さなカフェもある。この図書館の素晴らしい変貌にかかった費用は〈スマート財団〉が負担した。この村で生まれたが、現在はアメリカとウクライナを行き来して暮らしている、成功した若いビジネスマンが設立した財団だ。図書館の裏手には、ロシア正教会のモスクワ総主教庁に属する修道院がある。そこにある大聖堂は巨大で、このような村には大きすぎるほどだ。

モスクワ総主教庁内のこの教会は、いわばロシア正教の霊的な領土である。モスクワ総主教庁の教区は、ウクライナ国内に一万二〇〇〇以上ある。この数は以前はもっと多かったが、二〇一八年以降五〇〇以上の教会が、キーウ府主教庁ウクライナ正教会に移管された。他方、以前はモスクワ総主教庁ウクライナ教会だったクリミアの教会は、ロシア正教の教会になった。

私の講演には、近隣の村の人たちだけでなく、四〇キロメートルほど離れたクレメンチューク市からも聴きに来ていた。聴衆の質問から判断するに、この場に集まった人たちは、現在この国を率いている政治のエリートに不満がある様子だった。彼らは、どうすればウクライナの政治的エリートを総取り替えできるのかを知りたかったのだ。

ディスカッションの後、主催者の人たちとお茶を飲み、修道院に案内された。門に近づくと、ポーランド語とウクライナ語で併記された史跡銘板が目に入った。大聖堂の中に入った後、ガイド役を務めた地元のアマチュア歴史家であるイワン・ミコラーヨヴィチ・クラーウチェンコが説明した話によれば、(独ソ戦に先立つ)一九三九~四〇年の戦争時に、ソ連の内務人民委員部がこの大聖堂の地下を刑務所として使用しており、独ソ不可侵条約のもとでのポーランド分割後に逮捕されたポーランド将校五〇〇〇人が長らく収容されていたという。その将校たちの運命は、歴史家たちにもわかっていない。一説には、ルハーンシク州スタロビーリシク市の刑務所に送られ、銃殺されたという。だが、その証拠もまだ見つかっていない。

聖堂に入るとすぐに、最後のロシア皇帝ニコライ二世の大きな肖像画に出くわした。「あの肖像画がここにあるのは、なぜですか」と私は訊いた。

「ここに来たんですよ」とイワン・ミコーラヨヴィチは説明した。「奇跡を起こした聖母マリアのイコンがありまして、ニコライ二世はそのイコンを見るために、オデーサへ行く途中にコゼーリシュチナに立ち寄ったのです」

「そのイコンはどこにあるんですか」

「修道女たちが隠し場所に保管しています。年に一度、教会のお祭りの日だけ、取り出されるのです。そして夜にはまた隠されてしまいます」

最近までコゼーリシュチナには、皇帝ニコライ二世の肖像画が二枚展示されていたとのこと。一枚は教会に、もう一枚は図書館にあった。改築前に、過激なナショナリスト政党「スウォボーダ」（自由）の党員が定期的に図書館にやってきては、皇帝の肖像画があることに抗議した。一五年前に西ウクライナで創設されたこの政党の党員二名が、この村を地元としている。そのうちのひとりが何か月もピケを張り、肖像画が掛けられている建物への出入りを拒んだ。すると改築工事中に、この肖像画は不思議なことに姿を消した。おそらく、建築業者の誰かの家に飾られているのだろう。そして今では、そのナショナリストの活動家も、講演会やイベントがあれば必ず図書館にやってくる。

コゼーリシュチナにはウクライナ独立正教会がひとつもなく、あるのはモスクワ総主教庁に属する修道院と教会だけだ。おそらくそれが理由で、最後のロシア皇帝の肖像画が飾られた教会の前で抗議活動をする人が誰もいないのだろう。

モスクワ総主教庁ウクライナ教会では、毎回ミサのはじめに、プーチンの盟友であるモスクワ総主教キリル一世の健康を祈る。これが、モスクワ総主教庁ウクライナ教会の名称をロシア正教会に変えるよう、多くのウクライナ人が要求している理由のひとつなのだ。しかし、当の教会自体はそんな名称変更を望んでいない。司祭たちは、公式にロシア正教会と呼ばれるようになったら教区民が離れてしまうだろう、と心配しているのだ。

二〇〇四年と二〇一〇年に、モスクワ総主教庁の司祭たちがミサの最中に、教区民に対してウクライナ大統領選で親ロシア派のヤヌコーヴィチ候補に投票するよう呼びかけた。二〇一四年以降、モスクワ総主教庁はドンバスで戦死したウクライナ兵士の埋葬を拒否してきた。その結果、モスクワ総主教庁教会はしばしば「モスクワ教会」と呼ばれている。一種の政治組織とみなされているのだ。だがモスクワ総主教庁は、ウクライナ国内で非常に強い立場を維持しており、ザポリージャ、ヘルソン、ルハーンシクの三州では、モスクワ総主教庁の会衆はひとりもウクライナ正教会に移行していない。

ラーザリウカはキーウから車で一時間の距離で、我が家がある村だが、ここにひとつだけある教会もモスクワ総主教庁に属している。村民は全員ウクライナ語話者なのに、ミサはロシア語で行われている。村の人たちは祭日にしか教会に行かないので、司祭の収入はごくわずかである。前任の司祭は、空き時間にタクシー運転手のアルバイトをしていた。新任の司祭がどこで臨時収入を得ているのか、私は知らない。クリスマスの頃、彼が村の通りを歩いているのを見かけた。わずかな寄付を求めて、地元民の家々や商店を祝福して回っていたのだ。

一年前、ゼレンスキー大統領は従軍司祭法に署名した。それ以降、初めてウクライナ軍に司祭と礼拝所が登場した。モスクワ総主教庁の司祭がこの従軍司祭になることはない。

大半の新兵は、兵役開始当初は不可知論者か無神論者である。ところが、戦争から戻ってきた彼らは、多くが信仰を持つようになっていて、モスクワから独立しているウクライナ正教会か、ソ連時代に禁止されたが復活したウクライナ・グレコ＝カトリック教会の教区民となる。ウクライナに宗教リバイバルが起きているとは思わないが、ウクライナにおけるモスクワ総主教庁の未来はないに違いない。

二〇二二年二月一三日
すべてが熱い、サウナも熱い

戦争の危険はなくならないが、この国の物事はきっときわめてうまくいっているに違いない。そうでないなら、ゼレンスキー大統領が、六〇歳以上のワクチン接種者全員にスマートフォンをあげるなどと約束するだろうか。私の理解が正しければ、六〇歳のバースデー「ボーイとガール」たちも、国からのこのプレゼントがもらえることになる。このアイデアはすごくいい。ここ一〇年かそれ以上、国は子どもが生まれた母親に、ベビー用の実用品を一箱分贈呈する事業を続けてきた。学齢に達する子どもたちは、学校で使える文房具一式を国からもらう。そして今度はついに、定年に達する市民がスマホをもらうというわけだ。

この発案は、ウクライナのデジタル化政策において理にかなった方策である。大統領府の報道官は、いずれこのスマホを通じて、政権が経済的・社会的調査を実施することになる、と早々に指摘した。スマホに「ディーヤ」(実行)アプリをインストールすることも既に可能になっていて、それにより様々な公的書類を作成することができる。このアプリは国と個人を結ぶ「へその緒」となった。パスポート、運転免許証、その他様々な証明書、もちろんワクチン接種証明書も電子版をアップロードできる。大統領のチームは、将来的にスマホで大統領選挙を実施することを夢に描いている。そうなれば年金生活者や病気の人が、投票所に行ったり、選挙管理委員に電話をして自宅や病院に来てもらったりしなくてもいいようになる。

「時代は変わる」。以前は、国会議員選挙の候補者も大統領選の候補者も、年配の有権者に食品の詰まった箱や現金までも賄賂として渡していた。これからは、国が与えたスマホの助けを借りて、格安のインターネット料金とか商店の割引券といった形での電子ギフトの授受が可能になるだろう。

実際、貧困者への電子食糧割引券発行の可能性について、最近大統領府で議論された。それもディーヤ・アプリで配布されることになる。このニュースがマスコミに流れると、ジャーナリストたちは大統領府をあざ笑った。これは経済のコントロールに失敗したことを認めるように見えたし、大統領府が最悪の事態に——飢えに苦しむ人が大勢出る事態に向けて準備している兆候にも見えた。この懸念はすぐにおさまり、ロシア政府も貧困者向けの食糧配給券システムを開発中との情報が新聞に出ると、今度はその同じジャーナリストたちがロシア政府をあざ笑うようになった。これは部分的だとしても、対抗プロパガンダと呼ぼう。ロシアでは、ウクライナはロシアを憎むナショナリストたちが国を治めているので、国民は非常に貧しい暮らしをしている、という話が好まれる。まずそもそも、ウクライナの大統領はナショナリストではない。ロシア語話者が多い工業都市出身で、彼自身もロシア語話者であるし、次に、この国の政府にナショナリストはひとりもいない。前回の国会議員選挙では、ナショナリスト政党の党員はひとりも当選しなかった。単純に得票数が足りなかったのである。

ラーザリウカ村での私の隣人たちもそれ以外の住民も、貧しい暮らしはしていない。伝統的に、ウクライナ人は大量の食糧を貯蔵している。それぞれの家の中庭に大きな地下食糧庫があり、じゃがいもやその他の野菜、缶詰、塩漬けラード、大きなガラス瓶入りの保存食品でいっぱいになっている。私の隣人たちは定期的に、バケツいっぱいのじゃがいもとか三リットル瓶入りのピクルスをくれる。我が家にも食糧庫はあるが、空っぽだ。私たちは村の住人ではない。この村に家と大きな敷地を所有してはいるが、その土地を耕す時間はない。確かに、少量のじゃがいも、にんじん、玉ねぎ、ビーツ、ニンニク、カボチャを育ててはいる。だがこれは趣味の意味合いが強く、都会人のレクリエーションの類だ。

先週の火曜日、私は友だちとサウナに行った。彼らは毎週火曜日に行く。私は月一回しか行かない。実のところ私は、サウナに行くというよりサウナでの会話を聞きに行くのだ。結局、何よりもサウナは二時間のコミュニケーションに他ならない。そのうえ、今回は私の昔からの友人で、ジャーナリストであり、歴史学教授でもあるダニーロ・ヤネーウシキイがコロナウイルスの感染から回復したばかりで、だいぶ間があいたサウナに行かないかと誘ってくれたのだ。

数日前にテレビに出演した彼は、戦争に備えて既に複数の武器を購入し、弾薬も補給したと言っていた。彼がユーロマイダンのデモ以来、ピストルを所持していたのは知っている。これは合法であり、軍事用の武器とはみなされない。今回彼は何を買ったのだろうか、と私は考えていた。何と、自動小銃を購入し、陸軍訓練場に既に通い始めていたとわかった。まだ療養中だったのに、彼は電話で地域防衛隊に入隊申し込みをしていた。

「その訓練を街のどこかでやるのかい?」と私は訊いた。

「いや、私が入ったのは地域部隊だから!」

ダニーロが住む村はキーウと接している。訓練のため、彼はキーウから二五キロメートル離れたホストーメリという町まで出かける。

「そこまでどうやって行くんだい?」そう訊いたのは、ダニーロが車を持っていないことを知っているからだ。

「タクシーで」

「相当高くつくじゃないか!」

「それがどうした?」

もうひとりの「サウナ仲間」はセルゲイ・モヴェンコ。かつて我がサウナ協会会長に選ばれたほどの人物だが、その彼は、狩猟用のライフル銃二丁とカービン銃一丁を所持しているが、弾薬が足りないのだと言った。もっと買う予定だという。彼が狩猟会に参加したのは人生でたった二回だけ、それもずっと昔のことだ。けれども彼は、正しいやり方で銃器を保持している。鉄製キャビネットの中に保管し、全ウクライナ狩猟協会に会費を支払い、三年ごとに三丁の銃を警察に持参する。専門家がそれぞれ三発ずつ発射して、各銃の「調査書類」にその銃弾を加える。これは昔のソヴィエト時代のやり方で、銃犯罪が起きた場合に、どの銃が使われたか——というより、どの銃が使われなかったか、の方が多いわけだが——を確定しやすくするために編み出されたものである。このやり方が、狩猟協会会員八〇万人が自宅に四〇〇万丁以上の銃を所持している国でどう機能するのか理解に苦しむ。しかも、今私が言っているのは正規に登録された銃の数だ。未登録の武器は、ことにドンバス戦争が始まってから、一体どれだけあるというのだろうか。

ウクライナ人が好んで自宅に保管したがるのは、何も銃器だけではない。法律により、国会議員と公務員による所有財産の電子申告が開始され、一般市民が初めてその申告書にアクセスできるようになったとき、多くの人が驚いたことには、国会議員と公務員は何と数百万ものドルやユーロの現金を自宅に置いているのだ！　二、三〇万ドルを自宅に置いておくのは、ウクライナのＶＩＰには当たり前のことらしい。私は彼らの代わりに恐くなったほどだ。申告書には自宅住所も記載されている。だからほぼすべての申告書が、犯罪界にとって手がかりになる。

以前国会議員だった友人は、私にこう請け合った。「心配ないって。彼らはそんな多額な金を自宅に置いてないし、中には金自体を全く持っていない奴だっているよ。念のためそういう風に書いておくんだ。もし突然多額な賄賂を受け取って、それでベントレーとかクルーザーを買いたくなったら、申告してある所持金で買いましたと言えるからさ。そうでなければ、税務署に、そんな高価なものをどのお金で買ったんですかって訊かれるだろう。こんな風に申告書に書いておけば、それで全部合法なんだ」

国家公務員や国会議員の生活について私はあまりよく知らないが、申告書の行間を読むことが今では身についた。この申告書に書かれた不動産は、親戚や配偶者名義のものであることもしばしばだ。土地も同様である。

一方、村の友人で、私と同名のアンドレイは、最寄りの町で社会福祉課長を務める公務員だが、彼の話によれば、ゼレンスキーは大統領に選出された二〇一九年以降、報酬が三分の一減ったそうだ。以前は月四〇〇～五〇〇ドル相当の稼ぎだったのが、今は三〇〇ドル程度になっている。

地方の公務員は、大金とか裕福な生活ぶりを申告書に書いて自慢できない人が大多数である。しかし彼らの多くは、アンドレイのように、野菜を育て、鶏やウサギを飼い、冬に備えて食糧を貯える。これで生活費は安く上がるが、余暇がなくなってしまう。

オリンピックが北京で続いている今日この頃だが、村でもキーウでも私の友人・知人は誰も五輪競技を観ていない。ウクライナも参加はしているが、誰ひとりとしてまともな成績を期待していない。国はアスリートを支援する充分な資金を拠出していないのだ。オリンピックのニュースで唯一とても残念だったのが、ウクライナのバイアスロンの成績が全くふるわなかったことだ。射撃に秀でているはずの選手が、その射撃でひどく失敗した場合、落胆は禁じ得ないだろう。

オリンピックは、テレビのニュースでさえもあまり取り上げられていない。しかし、ヨーロッパのある新外相が、あるいは大統領が、キーウを来訪することになったという報道なら毎日ある。外国の首脳の中には、郵便屋として働くと決めた人たちがいるようだ。マクロン大統領はまずプーチンのところへ飛んで、それからゼレンスキーに会いにキーウにやってきた。彼はプーチンからのメッセージをゼレンスキーに運んできた。外交活動は、もうウクライナ人の関心を引かなくなった。今彼らが喜ぶのは、武器を載せた航空機が一機とは言わず三機かそれ以上、毎晩英米からキーウに到着することだけだ。

この武器支援で心が落ち着く人は多い。だが、思慮深げにただ首を振ってこう言う人もいる。「ウクライナには、送ってもらった武器を使う時間はないかもな！ 結局、ウクライナには防空システムが全くないんだ。それにロシアは、歩兵を戦場に送るつもりはないだろう。爆撃機と大砲を使うんだろうよ」

先日、英国民である私の妻に英国大使館から三度めのメールが届いた。状況が急速に悪化する可能性があるので、ウクライナに留まると決めた英国民は、緊急事態が起きても大使館をあてにしないように、という警告のメールだった。

英国の外交官たちが既に帰国したのか、何人かは残っているのか私は知らない。しかし、私たちは残っている。来週の水曜日はサウナの予定だ。行けるかどうか確信はないが、何だって可能だ！ そして行くとしたら、それは丸太小屋内の摂氏一〇〇度のひとときのためではなく、友だちが何を考え、ウクライナが何を考えているかを私が理解するのに役立つコミュニケーションのため――会話のため――である。

二〇二二年二月二〇日
戦争の気配の中の文化

おそらく二月一六日早朝に予定されていたと思われる、ロシアによるウクライナへの全面攻撃の気配を感じて、ゼレンスキーは新たな国民の休日――「結束の日」を設けたという発表をすることになったのだろう。たぶん、もしこの新しい国民の休日が「ロシアの侵攻に対抗してウクライナの人々が一致団結する日」という名前だったら、もっと受けが良かったことだろう。ところが「結束の日」は、既存の一月二二日の祝日「統一の日」と非常に似かよっているとわかったのだ。

二月一六日、私はこの新しい特別な日を実際に祝っている証拠を求めて、一時間半ほど街を歩いた。結局、ゼレンスキー大統領は、窓やベランダにウクライナの国旗を掲げることでこの日をお祝いしようと呼びかけた。街を歩いた一時間半の間、見かけたのはウクライナ国旗が二本とリトアニア国旗が一本だけ。この同じ二月一六日は、リトアニアの「国家再建記念日」という祭日なのである。

Facebookでは、ウクライナ人はプロフィール写真に青と黄色のウクライナ国旗を添えた。私もそうした。だが私たちは皆、一月二二日に、同じことをフラッシュモブとしてやったのだ。実世界よりもFacebookでの方が、愛国心の顕示が多い。その理由はわからない。

キーウへの夜間攻撃があると想定された日の前日、妻と私は、オレーフ・センツォーウの映画『犀』のプレミアショーに出かけた。映画のさなかに私の携帯電話が鳴った。誰からかの電話か確認せずに、私は電源を切った。続いて妻の電話が光った。妻は名前で友人からだとわかり、映画の後にかけ直すとメッセージを送った。

ところで、このプレミアショーのスポンサーは、スコッチウィスキーのジョニーウォーカーだった。キーウの〈ハウス・オブ・シネマ〉内に臨時のバーが二か所設営され、特別に訓練を受けたバーテンダーがカクテルを作ったり、ウィスキーをオンザロックで、あるいは氷なしで注いだりしていた。カウンターの上方で光るネオンサインは「Keep Walking!（歩き続けよ！）」。初めてこのスローガンが気に入った。それは私だけではなかった。映画に来ていた知り合いの何人かが、この商品広告を見て頷き、満足げに笑みを浮かべた。

映画が終わると、私たちは歩いて帰宅した。というか、家まで「歩き続けた」。妻は今回のプレミアショーに不満で、あの映画は暴力的すぎると批判した。「なぜ今、九〇年代のギャングの映画を作るの？」と彼女は言った。九〇年代後半に生まれた人たちは、あの映画に描かれている暮らしについて何も知らないんだよ、と私は答えた。

センツォーウは、ユーロマイダンの抗議運動よりずっと前からこの作品に本腰を入れて取り組んでいた。彼はクリミアでロシア連邦保安庁に逮捕され、ロシアの僻地中の僻地で最も過酷な刑務所に五年間収監された後に釈放された。彼は直ちにこの映画制作に戻った。ウクライナの国家映画委員会からいくらか資金が出て、それより多くの額がヨーロッパから提供された。そしてついに、この映画が完成したのである。そう、ここに描かれているのは、非常に貧しく、物騒なソ連崩壊後の世界で、どこに行くこともできず、悪の世界に入るしかなかった若者たちの人生だ。暴力と荒々しいセックスのシーンが満載である。良くできた作品だが、目新しさがないのは確かだ。だが、この作品を――投獄による中断を挟みながらも――完成させたからには、センツォーウは今後、もっと現代的なテーマに取り組むだろう、と期待したい。

映画をめぐる議論を終えると、妻は友人に折り返し電話をした。相手は音楽教師のレナだった。彼女はとてもピリピリしていて、夜中の三時にロシアがキーウを爆撃する、もう既に何らかの攻撃が始まっている、と断固信じていた。妻はレナに、そんなことは起こらないけど、もしキーウが爆撃されたとしても、レナが直ちに被害を受けることはないはずよ、あなたは中心部からかなり離れたところに住んでいて、「戦略的標的」になるものは近くに何もないのだから、と諭した。レナは納得せず、テレビ報道のリンクを送ってきた。その報道では、イギリスメディアで報道された、確かな筋からの情報によると、ウクライナへの空爆とミサイル攻撃が二月一六日午前三時に始まると発表されていた。

二月一六日水曜日に起きてみて、戦争は始まっていないとわかった。しかし木曜の午後、マールインカ村と、私が二〇一五年に訪れたスタニーツャ・ルハーンシカの町に、確かに砲弾がいくつも落とされたのだった。一発の迫撃砲が幼稚園の一階に着弾し、遊戯室で爆発した。当時園児たちは三階の食事室にいて、遊戯室には誰もいなかった。しかし負傷者は出た――隣の部屋にいた二名のスタッフが、脳震盪で治療を必要とした。親たちと警官たちが急行し、園児を救出して、それぞれの家に連れ帰った。

私は間もなく、スタニーツャ・ルハーンシカの方角にあるシェヴェロドネーツィク市に行く予定だ。ここはドンバスの分離主義勢力との前線からおよそ二五キロメートルの距離にある。私の小説『灰色のミツバチ』を原作とした映画がそこで撮影中なのだ。帰属が曖昧な地域の住民を描いた物語で、見捨てられたも同然な村々の一地域に留まっている人々は、電気も商店も郵便局も医療施設もない中で暮らしている。戦争が始まった当初、スタニツァ・ルハンシカの一万五〇〇〇人の住民たちは、半年間電気なしで生活した。その当時の最も重要な日用品はろうそくだった。そして、人々は暗い間だけ新鮮な空気を吸いに外に出た。それならば分離主義勢力のスナイパーたちに、ファインダー越しにやすやすと狙われることもないからだ。あれ以来、前線となっている川から二〇〇メートルしか離れていない場所にある市役所の、ファサードにある聖母マリアのモザイク画が弾丸で穴だらけになっている。川向こうのスナイパーたちが、射撃練習の的にしたのだ。ルハーンシク州自体は非常に敬虔な地域だとされていて、ここのほぼすべての教会がモスクワ総主教庁に属している。

先週ウクライナ人は、ロシアによる空爆の可能性だけでなく、ユーロヴィジョン・ソング・コンテストのことでも頭がいっぱいになっていた。実際、テレビでは迫りくる戦争についてのニュースよりも、このコンテストの方が多く取り上げられていた。イタリアで開催されるユーロヴィジョン・コンテストに出場するウクライナ代表の選考最中だったのだ。最終的に、一般投票とプロの審査員による投票に基づき、ウクライナからの公式出場歌手はザカルパッチャのアリーナ・パーシュに決まった、と発表された。この発表が出るや否や、ソーシャル・メディア上で嵐が巻き起こった。アリーナ・パーシュはモスクワ訪問を満喫し、赤の広場で自撮りまでしていることが判明したのだ。しかも彼女は、ロシア経由で併合されたクリミアにも行っていて、それはウクライナの法律で禁止されている行為なのだ。アリーナ・パーシュは弁解しようとして、ウクライナ領土からクリミア入りしたというウクライナ国境警備隊による証明書を提示し、ウクライナのユーロヴィジョン組織委員会に提出した。ところが国境管理局が、そんな証明書をアリーナ・パーシュに発行していないと声明を出した。どうやらこの歌い手は、捏造した証明書を組織委員会に提出したようだ。この哀れな女性はひどく嫌われている。彼女はユーロヴィジョン出場を辞退した。しかし、ここで新たな問題が浮上した。コンペティションでの次点はラップグループの「カールシュ」なのだが、このバンドメンバーのひとりがモスクワでポーズをとっている写真を誰かが見つけてきて、Instagram に投稿したのだ。おそらくモスクワは、このすべての成り行きに高笑いしていることだろう。ウクライナ人が赤の広場の前で写真を撮り、Facebook や Instagram に投稿するのを、モスクワは大喜びしているのだ。

アレクサンドル・カバノフの「詩の夕べ」の写真が、ちょうど Facebook に出たところだ。彼は最近、モスクワの〈ブルガーコフ館〉にある出版社から詩集を二冊刊行した。そのうちの一冊が『警察捜査』というタイトルである。カバノフはロシア語話者のウクライナ人詩人を自称しているが、彼はウクライナでのロシア語の運命をひどく心配している。彼は自ら、ロシア語とウクライナ語の詩と散文のキーウの雑誌『ナーシュ（我々の雑誌）』を編集する傍ら、パンクミュージシャンの歌詞も手がけている。最近まで、ウクライナには「ナーシュ」というテレビ局があったが、親ロシア志向が見え見えだったために禁止された。この局のオーナーはイェウヘーニイ・ムラーイェウ。ウクライナ国会における親ロシア派勢力のリーダーのひとりであり、「ナーシ（我々の人々）」という親ロシア政党の党首である。

CIAやその他西側の情報機関によると、もしウクライナがロシアに占領されたら、モスクワはイェウヘーニイ・ムラーイェウを、ロシアの傀儡としてウクライナの親ロシア大統領に据えるつもりだという。

モスクワの〈ブルガーコフ館〉がそうであるように、キーウのブルガーコフ記念館にも文学クラブがある。ここは、主にロシア語話者の知識人や一般人が参加する文学の夕べの会場となっている。キーウにはそのような場所が何か所かあり、アングラや非主流の文化をずっと支えてきた。ブルガーコフ記念館に加えて、ウクライナ科学アカデミーのクラブである〈学者の家〉もキーウのロシア語話者の間で長らく知られている。一九八七年、ある意味反体制派だった私は、そこで初の自作小説を朗読した。朗読は四時間に及んだが、最後まで聴衆はいた。聴衆はおよそ一〇〇名。朗読の最後には、声もしわがれてしまった。当時私はまだ本を出版しておらず、こういう朗読会が、未出版の私の小説を知ってもらう唯一の方法だった。もうひとつそうしたリベラルな場所として挙げられるのが〈キーウ・シネマ・ハウス〉で、二月一五日に妻と私がセンツォーウ映画のプレミアを観たあの会場である。

ここ数か月、こんな危険な状態にもかかわらず、ウクライナはアラブ人観光客に非常に人気だ。カタール、サウジアラビア、クウェート、アラブ首長国連邦からの数万人の旅行客が、カルパチア山脈やリヴィウ、オデーサの観光に来ている。アラブ諸国の人々はウクライナに恋をしてしまったらしい。彼らはアラビアの砂漠とは全く異なった、ウクライナの森林を気に入っている。アラブ諸国の人がウクライナに住み着いて、貿易やレストラン業を営んでいるケースもある。生きた鳥、主にハヤブサの密輸に携わる者もいる。先日、NGOの職員が公衆の前で二羽のハヤブサを放鳥したが、それはキーウ空港でカタール人たちの荷物の中から、ウクライナの税関職員が発見した鳥たちだった。この「旅行客」たちは、四羽のハヤブサに薬を飲ませ、縛った状態で密輸しようとした。悲しいことに、そのうちの二羽は蘇生できなかった。

結構だ、政治と関係ないニュースは今では稀だから。二羽のハヤブサが自由を取り戻した話は喜ばしくほっとした気分になるが、悪いニュースの方が幅を利かせている。ここ数日、前線沿いのウクライナ軍の陣地を分離主義勢力が砲撃して、ウクライナ軍兵士と将校数名を死傷させている。前線の村もその民間人の住民たちも損害を被っている。ロシア軍は、分離主義勢力が支配する地域から女性と子どもを避難させ始めた。そしてこの地域に住む一八歳以上の男性全員が、分離主義勢力軍に徴兵された。事態がどう展開するか予測するのは不可能だが、想像することはできる。

二〇二二年二月二三日
緊張が走る、だがパニックにはならず

三晩立て続けに、私の電話がひっきりなしに鳴った。古くからの友人夫婦のイーホルとイリーナは、カルパチア山脈へ車で移動中だと電話越しに言った。他の人たちは、戦争が始まるのか、すぐに始まるのか、それとも二週間以内か、ということについての私の考えを聞きたかっただけだった。それか

ら、ロシア大統領が、テレビでロシア国民に向けて演説し、プーチン版ロシアの歴史とウクライナの歴史を説明して、世界を変えるのだと説いた。

ロシアはウクライナ領土内のふたつの非実在「国家」を承認し、友好と軍事協力条約に署名した。プーチンは、ウクライナとの「国境」――すなわち前線――を今からロシア軍が警備することになる、と発言した。ということは今後、ロシア軍がウクライナ領土からウクライナ領土へ向けて撃つことになるのだ。

何が違うの？　とお思いだろうか。全然違う。プーチンの「再編成」以前は、ウクライナ軍は分離主義勢力からの砲撃に火力で応じていた。これからは、もしウクライナ軍がロシア軍の砲撃に反応すれば、その行為はロシア・ウクライナ戦争と呼ばれることになる。それにウクライナを包囲するロシア軍は、ロシアおよびベラルーシとの国境線のどの地点からでも侵攻することができるのだ。

初めて、キーウで緊張が感じられた。それでもまだ、パニックにはなっていない。自宅近くのレバノン料理店〈モン・シェール〉は夏のテラス席を設置中だ。終わってみれば、今年の実質的な冬はとても短かった。春はもうやってきていて、気温は摂氏一三、四度まで上がっている。太陽が輝き、鳥は歌い、西から続く道を軍用トラックや軍用医療車両が通る。それはキーウを通過して、東へ向かう。

二〇一四年のことを思い出す。あのときも装甲兵員輸送車と軍用トラックがウクライナ西部から東部へ進み、壊れた戦車と焼け焦げた装甲車がトラクターに牽引されて西へと戻って行った。今の動きは東方向だけ。だがもうひとつ別に、東から西への流れがある。ルハーンシク近くの前線の真上にある町スタニーツャ・ルハーンシカからの避難民たちが、ハルキウに到着した。今のところ、到着したのはまだ十数名ほど。彼らは、自分のアパートメントや家がまもなく跡形もなくなると判断し、見捨てることにしたのだ。この人たちは二〇一四〜一五年を生きのびたのだが、あのときは、人口一万五〇〇〇人の町の三分の一の家屋が砲弾で破壊された。最近まで、およそ七〇〇〇人がこの町に留まっていた。今、何人が残っているのか見当もつかない。特に、分離主義勢力の砲弾が幼稚園に落ちた後はなおのことだ。死者が出なかったのは奇跡だった。

そして私は、列車の切符を失った。三月二日にルハーンシク州シェヴェロドネーツィクに行き、四日の夜行列車でキーウに帰るはずだった。もう私は行かない。

二日前までは、キーウの映画クルーが、前線から一六キロメートルほどの、シェヴェロドネーツィク近くの半ば見捨てられた村で『灰色のミツバチ』の映画を撮っていた。一週間ほど前、軍がやってきて、直ちに避難を開始するよう警告した。「ロシアが攻撃二時間前の警告を出すぞ!」と、ウクライナ軍将校が映画クルーに言った。「だから準備しなさい!」

この映画のプロデューサーであるイワーンナ・デャデューラが、避難に備えてスタンバイしておくように地元のドライバーたちの合意を取りつけていた。この保険はかなり高くついた。ほぼ仕事がない地域だが、みんな車は持っている。車はあるが、道がない。もっと正確に言うと——舗装された道がない。一週間、車は出番がなくぶらぶらしていたが、その後に軍がやってきて、直ちに退避せよと言ったのだ。

映画クルーは既にキーウに戻っている。撮影は終えられなかった。別のロケ地を探さないといけないだろう——たぶんチェルニーヒウかスーミ州なら、見捨てられた、というか半ば無人の村がたくさんある。これらの州もロシアとの国境に位置している。そして国境を挟んだロシア側には、ロシアの部隊が駐留している。そこで安全に撮影できるのは、どれくらいだろうか。誰にもわからない。

私はもう、この映画のことは気にしない。プーチンの演説以来、私はずっと全く違うことを考えてきた。友人たちは引き続き何度も電話をかけてきた。それから別の電話がかかってきて、それが私の不安を消し去ってくれたのだ。

電話の主はラリーサ・アレクセーエヴナ。私の子ども三人が皆通ったキーウ第九二校の国語教師で、翌日学校に来て探偵小説の歴史について授業をしてくれないかと頼んできた。この依頼は全く予想外だった。私はすぐさま承諾した。授業はとてもうまくいった。オーストラリア、日本、イギリスの犯罪小説の違いについて話している間は、ロシアとプーチン大統領とその犯罪のことは忘れていた。生徒たちもまた、ロシアや起こるかもしれない戦争を忘れているようだった。

学校からの帰り道、カフェで落ち着いてお茶を飲み、軽食をとった。周囲の人々の会話を聴こうと、彼らの顔をじっと見つめたが、会話は聞こえてこなかった。皆ほぼ黙ったまま、コーヒーを飲んだりサンドイッチを食べたりしていた。

ウクライナの政治家たちは、いつもより声高に発言している。外務大臣はゼレンスキー大統領に、ロシアとの外交関係を断つよう求めた。元下院議員で活動家のボリスラウ・ベレーザは、ルハーンシク州とドネーツィク州に戒厳令を出すよう求めた。ゼレンスキー大統領はどちらも却下することになる、と何かに書いてある。彼は、ウクライナは本格的な戦争を回避できるだろうとまだ希望を持っている、と公式に言明している。

彼のロジックは理解したいが、今のところ難しい。ロシア、ベネズエラ、キューバ、アブハジアが承認した「ルハーンシク人民共和国」の首長は、分離主義勢力が支配していないルハーンシク州のもう半分も「解放」するようウクライナに要求した。彼はウクライナの州との境界に「共和国」を作りたがっている。「ドネーツィク人民共和国」の首長は今は黙っているが、過去にはドネーツィク州全体をウクライナから取り上げると脅したことがある。ロシア外務省は、現在の国境内のどちらの「共和国」も承認すると声明を出したが、一般的には、一「国家」の国境はその「国家」自体の固有の問題であるとも述べた。

この声明の中に将来の戦争の影が立ち上って見える一方、それは一触即発ではなさそうにも思える。このふたつの「共和国」承認からウクライナに対するロシアの軍事作戦再開までの一時停止期間は、二週間から三か月あるいはそれ以上に延びるかもしれない。すべてはこの状況に、世界がどう反応するかにかかっている。その反応が騒々しいもので、新たな制裁がロシア経済に打撃を与えるとしたら、この一時停止期間は半年に延びるかもしれない。その反応が弱いと判明したら、戦争はまもなくやってくるだろう。

ロシアはヨーロッパに石油と天然ガスを売って、この戦争の資金を稼いでいる。ロシアには莫大な資金留保があり、ロシアへの他の金の流れを止める制裁だけが、ウクライナ領土へのさらなる侵入というロシアの欲望を抑えることができる。

こうつらつらと書いている間も、私はオンライン配信ニュースをチェックし続けている。今プーチン大統領が、現在分離主義勢力が支配する地域よりももっと広いふたつの「共和国」を承認すると声明を出した。そしてほぼ間髪入れずに、ゼレンスキー大統領が予備兵を軍に組み入れる命令書にサインをしたという声明を、私は今日にしている。

ここ数週間で、多くのウクライナ人が軍事専門家になった。私もそうだ。攻めてくる軍隊には一〇対一の割合の人的損失を伴うことを、私は既に知っている。つまり、これら防衛地域の損失は、攻めてくる側の一〇分の一というわけだ。

友人たちが、ロシア政府の物資調達ウェブサイトのスクリーンショットを送ってきた。そのスクリーンショットから、モスクワの基幹軍事病院であるブルジェーンコ病院が、四万五〇〇〇枚の遺体収容袋を求めているのがわかる。入札には、病理学解剖用袋という医学用語が使われている。この袋の数は、元ロシア将軍の意見にほぼ沿ったものである。彼はウクライナへの攻撃で、ロシアは最大五万人の兵士を失う心づもりがあると発言したのだ。私はこのスクリーンショットを、公的調達システムに詳しい友人に転送した。「これはフェイクだよ」と彼は返事を寄こした。「奴らは長期にわたって、何十万枚もの遺体収容袋を準備してきたんだから！」

これを書いている間に、プーチンがふたつの「共和国」だけでなく、その「憲法」も承認したとのメッセージを目にする。これらの「憲法」には、「共和国」の領土はドネーツィク州全体とルハーンシク州全体をカバーすると明記されている。これを読んだ瞬間、戦争はぐっと近づいたかのようだった。

既に、戦争から気をそらすのは以前よりずっと難しくなっている。プーチンは再び発言し、世界とウクライナに最後通牒を突きつけた。曰く、世界とウクライナはクリミアがロシアだと認め、そしてウクライナはNATO加盟の夢を永久にあきらめる、そうでなければロシア軍はキーウに侵攻する、とのことだ。

ウクライナのニュースは、ロシアの攻撃の予測であふれている。今一番流布しているのは、ロシアが最初に攻撃するのはハルキウとキーウ、ヘルソンの三都市である、という指摘だ。ヘルソンはクリミアから、ハルキウはロシアのベルゴロド州からの攻撃になるものと理解するが、一体どこからキーウを攻撃するというのだろう。ロシア軍にとっては、ベラルーシを通ってチョルノービリ地帯を抜けるのがキーウへの最短ルートだ。わずかな道路しかなく、湿地と小川が多い場所である。そう、ベラルーシとの国境の向こう側には、多くのロシア軍戦車が控えている。衛星画像には、ウクライナ近くの川を戦車が渡れるように、仮設の舟橋を作る訓練をしているロシア軍の様子が映し出されていた。

プーチンの行動を予測するのは困難だが、彼の目標、何を達成したいと思っているかだけは明確にわかる。最近の演説で、彼はウクライナを国家として認めないとはっきり言った。彼にとって、ウクライナはロシアの一部なのだ。目標はウクライナを占領し、ロシア連邦の南西連邦直轄地に変えることだ。クリミアを憲法に明記するためにそうしたように、ロシア下院は二時間以内で憲法を改正できる。何も考えず国家の機械と化したロシア行政部高官は、プーチンの気まぐれのすべてを実現しようとホイホイ応じるのだ。

ウクライナでは、すべての教会とモスクで平和の祈りが捧げられている。「すべて」というのはすなわち、今もモスクワ総主教キリル一世の健康を祈っている一万二〇〇〇ほどのモスクワ総主教庁の正教会以外、という意味だ。既に他の教会がこぞって、モスクワ総主教庁教会に平和を祈らないのかと訊ねたが、モスクワ総主教庁教会は沈黙を守ったままだ。

二〇一四年、ウクライナ国会がドンバスでの軍事作戦だけを議題にした会議を開催した際、全教会と宗派の代表がその席に招待され、この戦争で亡くなったウクライナ兵士を偲び、一分間の黙禱が呼びかけられた。国会に集まった全員が起立をしたものの、モスクワ総主教庁の代表団だけは例外だった。彼らはふてぶてしい態度で着席していた。モスクワ総主教庁の司祭たちは、この戦争で亡くなったウクライナ兵士を埋葬することを拒んだ。にもかかわらず、誰もその教会に火をつけたり、司祭を叩きのめしたりはしなかった。

最近、ウクライナ保安庁の職員たちが、ハルキウのモスクワ総主教庁の教会に地雷を埋めようとしたロシア人スパイ数名を拘束した。このスパイたちは明らかに、教会爆破をもうひとつの開戦事由《カースス・ベッリー》にしようと狙ったのだ。

この世で戦争以上に悪いものはない。新型コロナウイルスのパンデミックでさえ、今となっては普通の、理解できるものに思える。だが戦争は断じて理解できないし、受け入れることもできない。

ウクライナの人々は平常通りの生活を続けている。昨日、私は最先端の理髪店の前で足を止めた。店内では、ふたりの客がひげの手入れをしてもらっていて、三番めの客はバーカウンターでウィスキーを飲みながら順番待ちをしていた。一方、武器を積んだカナダの貨物機が、キーウ空港に着陸しようとしていた。このウクライナの新しい現実は、私の作家としての想像力のはるか上を行く。それが気に入っているとは言えない。だが、この現実を私は受け入れる。

他方、私の昔からの友人イーホルとイリーナは、戦争から逃れるために車でカルパチア地方へ行ってしまったが、ポーランドを抜けてリトアニアへ行こうかと考えていると電話越しに言った。ポーランドとリトアニアは、どちらもウクライナの頼りがいある同盟国であり、必要とあれば、イーホルとイリーナだけでなく、何十万ものウクライナ人を受け入れてくれるだろう。そんな必要性が生じないことを願うばかりだ。

二〇二二年二月二四日
キーウでの最後のボルシチ

昨夜の電話の合間に、私は自宅に来る数名のジャーナリストたちにふるまうボルシチを作っていた。プーチンがこの晩餐を邪魔しないように、と願った。それは大丈夫だった。プーチンの決断は、今朝五時にキーウをミサイル攻撃することだった。戦争はドンバス地域でも始まり、他の場所への攻撃もあり、うち一か所はベラルーシからのものだった。

さあ、ロシアとの戦争が始まった。だが、キーウの地下鉄は機能しているし、カフェも営業中だ。ウクライナがロシアとの国交を断絶したとの報道が、たった今なされたところだ。戦闘開始から、ウクライナ軍は既にロシアの軍用機六機とヘリコプター二機を撃墜した。こちら側の損害も大きいことは明らかだ。ロシアの侵攻が始まる前は、状況は毎日変化していたとしても、今はそれが時間ごとの変化になっている。けれども私はあなたのために、このまま書くし、これからも書き続ける。そうすれば、プーチンのロシアとの戦争の間、ウクライナ人がどう生きるか、あなたに知ってもらうことができるからだ。あなたがどこにいようと、安全でいてほしい。

二〇二二年三月一日
時は来た

ドイツのジャーナリストの友人が、私の携帯電話にかけたが、二台ともつながらなかったという。自動音声が「この番号は存在しません」と彼女に告げた。だがインターネットは不思議なほどよく機能し、結局Zoomで連絡を取り合った。会話の後、「この番号は存在しません」というフレーズが頭に残り、それでFacebookを見たところ、ウクライナ外務省に勤めている友人も外国からの電話が通じないとこぼしていた。こういうことにいちいち驚くのはやめなければ。私が存在する限り、私の電話番号も存在する。

私たちは今、友人と共に西ウクライナで暮らしている。近くには、ハンガリーとの国境に通じる道路がある。この道を行く車は多い。ときどき止まって、ドライバーと同乗者が車外に出て脚をストレッチする。インド人とアラブ人の学生が古い車に乗っているのをごく頻繁に見かける。彼らにはとても申し訳ない気持ちになる。彼らの多くが、ハルキウやドニプロ、スーミから来ていることはわかっている。薬学その他を学び、今年の夏に学位を取るはずだった学生もいるだろう。彼らはどうなるのだろうか。彼らの将来は？　だが、一番大事なのは生きのびることだ！　ハルキウでは二日前に、インド出身の学生がロシアのロケット弾で殺された。キーウ近郊では、イスラエル人が乗った車をロシア兵が攻撃した。このイスラエル人も亡くなった。

私にとって、この戦争は既に「世界戦争」である。妻と私は友人たちをとても心配している――キーウで近くに住んでいた、フランス人と日本人の夫婦のことだ。夫の方は元フランス外交官で現在八五歳、妻は日本人の芸術家だ。ふたりは今までずっとキーウとウクライナを愛し、残りの人生をここで過ごすことを望んだ。オペラ座の近くの集合住宅を購入し、その窓からは荘厳な聖ウラジーミル大聖堂が見える。戦争が始まった日は、まだ特段の問題なくキーウを離れることが可能だったが、このフランス人の友人は自宅をどうしても離れたがらなかった。それから、キーウへの砲撃が連続的になり、彼の妻は動揺して、一刻も早く避難したがった。私は彼と電話で話し、避難しなきゃダメだと説得した。ついにふたりは決意した。車を持っているが、ガソリンが充分入っていない。キーウから安全に出られる道は少なくともひとつはある――オデーサへ向かう道だ。この向こう側にはロシアの部隊はいない。ふたりが避難したのはわかっているが、国連が手配する護衛付きで避難すべきだった。だがふたりがどこへ行ったのか、私たちはまだ知らない。

最近の私たちの夜はとても短くなった。ウクライナ産コニャックを一〇〇グラム飲んでからベッドに入り、たちまち眠りに落ちる。それが午前一時頃。その後何度か目が覚めて、ニュースをチェックする。再び起き上がり、ニュースを丹念に読んで、友人たちに電話をかけ始める。同業者のひとりである親友はメリトーポリに落ち着いていたが、ロシア軍に占領された。彼女は集合住宅の部屋に引きこもり、外出せずにいる。彼女をどうやって助けたらいいのかわからない。ときどきメールが来る。彼女の電話はつながらないことがあるが、その後また生きている兆候を示す。

博物館館長である別の友人は、今日リヴィウ行きの列車に乗ることができなかった。彼は、半身麻痺の九六歳の母親をキーウから連れ出そうとしていた。車に乗せて駅へ行き、目的の客車までたどり着いたが、切符を持っていてもその列車に乗れなかったという。車掌は、切符は意味がないと言った。今日は、小さな子どもを抱えた母親たちだけが列車に乗れる。キーウから西ウクライナへ向かう列車は動いている。人々は切符なしで乗車する。車両に乗り込める人なら誰もが乗客になれる。どの車両も座席数の七、八倍の人が乗っている。

ボリシェヴィキがキーウになだれ込んできた一九一九年二月、似たようなことが起きた。ボリシェヴィキは街の中心を砲撃し、出会い頭に片っ端から殺した。今、歴史は繰り返す。ソヴィエト万歳のプーチンの軍隊がキーウを包囲したが、市内には入れない。この都市は厳然と防衛されている。民間人は自宅アパートメントに隠れるか、利用できる何らかの交通手段で退去するか、愛する都市を守るために地域軍に加わるかのいずれかだ。

二〇二二年三月二日
笑顔の私を覚えていて

一週間にこれほど多くのことが、これほど多くのひどいことが起こるとは思ってもみなかった！私は、母の身の上話を思い出す。戦争が始まった日に、母が両親と共にあの川幅の広いヴォールホフ川をぼろぼろの木製ボートで渡った話を。一九四一年六月二二日の朝のことで、その日、ドイツがソ連への攻撃を開始した。母の父親は出征することになっていた。母は、二度と父親に会えなかった。

二〇二二年二月二四日、ロシアの最初のミサイルがキーウに着弾した。午前五時、妻と私は爆発音で目が覚めた。三回聞こえた。それから一時間後、もう二回爆発音がして、その後は静かになった。静けさというのは、それがないと集中できないものだが、これからはめったにないだろう。

戦争が始まったとは到底信じられなかった。つまり、始まったのはもう明白だったが、それを信じたくはなかった。戦争が始まったという思いに、精神的に慣れなくてはいけないない。なぜならその時点から、戦争が暮らし方を、考え方を、決断のしかたを決めるからだ。

戦争が始まる前日、うちの子どもたちは、ロンドンから帰って来ていた娘も含めて、友だちと一緒に西ウクライナの美しい都市リヴィウに行っていた。カフェや博物館、旧市街の中世の通りを訪れたいと思っていたのだ。

戦争が始まる前日、私は昔からの友人であるボリスと会った。アルメニア人の芸術家でウクライナに帰化し、ウクライナ人の妻とキーウに三〇年住んでいる。ここしばらく、彼はがんを患っている。ボリスは混乱しているように見えた。さらなる手術を受けて、退院したばかりだったのだ。

「あのさ」彼は愚痴をこぼした。「記憶が相当やばいんだよ！　前回の手術の後、キーウを守るつもりで銃を買ったんだ。それを妻が、家に置いておくなって言ってさ。だから、友だちに保管してくれって渡したんだけど、それが誰だったかが思い出せない。みんなに聞いて回ったんだ。でも、銃なんて渡されてないって、みんな口を揃えて言うんだよ！」

ボリスの問題のひとつは、友だちが多すぎることだ。キーウの半数が彼を愛している。彼は誰をも信頼するし、誰が相手だろうとどんな話題だろうと喜んで話す。彼が銃を見つけたかどうか知らないが、きっとどこかで軍の手伝いをしているだろう。バリケード用の土嚢作りをしているかもしれないし、塹壕掘りをしているかもしれない。

別の友人のワレンティーンは、現在入院中。彼自身、医者なのだが、もう引退している。長年糖尿病を患っていて、最近コロナウイルスに感染して具合が悪くなった。合併症で、医者はまず彼の右脚を、その後に左脚を切断した。彼は九階の集中治療室にいて、私は定期的に見舞いに行っていた。彼の妻は、ロシアがこの病院の上階にミサイルか爆弾を撃ち込むのではないかととても心配し、夫を五階に移すよう念を押した。そこに彼はまだいる。妻も付き添っている。毎日、彼女は夫のために料理をする。入院中の患者はもうほとんどいない。そして薬もほとんどない。

そして私たちだが、戦争が始まった日の夜を、イギリス人の友人で長年キーウで暮らしている作家兼ジャーナリストのリリー・ハイドと一緒に過ごした後、村に退避する決心をした。村の私たちの家はそう遠くなく、九〇キロメートル離れているだけ。夜間外出禁止令の時間が過ぎると、私はGoogleマップで確認し、キーウから西へ、村の方向への道は開いているとわかった。荷造りをし、冷蔵庫と冷凍庫から食品を取り出し、車に積んで出発した。

残念なことに、状況は変わっていて、私たちがキーウの西端に到着した時点までには車の流れは止まっていた。車列の中には、様々な都市のナンバープレートをつけた車がたくさんあった。ドニプロ、ザポリージャ、ハルキウ、そしてドネーツィクやルハーンシクまでも。こうした車のドライバーたちが、少なくとも二日間はずっと運転しているのだとわかった。彼らの青白い顔、疲れた目、その運転のしかたから、誰でもそれがわかるだろう。

途中妻が、キーウ芸術学校の音楽教師である友人のレナに電話をした。私たちと一緒に来たいかどうか、妻は訊ねた。レナは決めかねていた。それから彼女は、行くと返事をし、息子と来ることになった。ふたりは道路に出て、待ち合わせ場所に私たちが到着するまで二〇分待った。トラックやバスの間を縫うように進んで私たちの車までやってきて、バックシートに自らの身とスーツケースなどを押し込んだ。これで車はいっぱいになった。

村までの移動は、普通なら一時間で済むところを、四時間半かかった。乗り捨てられた壊れた車を迂回し、キーウ防衛のために準備された大砲や戦車に目を凝らしながら運転をした。いつもはキーウへ向かう車が通る高速道路の右側車線を、両方向に行き来するたくさんの軍用車両を目にした。今はその方向に向かう一般車は非常に少ない。

重苦しい気持ちだった。誰も何も言わなかった。私がカーラジオをつけると、皆がニュースに聞き入った。ニュースは前線からのものだった。どこもかしこも前線だった。今の前線は、ロシアおよびベラルーシとの国境線の長さにあたる三〇〇〇キロメートルに及んでいる。ハルキウとマリウポリが爆撃されていて、クリミアも含めウクライナ領土のいくつかの場所に数百台の戦車が侵入してきていた。ウクライナの複数の都市をめがけて、ベラルーシの領土内から弾道ミサイルが飛んできた。ニュースを聞いて落ち着くわけではなかったが、渋滞から気をそらすことはできた。

ウクライナ軍の戦闘機二機が、私たちの車の上空低く飛んで行った。爆発音が聞こえた。その音量は進むにつれて大きくなった。すると、ラジオのニュースから、聞こえているのは今私たちが通過している町ホストーメリでの戦闘の音だとわかった。そこに三四機のヘリコプターに分乗したロシアの部隊が着陸したのだ。ロシア軍部隊は、ムリーヤ（夢）の名で知られる世界最大の輸送機をまんまと爆破した。これは、キーウのオレーク・アントーノフ航空機工場で製造された輸送機だ。一機のみの製造で、アフリカへの人道支援物資運搬のために国連にリースされていた。それがもう、なくなってしまった。

このアントーノフ工場こそが、私の家族がレニングラードからキーウへ引越した理由だった。ソ連軍から除隊となった私の父が、ここでテストパイロットの職を得たのだ。おそらくそうでなくても、いずれは祖母と暮らすためにキーウへ引越すことになっただろうが、アントーノフ工場が父をテストパイロットとして雇用し、二、三年後には滑走路に面したレンガ造りの建物の六階に部屋をあてがってくれた。その窓からは、飛行機と滑走路そのものが見えた。

渋滞した高速道路をのろのろと進んでいる間、私は自分の子ども時代に思いをはせていた。私と友だちが、アントーノフ工場の飛行場のフェンスを乗り越え、草むらの中でアルミニウムの破片を探したこと。そこには他には何もなかった。アルミニウムの破片は、その軽さから、何か貴重で驚くべきものに思えた。

＊＊＊＊＊＊＊＊＊

ようやく村に到着し、私がラジオを切ると、静けさに包まれた。爆発音も砲撃音もしない。鳥たちが春の訪れを喜び、歌っていた。荷物を運び入れ、レナと彼女の息子を部屋に案内し、お茶を淹れた。お隣に犬用の肉を少し持って行った――この犬たち用に、我が家ではいつも骨を取っておいて、ベランダか冷凍庫で保管しているのだ。

お隣のニーナとトーリクが私たちの来訪を喜んでくれた。「昨日来ると思ってたのよ！」とニーナが言った。前日、彼らの息子が妻と幼い子を連れてキーウから到着していた。

「昨日なら、ここには着けなかっただろうな」と私は答えた。昨日の渋滞は八〇キロメートルだったのだ。

「うちの息子は、高速道路じゃなくて、野原や村を通り抜けてきたんだよ」とニーナが言った。私が日に何度か顔を出すと約束した。彼らとは、以前からずっと、とても仲良くしてきたのだ。

仕事をしようと机を準備し、ノートパソコンを立ち上げ、暖房のスイッチを入れた。一週間前には気温が上がっておいたのだけど。すると、キーウの友人が電話をしてきて、「今どこにいる?」と訊いた。居場所を告げた。彼は、もっと西へすぐに行くように勧めた。

仕事部屋を見つめ、暖房のことを考え、一緒に来た友人のことを考えた。「リヴィウにいる子どもたちのところへ行こう。レナと息子くんはここにいていい。ここの方がキーウよりも安全だ」私は妻にそう言った。エリザベスは黙ったまま考えていた。

「自分でそう言ってよね」彼女はきっぱりと言った。

私はレナに、先へ行くことにしたと告げ、暖房の調節や水道ポンプの起動のしかたを説明しようと申し出た。レナはにべもなく断った。「私たちも一緒に行く」彼女もきっぱりと言った。

再び家から荷物を取り出し、車に詰め込んだ。エリザベスがお隣にさよならを言いに行った。ニーナは泣いて私の妻をハグし、ニーナの夫トーリクは青ざめた顔をして杖にすっかり頼り切って立っていた。彼の左手が震えていた。私たちは別れを告げて、車でジトーミルの高速の入り口へと後戻りした。

四二〇キロメートル先のリヴィウまで、二二時間かかった。渋滞は一〇キロメートルから五〇キロメートルまで、場所によって様々だった。とうとう眠気が襲ってきたので、車を停めた。一時間半の睡眠をとった後、再び発車した。翌日午前中にリヴィウに到着した。

とても美しい街に並ぶ、私にとって見慣れた古い家々や邸宅を眺め、こう思った。「ロシア軍はここまでやってくるのだろうか? プーチンはリヴィウも爆撃するだろうか、それとも他の地域で留めておくだろうか?」最後にはこうしたことを考えるのもやめた。考えたところで、元気は湧いてこないから。

子どもたちは混乱し、悲しんでいた。彼らが借りているアパートメントで仮眠をとるべきだったが、そうしたくなかった。痛いほどに気が張っていて、眠れないのはわかっていた。

その建物から遠くないところに、銃器店があるのに気づいた。まだ閉まっていたが、店の前には行列ができていた。大人の男性たちと少年少女たちが列に並んで、開店を待っていた。

友人が電話をしてきて、キーウを離れたかと訊いた。離れたと返事をした。彼曰く、ジトーミルの高速の出入り口は通行不能になったとのこと。ウクライナ軍が、ロシア軍の戦車がここを通ってまっすぐキーウに入ってくることがないように、この高速道路を爆破したのだ。少し経ってから、キーウに残った友人のスヴェトラーナからメッセージが届いた。「念のために、お別れを言っておくことにした。キーウはこれからひどい爆撃を受けるだろうって警告が出たの。私は自宅のフラットにずっといることにする。地下室に駆け込むのは、もう嫌になっちゃった。もし何かあったら、笑顔の私を覚えていて」

私は、兄にもふたりのいとこにも電話をしていなかったと、はたと気づいた。兄にはすぐ連絡がついた。彼は自宅でじっとしていると言った。航空機工場の向かいの、あの同じアパートメントにいて、私たちが通過してきたホストーメリの方角から聞こえる爆発音に耳を傾けているとのことだった。いとこたちにはつながらなかった。彼らと再会できるのは、いつになるのだろうか。

二〇二二年三月三日
国境

私たちは娘を国外へ出し、ロンドンへの帰りの飛行機に乗せなくてはならなかった。ポーランドに入国するには、車列で五日間待つ必要があった。だから、ハンガリーとの国境をめざして、車で山地を走った。美しいルートだった。初めは、一車線の道は比較的すいすいと流れた。その後、道の流れは止まった。何時間も、じりじりと進むしかなかった。夜一〇時には、車を停めてちょっと眠らないといけないと悟った。道沿いのホテルはどこも満室だったが、そう遠くないところに簡素なスキー用の宿泊施設がある、と誰かが教えてくれた。その場所を探し当て、しばらく前の景気の良かった頃に改装したと思しきドミトリータイプの部屋に案内された。お湯は出るが、タオルがなかった。迎え入れた男性にそのことを言った。するとすぐさま、値札がついたままの真新しいタオルを持ってきてくれた。いずれの値札も、ひとり当たりの一泊料金よりもちょっと安いだけだった。娘がやってきて、自分たちの部屋のバスルームにトイレットペーパーがないと言った。管理人は謝り、地元の商店に行って、おかみさんを起こして売ってもらいます、と答えた。「いや、そんなことはしないでください」と私。「私の部屋のを分けますから」

ぐっすりと眠ったが、夜明けには目が覚めて、今日中に娘をハンガリーに入国させるなら、すぐに出発する必要があると悟った。道は比較的空いていて、午前一〇時までには国境が見えた。

二〇二二年三月五日
過去の影はどれくらい長いのか？

過去の影はどれくらい長いのか？　記憶はどのように働くのだろうか？　これらの問いに多くの答えがあるが、どの答えも一〇〇パーセント正しいとは思えない。実際には、私たちは自分の記憶自体がどう働くのかを問うている。記憶は、それが対話の相手になるときでさえ、悪意なしに人を振り回すのだ！

四〇歳のときに、背中が痛み出した。医者に行くと、レントゲンを撮るように言われた。そのレントゲン写真を両手で掲げながら、医師は「若い頃にけがをしていますね！」と言った。「いいえ、してませんよ！」と私は言い張った。医者は黙って、レントゲン写真をしげしげと眺めた。そこで私は、学校の、七年生か八年生のときのエピソードを思い出したのだ。屋外体育の時間で、私たち生徒は鉄棒で前回りや逆上がりをしていた。どこかの時点で、私は滑って背中から落ちた。仰向けになったまま、もう動けない、身体が言うことをきかないと思った。誰かがかがみこんで、何かを訊いているのはわかったが、聞こえなかった。目は見えていたが、何もできなかった。たぶん一五分ほど経ってから、身体の感覚が戻った。用心しながら起き上がった。草の上に座った。先生に言われて、家に帰った。以上がその顛末だ。「そうです、今思い出しました」医師に説明した。彼は頷いた。

人は良いことよりも悪いことの方をよく覚えている、とはよく言われる。私はそうではない。自分の人生で楽しかったことや驚いたことはよく覚えているが、嫌だったことや傷ついたことは忘れていて、記憶の井戸の、ほぼ接近不能な深さに置き去りになっている。ここに垣間見る自己保存本能は、特別な働き方をしている。私たちは悪い記憶から自分の精神を守り、良い記憶でそれを支える。記憶の中で、過去を理想化すればすぐにノスタルジアが発動する。たとえ、最悪の敵にでも起こってほしくないような時期であっても。

私が生まれたのは、ホロドモール後、第二次世界大戦後、強制収容所《グラーグ》後、スターリンの死後のことである。私の母は一九三一年に生まれた。一〇歳のときに、母親と祖母、兄たちと共にウラル山地へ疎開した。父親、つまり私の祖父は前線に送られた。一九四三年にハルキウの近くで戦死し、その地で埋葬されている。

母たちが乗った疎開列車の中はひどい状況で、しかも空襲が頻繁にあった。ようやく到着したのが、ウラル山地の人里離れた場所にある、強制移住させられたウクライナの村民たちが作った村だった。母親と三人の子どもたちには、一軒家の一部屋の片隅があてがわれた。家主はこの疎開者たちに食事をさせるように言われていたが、残り物しか与えず、それもじゃがいもの皮が多かったので、祖母はそれでスープ、というか灰色のピューレを作った。子どもたちは、飢えとは何たるかをたちまちにして悟った。飢えに対する恐怖は一生、この子どもたちと母親につきまとった。祖母は亡くなるまで、食べ残しのパンは必ずとっておき、乾燥させて、それ専用に作った粗いキャラコの袋に入れ、ひもで縛っておいた。このように、強制移住というひとつの歴史的トラウマは、飢餓の恐怖という別の歴史的トラウマを生じさせたのだ。

タイーシャというのが祖母の名前だが、そのタイーシャおばあちゃんは私が高校生のときに、ユダヤ人虐殺《ポグロム》を目撃した話を語ってくれた。川を渡る木橋の上で、暴行から走って逃げてきたユダヤ人が馬に乗ったひとりのコサックに捕まり、サーベルで斬り倒されたいきさつを。

父方の祖父は、ドン・コサック軍の軍人で共産主義者、スターリン主義者で、戦争の話とソヴィエト兵士たちの手柄の話しかしなかった。祖父は、やはり共産主義者でグラーグに行き着き、この収容所で二〇年過ごした自分の親戚の話は一切しなかった。こういう話を私が聞いたのは、一九八〇年に祖父が亡くなった後のことだ。私は物騒な過去から守られていたのだとわかった。伏せられた親戚の話は私の父も母も知っていたが、ふたりとも私に語ってくれたことはなかった。

祖父の死後にたまたま、兄のおかげで、私はソルジェニーツィンの禁書『収容所群島』を手にした。まさにこのグラーグに、ふたりの親戚が送られたと知って、私はこの本を貪るように読んだ。これを読んでから私は、真実を見つけたい、学校や大学で学んだのとは違うソ連の本当の歴史を知りたいと猛烈に思った。ソ連内を旅して回るようになり、列車のときもあれば、ヒッチハイクで大型トラックに乗せてもらうこともあり、レニングラードの北東のヴォルガ地域では川船にも乗った。旅行中、現役時代にソヴィエト官僚として働いた年金受給者を探した。その人たちの過去についてインタビューし、彼らが何を目撃して、どんな役割を担ったのか知りたかった。話すことに同意してくれた人のうち、数名との会話を録音した。それを聴いていると、あたかも熱いストーブに素手で触ったかのような感じがすることがあった。

話すことに同意してくれたひとりが、アレクサンドル・ペトローヴィチ・スムーロフだった。彼と出会ったのはクリミアのスダークの町の近くで、彼はそこで静かな引退生活を送っていた。もうはるか昔の一九三〇年代、彼は法廷審問なしで判決を下していた三人組判事のひとりだった。自分が事実上何も知らない人たちの死刑執行令状にサインをしていた様子を、彼はすらすらと話した。彼がサインをした死刑判決はどれくらいの件数かという私の質問に、「たぶん三〇〇か、それ以上かもな」と答えた。この男は自分がやったことを、悪びれずに回想した。自分の身の潔白を固く信じていた。若かった頃のことと、ソヴィエトの大義に対する情熱をなつかしげに語り、フルシチョフは大嫌いだと言った。彼は私の祖父にも、その年代の私の知り合いにも似ていなかった。だがいくつかの点で、明らかに彼はその時代を代表する典型的な人物だった。

子どもなりに祖母と母を観察した結果、第二次世界大戦の疎開時に味わった飢餓の経験と、そのずっと後の一九七〇年代のふたりの行動や習慣との間のつながりに、私は気づかずにはいられなかった。当時は歴史的記憶や歴史的トラウマとは何かということは知らなかっただろうが、その影響は私にもわかった。今はもっとよく理解している。子どもの頃は、母やその家族を含めた疎開者に対する地元農民の態度が理解できなかったが、これもまた別の歴史的トラウマの影響なのだ。彼らが抱えていたのは、ウクライナから強制的に移住させられた犠牲者としての歴史的トラウマだった。

ソ連はこうした記憶を、シベリアやウラル山地に強制移住させられたウクライナ人の大半の子孫から消すことに成功した。現在、彼らはロシア連邦の忠実な市民であり、自国の統治者を全面的もしくは部分的に支持している。彼らはソヴィエト連邦の後継たる自国から、ソヴィエトの制度によって自分の先祖が負わされた苦痛に対する謝罪も賠償も求めていない。今でも各家庭では一族の物語を語っているかもしれないが、全体としてその過去は拭い去られてしまった。現在の出来事の進展を追い続けながら、たとえ大規模な強制移住は忘れ去られても、それ自体が繰り返し起こるものだと感じている。

クリミア・タタール人は、この恐ろしい言葉の意味を他の民族よりもよく知っている。クリミアからクリミア・タタールの人々を強制退去させる作戦は、一九四四年五月一八日午前四時に始まり、一九四四年五月二〇日午後四時に終わった。三万二〇〇〇人以上の内務人民委員部の部隊がこれを実行するために配置された。強制退去の対象者たちが用意に与えられたのは数分から三〇分、その後トラックで鉄道駅まで運ばれた。そこから、列車は彼らを追放の土地へと運んだ。目撃者によると、抵抗したり歩けなかったりした人は、その場で撃ち殺されたこともあったそうだ。

強制移住させられたクリミア・タタール人がクリミアへの帰郷をめざす非暴力闘争は、五〇年近く続いて勝利に終わった。一九八七年と一九八九年に、ソヴィエト政府の決定により、クリミア・タタールの人々は名誉を回復され、複雑で長々と続く帰還のプロセスが始まった。彼らの歴史的記憶が、結局はこのプロセスの大事な原動力となった。これには、クリミア・タタール人がクリミアに帰還するという物理的側面だけでなく、当時のソ連の他地域から彼らが戻ったその村や町で、クリミア・タタールの生活様式を回復する側面も含まれていた。タタール人は退去させられたときとは全く違ったクリミアに戻ってきたわけだが、すぐに記憶にあるクリミアの、彼ら固有のやり方や伝統、強制移住以前の何世紀にもわたって暮らしてきた生活様式の復活に取りかかった。

この新しい時代に、私たちは歴史が繰り返すのを見ている。一九四四年の春、モスクワは軍を動員して人々をそっくり強制移住させた。七〇年後の二〇一四年の同じく春に、同じく軍を動員し、モスクワは当時ウクライナの一部だったクリミア半島全域を併合した。この併合には、かつて強制移住させられ、五〇年近く異郷での生活を強いられた後に帰還したクリミア・タタール人全員も含まれた。

二〇一四年四月、ほぼ併合直後に、ロシア大統領ウラジーミル・プーチンは第二六八法令「アルメニア人、ブルガリア人、ギリシャ人、クリミア・タタール人、ドイツ人の名誉回復とその復興および発展のための国家支援の方策について」にサインをした。ジョージ・オーウェル的な伝統の最たる例で、その地位が「別の表現に置き換えられた」、つまり格下げされたのは、クリミア・タタール人の悲劇である。スターリンの弾圧によって直接被害を受けた人々をアルファベット順に並べたこの法令を、少なくとも部分的に引用する価値はある。

歴史的正義回復のため、すなわちクリミア自治ソヴィエト社会主義共和国の領土からアルメニア人、ブルガリア人、ギリシャ人、イタリア人、クリミア・タタール人およびドイツ人が非合法に強制退去させられたこと並びに彼らに対するその他の暴虐の影響を排除するために、以下の声明が発効される（二〇一五年九月一二日、ロシア連邦大統領令N四五八により改正）。

一．ロシア連邦政府はクリミア共和国当局ならびにセヴァストーポリ市当局と共に

a．歴史的正義回復のため、すなわち国内およびその他の土地における非合法の強制退去処分および政治的弾圧を被ったアルメニア人、ブルガリア人、ギリシャ人、イタリア人、クリミア・タタール人およびドイツ人の政治的、社会的、精神的再生をもたらすために一連の手段を講ずるものとする

b．クリミア共和国領土並びにセヴァストーポリ市在住のロシア連邦国民たるアルメニア人、ブルガリア人、ギリシャ人、イタリア人、クリミア・タタール人およびドイツ人の同胞的・文化的自律性の醸成並びにその他公的協会および組織の設立と発展を支援し奨励するものとする。これらの人々固有の基礎言語教育、その伝統工芸および共同社会の生活様式の発展を支援し奨励するものとし、同時にアルメニア人、ブルガリア人、ギリシャ人、イタリア人、クリミア・タタール人およびドイツ人のその他社会経済的発展上の問題解決への支援をも行なうものとする

二．この命令は公付の日付において即日発効されるものとする

ロシア連邦大統領　V・プーチン

モスクワ、クレムリン
二〇一四年四月二一日
N二六八

強制移住させられたクリミア・タタール人に加えて、強制移住させられたということになっているイタリア人やドイツ人などが、個々人としてではなく民族名として挙げられているこの大統領令についてコメントしても意味がない。これは最高水準の政治的シュールレアリスムである。この大統領令で挙げられているイタリア人、ブルガリア人、ドイツ人およびその他クリミアの人々は現在は弾圧の対象になっていないのに対して、これから私が述べるように、クリミア・タタール人は一種の強制退去を突きつけられているのだ。彼らの中には、祖国に足を踏み入れることを禁じられている人、自宅に入ることを禁じられている人、家族に会うことを禁じられている人がいる。この弾圧は、クリミア・タタールの人たちの分断を狙って、つまり彼らの中のプーチンに協力的な人たちをそうでない人たちから引き離すことを狙って、大っぴらに行なわれているのだ。プーチンに協力的な人たちの集団は既に存在している。それはまだ大きくはないものの、クレムリンの強力なプロパガンダ組織が、クリミア併合反対の声を堂々と上げる人に対してもれなく心理的圧力を加えていることと併せて、協力者の数を増やすために動いている。

ロシアにとっての理想は、クリミア・タタール人が強制移住のことを忘れ、歴史的記憶の苦しみを手放すことであろう。これこそが、クリミア・タタール人の行動基準と、彼らの名誉と祖先の名誉のために闘い続ける意志とを決定づけるものなのだ。ロシア当局は、クリミア・タタールの歴史的記憶がロシア人の歴史的記憶よりもずっと強いことは理解している。ソ連時代にさかのぼると、ロシア人の歴史的記憶は「英雄的勝利者の記憶」として形成された。この原則は、ソ連崩壊後のロシアで新たな次元の不条理をもたらした。事実上は負け戦も含めて、戦争と呼べそうなものすべてが「勝者の誉れ」なのだ。「勝者の誉れ」からは、「敗者」すなわち個人的経験にせよ集団的経験にせよ、歴史的トラウマを抱えた人々に対する上から目線の、傲慢な姿勢が生じる。ロシア人は自らの歴史の傷を剝奪され、過去の不当行為にまつわる煩悶から解放された。二〇〇〇万人以上の強制収容所《グラーグ》の犠牲者は忘れ去られたため、グラーグとスターリンの弾圧がロシア人の歴史的トラウマにはならなかったのだ。だからこそこうした歴史の傷が、ロシア人の世界観と姿勢を変えることはなかったし、そのアイデンティティを変えることもなかった。

必要があるとき、他に打開策がないときは、ロシアは他の人々に与えた損害を認めるが、あくまでそれは、地政学的利害の一部としての領土争いにおいて、ロシアが国として及ぼす影響の道具にすぎないのだ。

クリミア・タタール人の強制退去被害者を記念した最初のモニュメントは、一九九四年にスダークに建てられた。二〇一六年五月一八日、ロシアによる併合の二年後の大規模強制移住の記念日に、ロシア当局はシレーニ鉄道駅近くに、クリミアのバフチサライ地区で強制退去被害に遭った人々に捧げるメモリアル複合施設を開設した。この複合施設の開館に合わせて、ウクライナ国立銀行は、「クリミア・タタール人大量虐殺《ジェノサイド》の犠牲者を偲んで」一〇フリヴニャ記念銀貨を発行した。銀貨とモニュメントが伝えるこの戦いは、歴史的真実と歴史的記憶をめぐる戦いとして続くだろう。

タタール人だけではない。クリミア・タタールの強制移住の一四年前、一九三〇年から三一年の間に、一八〇〇万人以上の農民が、表向きには集団農場化に抵抗したという理由でウクライナから追放された。この数字は、グラーグ関連の記録の中の「特別定住者」という見出しの下に記されている。一九四七年、いわゆる「西の作戦」の結果として、さらに七万六〇〇〇人のウクライナ人が西ウクライナから退去させられ、シベリアや極東に送られた。この人たちは、反ソヴィエト地下組織の闘士の家族やシンパと、当時村議会の指導者たちがただ単に「信用できない」とみなした人々だった。

もし、たとえ形式的でしかないとしても正義が回復されることがあるのなら、こうした強制退去や強制移住の歴史的トラウマが、その被害者たるウクライナ人の子孫の人生において役割を果たす必要がある。それなのに、ソ連時代も独立後のウクライナでも、強制退去させられたウクライナ人の名誉回復の法令が採択されたことはない。一九九一年四月一七日に成立したのはソ連時代の法律で、政治的弾圧を受けた被害者の名誉回復に関するものだ。当時のウクライナの法律は、依然としてソヴィエト全体の法律と完全に一致していた。ウクライナには独自の国内法はなかった。一九九一年の法律は、一九一七年から一九九一年四月までの期間を対象とし、適用対象者は

「この期間にウクライナ裁判所によって不当にも有罪宣告された人々もしくは同共和国領内においてその他政府機関により形態を問わず弾圧を受けた人々とする。この弾圧には特定の政治、社会、

階級、国籍、宗教を理由とした生活もしくは自由の剥奪、本共和国の国境を越えての強制的な移動、追放、国外生活、公民権の剥奪、医療機関への強制収容、その他市民権もしくは自由の剥奪もしくは制限が含まれる」

二〇一八年五月、この法律の改正ウクライナ版が施行されたが、対象者は変更されなかった。これにより、数百万人の大規模強制移住の被害者は、法律で特定の補償が受けられないままになった。この遺漏は、被害者とその子孫に一族が被った犯罪被害を思い出させることによって歴史を荒立てたくはないという、立法者たちの強い意向を物語っている。彼らはこのトラウマに満ちた歴史のページをめくって、本件に象徴的な終止符を打ちたいと願っているのだ。

＊＊＊＊＊＊＊

リトアニアの場合、国民が被った強制移住と強制移送に対する姿勢は全く異なっているようだ。一九四一年六月と一九四八年五月の悲劇についての歴史的記憶は、リトアニアのナショナル・アイデンティティ形成と、リトアニアの共有価値観、特に国民の自由とリトアニア国家の独立に関する国民の合意形成において非常に重要である。

一九四一年六月、リトアニアの政治、科学、文化のエリートたちがほぼ根こそぎ逮捕され、現ウクライナのルハーンシク州スタロビーリシクの町近くの収容所へ貨物列車で送られた。そこから彼らは貨物列車で北ウラル山地へ送られ、続いて平底荷船でガーリ村の内務人民委員部の収容所に送られた。

ガーリのソヴィエト・グラーグにはリトアニア共和国の閣僚たち、例えばプラナス・ドヴィーダイティス、ヴォルジャマラス・ヴィータウタス・チャルニャツキス、ペトラス・アラヴィチュス、アンタナス・エンジュライティス、カジミェラス・ヨカタナス、ユオザス・パピャチュキース、ジグマス・プラナス・スタルクス、ヨナス・ストゥクスが、その他数千人の役人、政府高官、学生、著名人、政治家と共に収容された。

この作戦は公式には「リトアニア、ラトヴィア、エストニアの各ソヴィエト社会主義共和国における反ソヴィエトの犯罪分子および社会的危険分子の掃討措置」と呼ばれた。一九四一年五月一六日の書類の中で、初めは全連邦共産党ボリシェヴィキ中央委員会はリトアニアにしか言及していなかったのが興味深い。ラトヴィアとエストニアはこの法令に手書きで、つまりこの書類調印の直前に書き加えられたのだ。

国民のエリートを失うことが歴史的トラウマになるのは当然である。恐怖が人々の血液に入り込み、普通の人の人生のはかなさを強調する。

一九四八年五月、西ウクライナでの「西の作戦」の一年後に、リトアニアでの「春の作戦」が始まった。たった二日間で、ソヴィエトの弾圧組織は、およそ四万人の市民をシベリアへ強制移送した。この数には多くの女性と子どもが含まれていた。これは最大規模のリトアニアからの住民移送だった。ソ連国家安全省は素早く、厳格に実行した。彼らは急いでいた。当局の最上部が、反ソヴィエト分子を取り除いた「浄化された共和国」を要求したからだ。この「反ソヴィエト分子」にはパルチザンだけでなく、集団農場入りを拒んだ富裕な農民も含まれた。シベリアでは深刻な労働力不足が起きていたので、ならば勤勉なリトアニア人をいくらか送り込んだらいいのではないか？　しかし、この作戦の重要な目標は、ソヴィエトのイデオロギーと経済改革に全力を尽くして反対する人々を怯えさせることにあった。この目標は、大部分が達成された。人々の心に植えつけられた恐怖は、その後数十年にわたって消えなかったからだ。「数千人の人々が健康を害したが、それは肉体だけに限らなかった。多くの人の運命が潰されたのだ」リトアニアの歴史学者アルヴィーダス・アヌシャウスカスはこう認識している。モスクワの公文書館には、この七〇年前の住民移送の計画と地図が保管されているが、いまだに機密扱いで誰にも調査できない。

この強制移送は、特に最後の、一九四八年に実施されたものは、開いた傷口のようにある程度生々しく残っている。非人道的な状況下で長年生きのびた末にシベリアから帰国した際、そのリトアニア人たちは強制移送者協会を設立し、ソヴィエト時代の犯罪の文書記録を数多く収集した。私は、リトアニア東部のアニークシュチャイでこの協会のメンバー数人と会った。彼らにとって記憶は、自国民に対するこのような犯罪を繰り返させないための最重要手段である。しかし、誰もがこの悲劇の記憶を生々しく保持し続けることを善しとしているわけではない。これに対抗するのが「意識的忘却」説で、そんな悲劇的出来事は覚えていても役に立たないものだから忘れるべきだとする立場だ。この説が公に議論されることは稀だが、ロシアでは積極的に吹聴され、かなり成功している。自国民および他国民に対するソヴィエト体制の犯罪は、重要性が矮小化されるか、もしくは完全に忘れ去られているものさえある。歴史家たちは並行して、「強制移送」という用語を「抑留」などの言葉に置き換える動きをしており、同時にそんな歴史的悲劇の重要性を軽視するための別の方策も模索している。

「意識的忘却」を、かつての被害者とかつての加害者が平和的に共存するためのアプローチとして支持する人たちは、現在のロシアに限らずどこでも活動的だ。「忘れましょう」陣営と、「意識的忘却」に抵抗する人たちとの間の論争は、数百万の人々に対して、国全体に対して、人類に対して犯罪がなされた場所ならどこでも続いているし、今後も続くだろう。一番ひどい弾圧が「人類に対する犯罪」と呼ばれるのは当然のことだ。この言葉自体が、そんな犯罪を忘却に付すことは不可能だと示している。

「記憶」の活動家やその他民主主義勢力がどんなにがんばっても、グラーグという犯罪が現代ロシアの歴史的トラウマになっていないという事実は、ロシアがまだ過去から立ち直っていない証であり、ストックホルム症候群に似た症状を患っている、つまりスターリンの過去が今もロシア連邦を人質にとっていることの証である。まるで自分たちが知らない拷問者より知っている拷問者の方を好んでいるかのようだ。ロシア人は想像上の、見ず知らずの、外国の拷問者の方を恐がる。自分たちが見知っている拷問者が、もし自分たちを守ってくれなければ襲撃してくるかもしれない外国の拷問者の方が恐いのだ。

ウクライナはホロドモールの悲劇は認識しながら、この別の悲劇、つまり強制移送された数百万人の農民の悲劇の方はちょっと遠くに押しやっている。その事実はおそらく、たとえ歴史的トラウマに気づいていても、その国民、あるいは少なくともその一部の人々には、過去の嫌な経験を過剰に蒸し返されることから傷を抱えた人々を守ろうとする一種のフィルターが働くことを示しているのだろう。

必然的に、歴史の傷はナショナル・アイデンティティ形成に影響を及ぼす。それは前向きな役割も一体感形成の役割も果たし得るが、もしそれが原因で犠牲者が執拗に抵抗する傾向を見せるようになると、この歴史の傷の効果は全く実りないものに留まる可能性がある。歴史的トラウマの専門家として有名なドイツ人研究者アライダ・アスマンは、その著書『過去の長い影——想起の文化と歴史的政治』の中でこう述べている。

「犠牲の意味論に基づくアイデンティティ・ポリシーは、結局はその解決ではなく問題の一部になる。もっと正確には——心的外傷後症候群の一部になるのであり、それを克服する試みにはならない。イェフダ・エルカナは、イスラエル人のアイデンティティをホロコーストの犠牲の経験のみに基づいて形成しようとする執念を、文化的価値の重要性は曖昧で、民族意識の中から無理やり絞り出したものである、と説得力ある説明をした。彼は、ホロコーストは忘れられるべきだと主張しているわけではなく、ホロコーストをナショナル・アイデンティティ形成の中心軸に据えることに反対しているのである」

心理学者がトラウマの経験をした人を相手にするときは、そのトラウマを抱えた被害者が自分の痛みを言葉にして表現するのを手助けする方法を模索する。悲劇を生きのびた人は、経験したその悲劇が自らの行動や思考を左右し続けることのないように、声に出して吐き出す必要がある。声に出して吐き出すことは忘れるための手段ではなく、建設的に記憶するための手段であり、悲劇の結果を自分自身の歴史と文化の遺産にするための手段なのである。この文化こそが、悲劇を理解し対処することに、そして歴史的トラウマの現実を認識することに役立つのだ。私の祖母は戦時中の心の傷を、乾燥させたパンを入れる小さな袋を作ることで癒した。私はそれを目の当たりにし、そこから学ぶこともできた。

その昔、歴史上の悲劇は民謡やバラッドになって次の世代に渡された。歴史的真実と歴史的トラウマが芸術作品を通じて、文学や映画を通じて人々のところに帰って来る機会は非常に多い。こうした媒体が力強いものであればあるほど、作品はより長く人々にとって価値あるものとして生き続け、最終的にはその最良のものが歴史的経験の文化的正典《カノン》に落ち着く。数億人とまでは言わないまでも、数千万人が映画『シンドラーのリスト』を観た。数百万人がカンボジアでの大量虐殺《ジェノサイド》を扱った『キリング・フィールド』を観た。私は、世界中の数百万の人々が、アグニェシュカ・ホランドの『赤い闇　スターリンの冷たい大地で』を観てくれることを期待する。ウクライナのホロドモールと、一九三〇年代の文明世界で繰り広げられた不本意な出来事を扱ったこの映画を観て、ソ連で起こっていたことの真実を理解し、受け止めてほしいのだ。

いつかウクライナ人の監督が、ワシーリ・バールカの小説『黄色い公爵』の映画化を手がけてくれたらと思う。この本は一九三〇年代のウクライナの村のドラマを、ウクライナの農民の大量移送とその後の運命を描いたものだ。このような映画は、歴史的記憶を支えるためにも、ウクライナ国民としての基本的価値観を、私たちがより良く理解するためにも不可欠なものである。

二〇二二年三月六日
コーヒー片手にインタビュー

私の国ウクライナの独立が危機に瀕している、この困難で劇的な時期に、医師と作家の才能が見事に結びついたスコットランドの偉大な作家アーチボルト・ジョゼフ・クローニンの作品群が大いに役に立っている。私が利用しているのは、一九九四年にシーティン財団出版局がモスクワで出版した全五巻本だ。この中にどんな作品が収録されているかは問題ではない。私は今、小説を読んでいない。Zoom や Skype をテレビ局の仕様に合わせるために、ノートパソコンのカメラを私の目の位置に合うようにするために、この五巻本をパソコン置きとして使っているのだ。

これは私の本ではないし、自宅から持ってきた本でもない。妻と私は今、ザカルパッチャ州にいる。私たちが知らない、ラリーサという名の高齢女性が、自宅アパートメントの鍵を渡してくれ、彼女自身は娘のところへ身を寄せた。彼女は西ウクライナでは珍しい、ロシア語話者である。すべての本――ここにはたくさんの本がある――はロシア語だ。ロシアの古典もあるし、世界の古典とウクライナの古典のロシア語訳もある。彼女は冷蔵庫を食品でいっぱいにしてくれて、自由に使ってくださいと言ってくれた。

近頃、西ウクライナはその最善な面を見せてくれているが、緊張は手に取るようにわかる。今日は蜂蜜が欲しくて市場に行ったのだが、蜂蜜自体はあるものの、店番がいなかった。近くに立っていた地元住民に「店番はどこにいるんでしょうか」と訊ねた。彼は辺りを見渡しもせず、「知るわけないだろ」とぴしゃりと返事をした。それから彼は振り返り、目で私にわびた。蜂蜜業者を待つのはやめて、代わりに別のところでいちごジャムを買った。何か甘いものが欲しかっただけなのだ。今までジャムをたくさん食べたことはないし、コーヒーも紅茶も砂糖なしで飲む——糖尿病にならないように気をつけているのだ。みんなには、私の人生は充分に甘いからね、と話していた。そんな私が今、蜂蜜かジャムを欲している。

****

戦争は、死をもたらすと同時に、人々の中に慈悲の念を呼び起こす。突如として他者を、つまり困難に陥っている人たちを助けたいという気持ちに駆られるのだ。今、国内には困難に陥っている人たちが数百万人もいる。手を貸す側の人たちも何百万人もいる、と言っても過言ではない。人道支援センターには、避難民たちを助ける多くの人がいる。こうしたセンターは、主に学校や役場の建物内にある。私たちがいる通りで、何台も車を所有している人たちは、「人道支援物資を取りに行くとか車に乗せてほしいとか、必要なら電話して！」と書いて、携帯番号を付記したのぼりを車に掲げている。夜には警察がパトロールして、そうした車を確認する。日中は、自動小銃を携帯している警官をよく見かける。

様々な国のジャーナリストたちがひっきりなしに電話をかけてくるか、メッセージを送ってくる。彼らをふたつのタイプに分けることが、既に身についてしまった。何が起きているのかを、ウクライナの人々の感情や心の痛みを、本当に理解したいと思っているタイプと、注目の話題を取材して知名度や金銭を稼ぎたいタイプと、である。よく知られた新聞や雑誌の記者風を装っているユーチューバーも複数現れた。彼らはビデオインタビューまで申し込んでくる。ウクライナの有名人、作家、政治家たちも今の状況では、うっかりすると一五人しかフォロワーのいないユーチューバーに、現状の複雑さを説明して時間を無駄にしてしまう。私には長年の知り合いであるフランスとイギリスのジャーナリストが数多くいるが、知らないジャーナリストについては、信用に値するかどうかGoogleで確認するようになった。この習慣は、結果的に無駄になったためしはなく、時間と労力の浪費防止に大いに役立っている。

戦争は、もうほぼ二週間続いている。ウクライナは持ちこたえている。ウクライナ人か外国人かを問わず、多くのひたむきなジャーナリストたちがウクライナ国内で仕事を続けている。現在、そのうちのふたりがキーウ近郊の戦闘地域であるイルピーニまで出かけている。私は、彼らが仕事を成し遂げ、無事にキーウへ戻りますようにと願う。すべてのウクライナ人とウクライナに味方してくれる人々に、幸福と健康と力あれと願う。だが私は、外国からウクライナの人々に電話をかけてきて、しかも右手に電話、左手にコーヒーカップというスタイルが好みらしいジャーナリストには、馬鹿げた質問はしないでくれと言いたい。その最たるものは、「あなたは、ウクライナのために死ぬ覚悟ができていますか?」という質問だ。ウクライナ人はウクライナのために死ぬ覚悟はできている。ウクライナ人は毎日ウクライナのために死んでいる。だがウクライナ自体が死ぬことはない！　ウクライナは生き続け、立ち直り、歩み続ける。この戦争を今後何世紀もわたって忘れずに。

二〇二二年三月八日
血のパン

西ウクライナに到着して以来、私たちは以前よりもずっと多くパンを食べるようになった。妻と私は以前、村にいるとき以外はそれほどたくさんはパンを食べなかったのだ。いつも村のパンは街のものよりおいしかった。ウクライナの田舎には、テーブルにどっさりパンを並べて、バターや塩をつけて、あるいは牛乳に浸して食べる習慣が昔からある。新鮮な牛乳に浸したパンなら小さな子どもも食べられるし、実際大好きなのだ。

うちの息子たちはいつも焼きたてのパンを好んでいた。息子たちは、サンドイッチを作るのも食べるのも好きだ。私たちの村の店では、お気に入りのマカーリウ・ローフを買うのが習慣だった。柔らかくて、レンガ型の白パン。これは有名なマカーリウ・パン工場の商品で、私たちの村から二〇キロメートル先のマカーリウ町にあるパン屋だった。ときどきこのパンをキーウで見つけることもあるが、スーパーではなく、小さな雑貨店にしか置いていていない。

私はここ数日、あのマカーリウのパンのことを考え、その味を思い出していた。それを思い出している間、唇に血の味を感じる。子どもの頃に、誰かと喧嘩して唇が切れたときのように。マカーリウ・パン工場は月曜日に、ロシア軍に爆撃された。パン職人たちは仕事中だった。攻撃の直前に彼らを取り巻いていたいいにおいが想像できる。一瞬にして一三人のスタッフが亡くなり、九人以上が負傷した。あのパン屋はもうない。マカーリウのパンは過去のものなのだ。

****

私はずっと前に、ウクライナの大地にプーチンがもたらした恐怖を表現する言葉を使い果たしてしまった。ウクライナはパンと小麦の土地である。エジプトでさえ、ウクライナの小麦を使ってパンやケーキを焼いている。今は畑の種まきの準備をする時期なのに、この作業はなされていない。多くの地域で小麦畑の土壌は金属だらけになっている——砲弾の破片、爆破された戦車や車のかけら、墜落した航空機やヘリコプターの残骸などで。そしてすべてが血にまみれている。何のために戦っているのか理解していないロシア兵たちの血。自分が戦わなければウクライナは存続できなくなるとわかっているウクライナの兵士たちや市民たちの血。その場所に、いつか墓地ができ、その管理人用の小屋が建てられ、これを守るためにロシアから総督などの肩書を持つ者が送られてくることになる。

チェルニーヒウでもパンに血が混じった。ロシアの爆撃機が、この町の広場にあるパン屋に「頭の悪い爆弾《ダムボム》」と呼ばれる無誘導爆弾を落としたのだ。焼きたてでほかほかのパンを買おうと、店の外で人々が並んで待っていた。誰かが袋を抱えて、ちょうど店から出ようとしていたときに爆弾が落ちた。多くの人がこの爆撃で亡くなった。アムネスティ・インターナショナルは、この犯罪がロシア軍の仕業であると文書で立証した。

毎日、犯罪のリストは長くなり、同時にプーチンの所業もどんどんこのリストに加えられている——ホストーメリのドッグ・シェルターに餌を運んでいた若いボランティアたちへの銃撃、スーミ州の高齢者に年金を配っていた郵便局員の殺害、ふたりの司祭の路上処刑、キーウのテレビ局社員たちの殺害。このリストは延々と続く。こうした犯罪の全貌がまだわかっていないのは間違いないが、いずれすべてが明らかになり、このリストが新たなニュルンベルク裁判に提出されるだろう。もちろん、裁判の場所はどこだって構わない。大事なのは、この犯罪者たちがいずれ裁かれるとわかっていることだ！

既に国際弁護士たちは、犯罪の証拠を集め始めている。

ウクライナ人はこの殺人者と戦争犯罪人に判決が下る日を心待ちにしている。だが今のところは、ロシア軍の絶え間ない砲撃のもとで生きのびなければならない。彼らは地下室で、防空壕で、風呂場で夜を過ごしている。インターネットで出回っている最新のアドバイスによれば、爆撃が始まって、もし自宅アパートメントから出られない場合は、鋳鉄製のバスタブの中か、窓のない内廊下にいるのが一番安全であるという。

キーウの人々は突如として、世界屈指の美しさと深さを誇る地下鉄に、以前よりもずっと愛着を持つようになった。この地下鉄はもはや輸送手段ではない——それは天国であり、何やら黙示録的映画の中のようだ。駅は注意書きで埋め尽くされている。生活空間はいたるところにある。プラットフォームは無料上映の映画館に変わった。午前中は子ども向け、午後はもっと幅広い世代向けの映画が上映される。大きなスクリーンが、キーウの地下鉄の一四駅に既に設置された。お茶は絶えず配給されており、無料のWi-Fiも電波は弱いが使える。トイレは不足しているが、四〇分以上並ぶことに誰ももう文句を言わなくなっている。みんなが辛抱強く待つ。戦争の終わりと裁判の始まりをみんなが待っている。世界全体がニュルンベルクの裁判の成り行きを見守ったように、この裁判も世界中が行く末を見守るだろう。

ロシアでは、この未来の裁判について国民は考えているだろうか？　全く考えていないのではないかと私は危ぶんでいる。彼らはドルやユーロを買うのに超ご多忙だ。銀行業を対象とした制裁がルーブルの価値の劇的低下を招き、パニックを引き起こした。パニックはロシアとフィンランドの国境でも確認されている。ここを通って、多くのロシア人が母国を脱出していった。その脱出理由は、ロシアにいるのが恥ずかしいからか、徴兵される可能性があるから、である。死にたくないし、人を殺すのも嫌という人たちだ。

それに、クレムリンのための使い捨て兵士にもなりたくない。捕虜となったロシア人兵士の中には、ウクライナへの永住許可を求める者もいる。「帰ったら刑務所行きだし！」と彼らは言う。

ウクライナとモルドヴァ、ルーマニア、ハンガリー、スロヴァキア、ポーランドとの国境に、避難民の列ができている。偽のロシア国籍のパスポートを使って国外脱出を図ろうとするウクライナ人男性たちもいる。彼らも戦いたくないのだ。私が彼らを裁くことはない。私たちすべてを裁くのは、時間と歴史に任せよう。この最も困難なときに、大半のウクライナ人が慈悲の念を持ち続け、お互い助け合おうとしていることが私はうれしい。動員令が発令されたが、誰も強制的に軍隊に取られることはない。母国を守りたい人は、最寄りの軍登録事務所へ出向いて登録する。たいていの場合は、電話番号を残していき、電話が来るのを待つように言われる。侵略者と戦いたい人が多い一方で、誰もが軍事作戦に貢献できるわけではない。

ここ二日間で、Facebookを開くのを恐れるようになった。だんだんと、ニュースフィードに、亡くなったばかりの夫への愛を告げる若いウクライナ女性の投稿を目にすることが多くなっている。こういう女性たちの中には、夫と対面した人もいるのを私は知っている。インターネットという底なしの井戸に投げ込まれたこうした絶望の叫びを、私は涙なしでは読めない。だが、読まずにいることもできない。自分の国で今起きていることは何でも目にし、耳にしたいと思う。ウクライナ南部の占領された町メリトーポリで、クリミア・タタールの活動家やその他活動的な市民の逮捕が始まったのを私は知っている。チョルノービリ原子力発電所の従業員が、ロシアの侵略者に監禁され、スマホも取り上げられているのを私は知っている。そこへモスクワのテレビ局のプロパガンダ請負人たちが、ロシア軍の護衛付きで行った。ロシアでこの戦争について、チョルノービリ原発の占領について、現在も運転中のザポリージャ原発の占領について、どんな話が語られているのか私は知らない。なぜ彼らはこれらの原子力施設が必要なのか。ウクライナと世界を脅迫するつもりなのか。なぜ子どもの病院と学校を爆撃するのか。なぜチェルニーヒウ、ボロデャーンカ、ハルキウ、マリウポリの住宅街を破壊するのか。なぜパン屋に爆弾を落とすのか。これらの疑問のどれにも私は答えられない。

「頭ではロシアはわからない！」一九世紀の有名なロシア人詩人フョードル・チュッチェフはこう記

した。それには同意するが、にもかかわらず疑問は残る。そもそも人はどうやったらロシアを理解できるのだろう、頭がその仕事に役立たないというのなら。

二〇二二年三月九日
安全を探している国

私の家族は、避難民でいるのも大変だと思っている。残してきたものについて、そして将来の不確実性について考えてしまう自分の気をそらすために、ここの風景を楽しみ、周囲の建築や歴史に興味を持つよう努力している。初めは、私の家族は写真を撮っていた。だが今はもうしていない。ここの地元住民は、普段は避難民に対してこのうえなく協力的だが、旅行者のようなふるまいをする人のことをとても批判的に見る。「戦争が続いているのを知らないのか」と彼らは大声で言う。

今朝私は、またもや鍵屋に行った。四人で暮らしているが、部屋の鍵は一組しかない。少なくともあと二組作る必要があるのだが、ブランクキーが欠品しているのだ。鍵屋の男性が言うには、納品をずっと待っているものの、今のところブランクキーの納品はないそうだ。これは新種の品不足で、今や西ウクライナではどこでも普通の事態になっている。町は避難民でいっぱいだ。個人の家庭に迎え入れられたり、部屋やアパートメントを与えられたり、ホステルや学校で寝泊まりしたりしている。

彼らの大半がやはり鍵を必要としている。

私たちがいるアパートメントは、友人の親戚で、一度も会ったことのなかったご隠居の女性が貸してくれている。彼女は娘さんのところに身を寄せ、冷蔵庫の食品さえそのままにした。私たちに食べるように言ってくれたのだ。当初は暖房もないしお湯も出なかった。ウクライナが最初に攻撃された前日に、ボイラーが故障した。夜には気温が摂氏マイナス一度か二度まで下がる。ついてないことに、私たちは暖かい服の大半をキーウに置いてきてしまった。こんなに寒いとは思っていなかったのだ。結局、太陽が出始めて、既に二月半ばには春の徴候が見えた。

実のところ、何を持って行くかについてはあまり考えなかった。キーウからそれほど遠くない村に行くつもりだったし、すぐ家に帰るものだと思っていたからだ。戦争が始まるときは、いつもこんな感じなのだろう。

この部屋の持ち主がボイラーの修理工に電話をしてくれて、数日後にその業者がやってきた。暖房システムの点検をしたが、直すには部品が必要だと言った。部品が手に入り次第来るという。二日後、真夜中頃にやってきて、一時間ほど作業をした。彼はあくびをしていた。慎重にやりたいんだ、と彼は言った。私は懐中電灯を持って立ち、ボイラーを照らしている間、彼と話をしていた、というか彼が話し、私は聞いていた。彼は自分の話をした。人生ずっとボイラー修理をしてきたこと、ときには金持ちの家に呼ばれたことなどを語った。「豪邸」の行き来にお抱え運転手付きの車で送迎してもらったことさえあった。結局、豪邸でもボイラーは壊れるんだよ！　ついに午前一時頃、彼は帰った。請求額はあまり高くなかった。彼は、歩いて家に帰る、タクシーは呼ばなくていいと言った。

このアパートメントは私の亡くなった両親のアパートメントに似ている――ソヴィエト時代の博物館のようだ。寝室がふたつ、小さなキッチン、トイレとバスルーム。リビングには木製の食器棚と本棚が並んでいる。持ち主はロシア語話者。西ウクライナは、ロシア語話者も含めて誰にとっても他より安全だ。ハルキウ、マリウポリ、メリトーポリ、チェルニーヒウその他の都市でロシア軍に殺害された市民の大半がロシア語話者か、民族的にロシア人だ。この戦争はロシア語をめぐるものではない。私は人生ずっとこの言語を話し、使ってきた。この戦争は、ソ連というかロシア帝国を再び打ち建てるという夢の実現にかけた、老い先短いプーチンのラストチャンスなのだ。それにはキーウなし、ウクライナなしでは始まらない。それゆえ、血が流され、ロシア兵も含めて人々が死んでいる。この戦争はウクライナ人とロシア人の間に、長年にわたって消えない鉄のカーテンを作るだろう。

昨夜、キーウにいる兄に数回電話をかけた。私の兄はもうすぐ七〇歳。ここ三〇年ずっと、ヨガと瞑想をしている。いつも穏やかで慎重な口ぶりだ。兄と私は毎日電話で話し、そして毎日、妻と猫と共にキーウに留まると彼は言い続けている。住んでいるのは、キーウというより、その近郊にあるアントーノフ航空機工場の横、だけれども。裏手にあたるホストーメリで今、激しい戦闘が一〇日間続いている。しかし昨日ようやく、兄夫婦は退去する決心を固めた。遠くへは行かない、キーウから一五〇キロメートル離れた村の家に行くだけだ。

兄、兄の妻、その弟と母親は、夜間外出禁止の時間が過ぎたらすぐに出発した。車は痙攣を起こしたに違いない。大人四人とその荷物と共に、猫のペピンとハムスターのセミョーンも乗っていた。キーウから多かれ少なかれ安全に出られるのは、今はたったひとつ、街の南西に向かうルートだけだ。

彼らの移動中、私は兄と連絡を取り続けた。兄の話では、道路は空いているものの、定期的に検問所で止められるという。兵士は書類を確認しないが、車を覗き込み、どこへ行くのか、武器は持っているかと訊ねるだけだった。

彼らは夕方頃に村に到着した。家は寒かった。薪が燃料の暖炉があるだけで、トイレは屋外、水道はなく、井戸しかない。すぐに古いレンガ造りの暖炉に火を起こしたが、眠る時間になってもまだ寒かった。誰もが服を着こんだまま、古い毛布を頭からかぶって眠った。夜の間、兄は何度か起き上がり、暖炉に薪をくべた。飼い主同様、猫のペピンとハムスターのセミョーンも寒がっていた。朝までには少し暖まった。兄が電話をしてきて、夜の間に進展はあったかと訊いた。彼らがいる場所には、テレビもラジオもなく、ネットもほぼつながらない。だが、少なくとも彼らはキーウの外にいて、それまでの一〇日間以上、ずっと生活と共にあったひっきりなしの爆撃の音から離れられた。

さて今の私は、ふたりの古い友人が首都を離れるのを待っている。現時点では、ワレンティーンとタチヤーナは病院にいる。ワレンティーンは糖尿病で、最近両脚とも切断した。御年九二歳。車はあり、タチヤーナが運転できるが、ワレンティーンは座っていられない。彼は横になって移動するしかない。医学の教授だった彼は、ヨーロッパ中の科学学会に参加していた。ドイツにいる同僚と友人が、彼と妻をドイツに招いてくれている。だが、障害は乗り越えられそうになかった。病院に残っている患者は非常に少なく、まだ働いている少人数の医者と看護師が病人に対応しやすいように、現在は患者全員がワンフロアに集められている。

今日現在、タチヤーナはキーウ脱出の可能性にちょっと望みを持っている。ウクライナ最大の小児病院の患者向けに、避難列車が準備されていると告げられた。ワレンティーンとタチヤーナがこの列車に乗れるよう、外科部長が申請を出したのだ。私はこの続報を待っていると同時に、ふたりが病気の子どもたちと一緒に西ウクライナへ移動できるよう願っている。

ふたりは、アンティークと絵画、ジャズのレコードの膨大なコレクションがぎっしり詰まった素晴らしいアパートメントを、キーウに残して出て行くことになる。彼らの部屋は、キーウで最も興味深い一九世紀建造物の中にある。ワレンティーンはずっとジャズをこよなく愛してきた。この出発についてふたりが味わうであろう複雑な感情が想像できる。そしてドイツに到着したら、ふたりはどうなるのだろう。きっと家に帰る最初の機会を待つことだろう。それは間違いない。自宅を後にしたウクライナ人は皆、安全に帰れるときが来るのを待つことだろう。私が今そうしているように。

平和なキーウに戻る機会だけでなく、私の書斎、私の机、最新作の小説を書くために使っていた記録資料、将来の計画、数十年間築き上げてきた自分の世界、私を幸せにする世界、に戻る機会をも待っているのだ。この幸せがこんなにたやすく壊されることがあろうとは、私は想像もしていなかった。私の幸せはモノではなく、他の人とのアイコンタクトから湧いてくるエネルギーのような心の状態だと思っていた。私は人生を、太陽の光を、青い空を、夏の夜の星々を愛し、尊重する人間だ。

非常に長い間ずっと幸せだったということが私自身のなぐさめであり、同時に若い人たちのことを思うととても悲しい気持ちになる。だが、彼らが自分たちの未来を奪おうとする勢力にいかに抵抗しているかはわかっている。若いカップルたちは、地域防衛隊が都市の入り口に設置したバリケードを背にして続々と結婚している。戦争が始まってから、キーウでは四八〇人以上の赤ちゃんが誕生した。

そのほぼ全員が地下で生まれ、場所は防空壕、地下鉄のプラットフォーム、産婦人科病院の地下、と様々だ。この子たちの未来が明るく、日の光に満ちたものであると想像したい。しかしそのためには、この子たちもまずは生きのびなくてはならない。

ウクライナ中の親たちは、自分の子どものためにできる限りのことをしている。ザポリージャの一一歳の少年は母親に列車に乗せられた。所持品は、パスポートとスロヴァキアの首都ブラチスラヴァに住む友人たちの電話番号を記した紙一枚を入れたビニール袋ひとつだけ。彼はザカルパッチャにあるウクライナ・スロヴァキア国境まで、ずっと自分ひとりで移動した。彼の母親は、寝たきりの母親の介護のため、ザポリージャに残らざるを得なかった。この少年は今、スロヴァキアにいる。そこで彼は、我々の隣人たるスロヴァキア人の親切な人々に歓迎された。この子ができるだけ早く家に帰ることができるよう願っている。だがそのためにも、ウクライナの人々に対してロシアという国がふるっている暴虐を終わらせなければならない。

そのためには、まずはロシア軍をウクライナの領土から追い出すか、彼らに攻撃をやめて退却することに同意させる必要がある。交渉は現在進行中で、おそらく長期間続くだろう。この戦争は、平和な都市を爆撃し、市民を殺戮するという第二次世界大戦のスタイルを踏襲しており、衰えることなく続いている。世界全体が見守り、二一世紀のヨーロッパでこんな戦争が可能だとは信じられない思いでいる。しかし可能なのだ。この戦争は続き、世界全体に影響を及ぼすだろう。難民の流出だけが理由ではなく、大国の悪党の指導者ひとりであらゆるものをゆるがし、経済を破壊し、全世界の懸念と不安を引き起こすことが可能だという理由でも。世界全体が今、ウクライナを助けなければならない。

そうでなければ、この戦争はさらにヨーロッパへと広がることになるだろう。

二〇二二年三月一〇日
振り返るのに良い時期か?

私は西ウクライナに腰を据えている。カルパチア山脈に近い小さな町の、自分のものではない部屋にいる。妻と二男は眠っていて、長男は難民センターで夜勤をしている。それに引き続いて午前中は、避難民の子どもたちに英語を教える予定だ。地元の図書館が青少年向けの活動プログラムの一環として会場を提供している。

外はまだ暗い。私は曙光が山々を照らすのを待っている。コーヒーにミルクを入れて飲む。三杯め以降は気分が悪くなるのはわかっているのだけど。昨日と同じく、過去のことを考える。この三四年間に私と私の家族に起こったことをじっくりと思い出してみる。家族の中で、私だけがウクライナ国民だ。妻はイギリスのサリー州生まれで、彼女と子どもたちは英国国籍である。一九八八年、時はゴルバチョフの緩和政策の時代で、私は九か月もソヴィエトのあちこちの査証局を歩き回り、やっとソ連を出る許可が下りて、結婚式を挙げるためにロンドンに向かった。それは一冊の本になるほどの長い物語だが、その本ができるのはまだ先のこと。私の妻と生まれてすぐの子どもたちにとって、ウクライナが生活の場となった。

ブリクストンでの挙式後、私たちはソ連へ列車で戻った。皆からどうかしてると思われた――妻の査証申請の手続きをしたロンドンのソヴィエト大使館員でさえそうだった。国家保安委員会職員には典型の、とげとげしく冷淡な表情でありながら、その目に困惑の色が浮かんでいた。最後には、彼はビデオカセットレコーダーを買うようアドバイスまでしてくれた。ソ連でそれを売れば生活の足しになるということだった。

キーウへの移動は、とんでもなく大変だった。ウクライナ行きの列車も切符もなかったので、私たちはベルリンの駅の床で寝た。ある日の夜、やっとのことでポーランドとベラルーシの国境の町ブレストまでたどり着くと、税関職員が私たちの荷物を全部検査するから下車するようにと言った。これには何時間もかかった。列車は私たちを置いて行ってしまった。その場にいるしかない私たちは、朝まで税関職員たちの作業を眺めていた。彼らは私たちの荷物をくまなく探り、私がキーウの自宅へ持ち帰る、ロシア人亡命者が出した本をいちいち確認していた――二〇〇冊以上の本を！　多くは二〇世紀の反ソヴィエト政治家や著名人の日記や回顧録だった。最後に、女性の税関職員がこう言った。「これらはもう禁書ではありません。持って行って大丈夫です。でも、もしフルシチョフの回顧録を持っているなら、それは没収しなければなりません。フルシチョフはまだ許可されていませんから」私のスーツケースの中にあったフルシチョフの回顧録は、彼女には見つからなかった。ロンドンを発つ前に、私はその本のカバーを外しておいた。いつか小説『ビックフォードの世界』を書くために、この本が必要だったのだ。半分は史実、半分はフィクションの、ニキータ・フルシチョフを主人公のひとりに据えている作品である。

あちこち移動するのが、私の家族の何世代にもわたる伝統だった。一九四一年、九歳だった母は、母親とふたりの兄と父方の祖母と共にレニングラードからシベリアへ逃れた。終戦まで避難民だった母たち一行は、乗っていた列車が爆撃され、むさくるしい一角で生活し、地元の人からは歓迎されず、わずかな食べ物しか与えられないという経験をした。一九四五年に故郷に帰る途中で、母は疥癬にかかった。既に十代だった母の当時の記憶は、強烈な恥の感覚だった。

キューバ危機の後、フルシチョフはソ連が平和な国だと見せたがった。彼は一方的に軍縮を宣言した。ソヴィエト軍の一〇〇万人の将校が予備兵にされ、他の生業を探すよう言われた。軍属のパイロットだった父も除隊となった。私の一家はキーウへ引越し、祖母と暮らすことになった。そのとき私は二歳で、兄のミーシャは九歳だった。『ペンギンの憂鬱』のペンギン、ミーシャは兄の名にちなんでいる。

現在、私の家族と私は避難民だが、他の多くのウクライナ人避難民が今経験している困難を、私たちは味わっていない。私たちは友人に助けられ、カルパチア山脈のふもとの丘陵地帯にある家で一時滞在をしている。平穏なときを過ごし、国のために役立つ活動をする機会を得ている。しかし、車でキーウを脱出した二週間前は、私たちは全く文字通りの避難民だった。

世界中のジャーナリストたちが引き続き私に電話をかけてきて、とりわけ「この戦争の原因」について訊ねている。初めは何の戦争のことなのかわからなかった。自分の目で見て、耳で聞くまでは、それを理解することができないのだ。

＊＊＊＊＊＊＊＊

二月二四日、私たちは午前五時に複数の爆発音で目を覚ました。この音は一生記憶に残るだろう。自宅近くのキーウの旧市街を歩き回り、一番近い防空壕を探した。この防空壕も大昔と言えるほど古く――ソヴィエト製で、NATOとの戦争に備えて造られたものだ。それ以前は、キーウを離れることなど考えもしなかった。ロシアがウクライナの首都を爆撃するとは想像できなかった。だが、それは既に起きてしまったのだ。私たちが無邪気だったとは思わない。東隣の国の行動から私たちが受けたショックは、現代生活にふさわしくない恐怖に対し、現代の人々がいかに覚悟ができていないかということの証である。確かに、私はもっとよく知っておくべきだった。この国の東側の地域に住んでいる同胞たちは、このような攻撃を八年間も経験しているのだ。私はそのことを『灰色のミツバチ』に書いてさえいたじゃないか。それでもやはり、私は覚悟ができていなかった。そして今やどうだ。この場所にいると、自然そのものが人を物思いに浸らせる。私たちは避難民としてここに、ウクライナのカルパチア山脈ふもとの丘陵地帯にいるわけだ。

平たく言えばこの戦争の原因は、かつてソ連がそうみなされていたように、ひとつにまとまった領土を再構築したいというプーチンの欲望である。彼は二〇年間同じマントラを繰り返してきた。「ウクライナ人とロシア人は同一の人民である」すなわち「ウクライナ人はロシアに帰属する」と。ウクライナ人はこれには賛成しない。プーチンはしばしば、自分が経験した最大の悲劇はソヴィエト連邦の崩壊だと公言してきた。大半のウクライナ人にとって、それは悲劇ではなかった。むしろ、ヨーロッパの一国となり、ロシア帝国から独立を取り戻したきっかけだった。

プーチンが大統領に選出されて以来、ロシアはウクライナ国内の経済、政治、国家の安全問題に至るまで干渉し、常にこの国の独立をゆるがそうと目論んできた。マイダン革命の悲劇のほとぼりが冷めてから、我が国の軍隊の指導部や諜報部の多くがロシアのパスポートを持っていたと判明したのは、驚くべきことではなかったのだ。こんな事態になるのを二度と許してはいけない。プーチンはウクライナの独立を骨抜きにする他の方法を見つける必要があった。そして彼はやった——クリミア併合とこの国の東部のふたつの地域を占領するという形で。

パンデミック中に自ら課した隔離は、プーチン大統領を劇的に老けさせたように見える。おそらく、彼は自らの終わりを悟っている。彼は自分自身が、ソ連あるいはロシア帝国に匹敵するものを再構築することのできた指導者として、ロシアの歴史教科書に位置づけられるようにすると決めたのだ。それ以外の野心はない。もう金は必要ない。次の人生では外国為替を扱う銀行も高級レストランもないのだ。彼が「必要」なのはウクライナとベラルーシと、そして以前ソ連あるいはロシア帝国だった他の領土だろう。ロシアを恐れられる国にしたい。これは達成済みだ。彼はロシア連邦全体をコントロールする政治力を望み、それを手に入れた。巨大な国を一党独裁制で統治し、反対が出ようものなら容赦なく潰す——ソ連がやったのと全く同じように。

プーチンは、ウクライナ人は別個の人民ではないと主張し、ウクライナはレーニンが発明したと発言している。この見解には歴史的根拠がない。ウクライナは独自の歴史を有し、ロシアにも独自のものがある。ウクライナの歴史とロシアの歴史が重なる時代もあれば、そうでない時代もある。ちょうど、別の時代に、ウクライナの運命がポーランド・リトアニア共和国と重なるように。

一六世紀から一七世紀にかけて、ロシアは専制君主制だったのに対し、ウクライナのコサックは選挙で最高指揮官にあたる「将軍《ヘーチマン》」を選んだ。ウクライナでは、コサックは長老衆も選挙で選んでいた。当時のウクライナは独自の外交部局と司法制度を有していた。ウクライナは常に戦争もしていて、まずはポーランド、次にロシアと、それからオスマン帝国支配下のクリミアを相手に戦った。様々な時代の古い地図は、ウクライナの国境がそれぞれ違っていたことを示し、コサックが戦った直近の成果を反映している。だが、この状況が変化するのが一六五四年で、このときウクライナのボフダーン・フメリニーツィキイ将軍がロシアのツァーリに対ポーランドの軍事支援を依頼した。これがウクライナ独立の終焉となった。ロシアは支援したが、その後事実上ウクライナを掌握し、コサック軍を実質的に禁じた。コサックは帝政ロシア軍に仕え、北コーカサスへ行ってそこで定住するか、ロシア帝国の支配のもとで農民になるか選ばなくてはならないと告げられた。

ウクライナ人は皇帝を戴いたことはないし、それに従うつもりもなかった。反対にロシア人は、何世紀もの間専制君主制のもとで暮らしていて、皇帝を愛してもいた。皇帝を処刑したこともあったが、その場合、次の皇帝を崇拝した。指導者に対する忠誠は、ソヴィエト時代でも基本的な特徴であり続けた。ソ連共産党の書記長六人の中で、解任されたのはウクライナ人のフルシチョフただひとりである。他の五名は死ぬまで、ゴルバチョフについてはソ連が死ぬまで指導者だった。プーチンがロシアを統治している間、ウクライナは五人の大統領が入れ替わった。

ウクライナ人は個人主義者でエゴイスト、政府や権力を嫌うアナーキストである。自分の生活の立て方はわかっていると思っていて、どの政党もしくは勢力がこの国を治めようと関係ない。権力者のふるまいが気に食わないなら、抗議に行って「マイダン」を起こす。ウクライナのどんな政府も「街」を恐れ、人民を恐れる。

大半のロシア人は権力に忠実で、デモを恐れ、クレムリンが作ったルールに喜んで従う。現在、ロシア人は情報から、FacebookとTwitterから切り離されている。けれども、たとえ別の見解に触れる機会があっても、彼らは政府公式発表を信じる方を好む。

ウクライナでは、およそ四〇〇の政党が法務省に登録されている。これはウクライナでは個人主義が重要であることを明示している。ウクライナ人は極左にも極右にも投票しない。基本的に、根はリベラルなのだ。

ソヴィエトの検閲制度が終わって以来、ウクライナがようやく取り戻した歴史的記憶が、国民の政治的見方に大きな影響を与えた。今のウクライナ人は、一九二〇年代と三〇年代にウクライナの農民たちがシベリアおよび極東へ強制移送された事実について多く知るようになったので、彼らは差し支えなく「我々とロシア人は、ふたつの別々な人民だ！」と言える。この強制移送の目的は、集団農場に加わることを拒否したウクライナ人を罰するためだった。ウクライナ人は集団制に向かない。誰もが自分の土地を、家畜を、収穫を所有したがる。この強制移送の次に、個人主義的で「ソヴィエト人」になりたがらないウクライナ人に対して行なわれた懲罰が、ホロドモールと呼ばれる、共産主義者とスターリンが一九三二〜三三年に仕組んだ飢饉だった。表向きはヴォルガ川沿岸の飢餓状態にあるロシア人を助けるためということで、家畜、植え付け用の種子、家畜の飼料、備蓄食糧がウクライナから持ち去られた。この没収は全面的だった――何もかも、穀物一粒残らず取り上げられて、ウクライナ人が飢死するに任せた。生きのびるために、飢えた村人たちは都市へ出ようとしたが、ソヴィエト軍が見張っていて入らせなかった。このひどい時期に餓死した人の正確な数はわからないが、数百万人と言われている。ホロドモールの時期、個々のケースでは食人もあったのは間違いない。ところがこの悲劇は、すぐさま政争の具にされた。後にソヴィエト警察が生存者をしつこく尋問し、食人行為で起訴したのだが、事実ではない場合も多かった。

第二次世界大戦後、ソヴィエトのプロパガンダは、ウクライナのナショナリズムの考え方がいかに胡散臭いものであるかを喧伝し始めた。この目的のために利用された人物が、ステパーン・バンデーラである。ソヴィエト当局は、バンデーラをアンチ・ヒーローとして入念に晒し者に仕立て上げたが、結果は裏目に出た。多くのウクライナ人にとって、バンデーラは真のヒーローとなった。実際は彼の話に英雄的なところは何もないのだが、ソ連が憎むものは何であれ崇敬の対象とするのがウクライナ人の慣習となっていた。

第一次世界大戦後、ポーランドはオーストリア＝ハンガリー帝国の一部を引き継いだが、その中にはウクライナの領土に当たる地域、例えばバンデーラが生まれたガリツィアが含まれていた。ポーランド国民だが民族的にはウクライナ人のバンデーラは、ウクライナの独立を暴力的な行動によりめざすテロ活動をポーランドで組織化した。彼はウクライナ人学生を送り込み、ポーランド人政治家や議員を殺害させた。当時、ウクライナの独立をめざして活動していたナショナリストの組織は複数あったが、彼はそのひとつのリーダーだった。第二次世界大戦が始まったとき、バンデーラは、ナチ・ドイツが独立国ウクライナの創設を認めてくれると期待した。ナチスにはそんな意図はなく、彼をザクセンハウゼン強制収容所へ送り、戦争が終わるまで収容した。彼は戦わなかったのだ。終戦後、彼はミュンヘンに隠れたが、一九五九年一〇月一五日に内務人民委員部のスパイに殺された。ウクライナには英雄が複数存在し、彼らは真の独立の士たちだが、ステパーン・バンデーラという人物像が、ソ連からのウクライナ独立を何よりも望む人たちの想像力をとらえるものとなった。だがバンデーラは、確かにナショナリストではあったが、英雄ではなかった。

現在、得票率七三パーセントで選出されたウクライナ大統領は、ウォロディーミル・ゼレンスキーである。彼は、南ウクライナ出身でロシア語話者のユダヤ人である。彼がロシア語話者を憎んでいるとか、ウクライナの反ユダヤ主義者だとかいうのは馬鹿げている。ところがロシアは、この話を相も変わらず続けている。ちょうど、ほとんどの住民がロシア語話者であるハルキウ、マリウポリ、チェルニーヒウ、オフティールカ、ヘルソンなどの都市に爆撃を続けているように。必然的に、こうした極悪非道な仕業の犠牲者のほとんどがロシア語話者なのだ。

＊＊＊＊＊＊＊＊＊

ウクライナ軍はよく防衛できている。ウクライナ人は自由に慣れていて、それを安定よりも重んじている。ロシア人にとって、安定は自由よりも重要だ。ウクライナ人は検閲を是認したことがない。ずっと、常に自分が思ったことを言いたいし、書きたいと望んできた。だからこそ一九二〇年代から三〇年代のウクライナ人作家と詩人のほぼ全員が、ソヴィエト当局に銃殺されたのだ。この世代の作家たちを総称し、「銃殺されたルネサンス」として知られている。もしロシアに占領されたら、ウクライナには作家、政治家、哲学者、文献学者の別の銃殺された世代が出ることになるだろう――自由なウクライナがなければ、自分の人生には意味がないという人たちだ。私はそんな作家たちをたくさん知っている。彼らは私の友だちだ。私自身もその中に含まれていると思っている。

こんな言葉を書くのは恐ろしいが、何としても私は書く。ウクライナは自由で、独立した、ヨーロッパの一国でなければ、全く存在しないことになるからだ。そうなればそのことがヨーロッパの歴史の本に書かれるときには、ウクライナの崩壊はヨーロッパと文明世界全体の暗黙の了解だけで可能だったという事実は、恥と思われ隠されるのだろう。

二〇二二年三月一三日
戦争の考古学

私が生まれたのは一九六一年、第二次世界大戦が終わった一六年後のことで、この戦争で片方の祖父は亡くなり、もう片方の祖父は生きのびた。子ども時代はずっと、友だちと戦争ごっこをして遊んだ。「我々の軍」と「ドイツ軍」に分かれようとしたが、誰もドイツ軍にはなりたくなかったので、くじ引きをして負けた者がドイツ軍になった。ドイツが負けるのはわかりきったことだった。小枝をカラシニコフ代わりにして、敵に向かって「撃った」り、待ち伏せ攻撃を展開したり、「トラ・タ・タ」と叫んだりしながら走り回った。

四年生のとき、学校で履修する外国語を選ぶように言われ、私はドイツ語グループに入るのは絶対嫌だと言った。「奴らはアレクセイじいちゃんを殺したんだ」と私は言った。ドイツ語を学ぶよう私に説得を試みた人は誰もいなかった。選んだのは英語だった。イギリスはあの大戦で同盟国だったから。今では「我々」の概念もその意味が変わったが、イギリスは今でも我が国の同盟国である。今の「我々」は「我がウクライナ」であり、当時の「我がソヴィエト連邦」ではない。

この戦争が終わって、学校でロシア語履修の選択肢を前にした子どもたちが、「ロシア人はぼくのじいちゃんを殺したんだ！」とか「ロシア人は私の妹を殺したのよ！」などと言って、絶対嫌だと拒否するだろうと思うと、私は悲しくなる。きっとそんなことが起こるに違いない。しかもそれが、人口の半分がロシア語を話し、私のように民族的にはロシア人という人が数百万人いる国で起こるのだ。

プーチンはウクライナを破壊しているだけではない。ロシアを破壊しているし、ロシア語も破壊している。現在、この恐ろしい戦争の間、ロシアの爆撃機が学校を、大学を、病院を攻撃しているときに、ロシア語はこの戦争の犠牲者の中では一番重要性が低いもののひとつだと思う。私は自分がロシア生まれなのを、私の母語がロシア語である事実を幾度となく恥ずかしく思わされてきた。私は今まで様々な常套句を聞いてきた。ロシア語が悪いのではない、プーチンにロシア語の所有権はない、ウクライナ防衛軍にもロシア語話者は多い、この国の南部と東部の市民の犠牲者の中には多くのロシア語話者と民族的なロシア人がいる、ということを説明しようとする常套句を。もう、ただ静かにしていたい。私はウクライナ語を流暢に話す。会話の途中で別の言語に切り替えることも容易だ。既に私には、ウクライナでのロシア語の未来が見えている。まもなくロシア語は先細りになるだろう。今、ロシア国籍を持つ人の中には、ロシアのパスポートを破り捨て、ロシア人を自認しようとはしない人がいるように、ウクライナ人の多くがロシア的なもののすべてを、言語も文化も、ロシアについての自分の意見まで捨てている。私の子どもたちには母語がふたつある。ロシア語と英語だ。私の妻は英国出身である。子どもたちは、きょうだい同士の会話は既に英語に切り替えている。今でも私にはロシア語で話しかけるが、ロシア文化には全く興味を持っていない。というのは完全に正しいわけでもなく——娘のガブリエラはときどき、プーチンに反対するロシア人ラッパーやロック歌手の意見表明へのリンクを送ってくる。どうやら彼女はこうした形で私を支えたいと思っているようで、すべてのロシア人がプーチンを愛しているわけではないし、ウクライナ人を進んで殺すつもりなわけでもないと示そうとしているらしい。それは自分でもわかっている。

私の友人や知人の中に、少数ながらウクライナ支持を堂々と表明しているロシア人作家がいる。ウラジーミル・ソローキン、ボリス・アクーニン、ミハイル・シーシキンがそうだ。これらの作家は長年国外生活をし、長年クレムリンに抵抗してもいる。そういう人がもう二、三人、ロシア在住者にもいる。彼らも国外移住者になる見込みが充分にある。私は彼らに感謝しているし、私の個人的な「正直で立派な人リスト」に彼らを載せている。彼らが歴史に残り、世界文化に残り、読まれ、聴かれることを望む。ロシアのすべてが「集団プーチン」というわけではない。不幸なのは、ロシア内に「集団反プーチン」が存在しないことだ。ナワリヌイでさえ、違法に併合されたクリミアの返還についてつもの願望が頭をもたげる。

子どものとき、私はキーウ近郊のタラーシウカへ行き、第二次世界大戦の戦場を訪ねるのが大好きだった。親友のサーシャ・ソロウヨーウと一緒に列車で行った。私たちは折り畳み式の「工兵用」シャベルを持参し、村の近くの丘で発掘をした。かなりの確率で自動小銃やライフルの弾丸が出たし、砲弾まで見つかることもあった。手榴弾の破片や軍服のボタンもあった。第二次世界大戦時の金属製品が今もキーウ周辺に何トン分も埋まっている。キーウ周辺だけでなく、ウクライナ全土がそうである。ジトーミル州のラーザリウカ村周辺にも多くの金属が埋まっていて、その宝探しに長年携わっている村民もいる。彼らは、地表から一メートルの深さまで探知可能な高価な金属探知機を購入している。余暇の時間に、その探知機を持って野原や森林を歩き回るのである。

二年前、近くの通りに住んでいたトラクター運転手のスラーワが、ドイツの戦車砲の砲身部分を掘り当てた。彼はそれをどうすべきか長らく決めかねていた。普段は細々した拾得物をネット販売していたが、砲身の部分――この場合は、長さ約二メートルで重さは五〇キログラム以上あった――は、軍事記念品コレクターにとっても非常に人気ある商品とはいえない。彼がこれを結局どうしたのか、私は知らない。屑鉄として売った可能性が一番高そうだ。自宅の庭に数か月置きっ放しにして、彼の妻に文句を言われたのではないかと思う。あるときその砲身が消えうせていたが、どうしたのかと訊ねはしなかった。この戦争が終わったら、彼は再び金属探知機を持って野原に繰り出すだろう。たくさんの新たな収穫が期待できそうだ。現在、ロシア軍が残した何千トンもの屑鉄が、ウクライナの大地の上にも下にも残されている。この金属は全部、戦争終結後におそらく中国かどこかに売却できるだろう。だがウクライナは当面、路上や野原に残された戦車の残骸や焼け焦げた装甲兵員輸送車を蓄積し続ける。

ロシア軍に占拠されていない都市の住民たちは、塹壕を掘り、砦を築いている。多くの市民が砦の専門家になっている。彼らは「第一防衛線」「第二防衛線」「第三防衛線」とは何のことか知っている。日夜塹壕を掘り続け、ロシア軍の戦車と歩兵がやってくるのを待っている。塹壕を掘っている間に、全く予期せぬ発見がある——軍事的なものではなく、考古学的なものが。既に塹壕の二か所で青銅器時代の住居跡が、後の時代の人工遺物と共に発見された。これを掘り当てたアマチュア考古学者たちは、当然ながら考古学の専門家や博物館にすぐさま知らせたいと思ったが、本物の考古学者たちは今やなかなかつかまらない。博物館は、まだ爆撃されていなければの話だが、戦争が続いている以上は歴史的文化財を受け入れる準備はできない。

この状況の打開策は直ちに見つかった。遺跡を発見した人に対する博物館からの指示が出され、発掘場所を覚えて、地図で特定しておき、終戦後のさらなる調査と発掘に委ねるようにとのこと。戦争が終わったら、古代文化の層は現在のものと、もっと正確に言うと「ロシア文化」の現代の層と混ざることになるだろう。考古学者はそれらをより分けることができる。真に歴史的価値のあるものには、「ロシア連邦製」の刻印はない。

戦争が終わったら、何十もの都市と何千もの集落の廃墟が、何百万人もの家を失ったウクライナ人と共に残されることになるだろう。そこには苦しみと憎しみがあるだろう。子どもたちはまた戦争ごっこをして遊び、その遊び場で銃弾や手榴弾の破片を掘り出すだろう。長い期間にわたり、道端に残された地雷で車が吹っ飛ぶ事態が続くだろう。

戦争は、ある特定の年の、ある特定の日付で終わるものではない。戦争は、その成り行きで、爆撃のさなかに負った傷で、実弾による事故で人々が死に続ける限り終わらない。心理的には、かつてのソ連では一九七〇年代末までには第二次世界大戦は終わったが、ソヴィエト体制は戦争の記憶を長引かせ、映画、小説、学校の教科書を通じて戦後の憎しみを長引かせた。

新しくできた分離主義勢力のふたつの「共和国」における学校の教科書には、ウクライナはファシストの国だと書かれている。子どもたちは生まれたときから、ウクライナとヨーロッパ、アメリカ合衆国を憎むように教え込まれる。この戦争がロシアの歴史教科書にどう記述されるのか、私には想像することしかできない。ロシアは歴史を書き換えた経験が豊富だ。他の国々の歴史教科書までも采配したがる。元教育大臣のドミートリイ・タバーチュニクは、かつてウクライナから逃亡した人物だが、ロシアはウクライナの歴史教科書を専門家に見せるよう要求したと私に話した。それはほんの一〇年前のことだ。ソヴィエト時代、ソ連はフィンランドの学校向け歴史教科書の内容を統制していた。モスクワ当局は、フィンランドの歴史学者が一九三九年のソヴィエト・フィンランド戦争、いわゆる冬戦争について、その他数多くの出来事と共に真実を書くことを禁じたのだ。

歴史の独立性は、国家の独立性のひとつの保証である。

私は、ウクライナの学校教科書に書かれるウクライナの歴史が真実のものであってほしいと思う。嘘はロシアの得にしかならない。だが、神話は問題を孕んでいる。国が危機に陥っているとき、国威発揚のために国が神話を必要とするときに、それは歴史の一部となる。そうなると、大多数の国民にとって、神話は史実よりも重要になる。この戦争は既に、ウクライナの書かれざる歴史に多くの神話を加えた。こうした神話は後に、間違いなく事実だと判明するものもあれば、そうでないものもある。どの神話がどちらになるのか、私にはまだわからない。しかしながら現時点では、どれが神話でどれが事実なのか、私にはそれほど問題ではない。

今日の神話は、キーウの上空を守る、「キーウの亡霊」と呼ばれるパイロットだ。ロシアの航空機を彼が何機撃墜したのか、誰も正確には知らないが、彼は今も空を飛んでいて、ウクライナ国防省は彼が実在するパイロットであり、想像上の人物ではないと明言している。いずれにせよ、彼は既にウクライナの歴史入りを果たしている。

もし彼の飛行機がロシア軍に撃墜されたり、どこかで墜落したりしたら、遅かれ早かれシャベルを持った子どもか、もしくは金属探知機を持ったトラクターの運転手が発見するだろう。その航空機の金属片はいずれウクライナの歴史博物館に収められ、ロシア・ウクライナ戦争中にミコラーイウ市近郊で掘られていた塹壕から発見された青銅器時代の人工遺物と並んで展示されることになるだろう。

二〇二二年三月一五日

「泣いてるときは、しゃべれないんだから！」

私たちの夜は非常に短い。実際の戦闘は遠くに感じられるものの、今や西ウクライナへのミサイル攻撃は頻度を増しつつある。

西の外れの、スロヴァキアとの国境すれすれの当地で、午前二時頃に最初のサイレンが鳴る——砲撃もしくは空襲の警報だ。私たちはどこにも行かない。スマホでニュースを確認するだけだ。遅かれ早かれ、再び眠りに落ちる。だがいずれまたサイレンが鳴り、ニュースを確認し……という繰り返しが、たいていは午前六時頃の、夜間最後の空襲警報まで続く。そして起き上がって、友人たちに電話をし始める。

私が連絡を取りたいのは、今は占拠されているアゾフ海沿岸の町メリトーポリにいる、と最後に話したときに言っていた仲間だ。彼女からはときどき、Facebookを通じてメッセージが届いていたのだが、ここ数日音沙汰がない。キーウにいる友人数名とも連絡が途絶えている。彼らはもう電話にも出ない。今どこにいるのか、あるいは何があったのか私にはわからない。

私たち夫婦の友人である、両脚を切断した九二歳のワレンティーンとその妻タチヤーナは、何度かキーウを脱出しようとしていた。キーウの子ども病院からの避難列車に乗ることもできたのだが、彼らは断った。二日前、別の避難列車の席がとれたと言われたそうだ。それ以来ずっと、電話に出ない。キーウを脱出したのだろうか。はっきりしないのは最悪だ。

私の友人の多くがまだ車で移動途中である。遅れの原因は、もはや渋滞ではない。今なかなか先へ進めないのは、ウクライナ兵が敷く検問が多いからで、武器を持っているかといちいち聞かれるのだ。同様の検問所は東ウクライナにもあるが、そちらはロシア兵が担っている。彼らは書類を確認し、車内を調べる。数百万人のウクライナ人が家を後にしている。国内を移動し続け、安全と思える場所を探している人たちがいる。ヨーロッパに渡った人たちもいる。ありがたいことに、向こうで彼らは親切に対応してもらっている。安全だと思えるが、日に何度も「いつになったら家に帰れるのだろう?」と自問するに違いない。

私たちはまだウクライナ国内にいる。渋滞がなければ、国境まで車で四〇分しかかからない。だが渋滞はある。国境検問所では車が数日間列をなしたままだ。

国全体が国境から流れ出るということがあり得るだろうか。驚くべき問いだ。そんなことはない、というのが答えだと思う。避難しているのは大半が都市在住者だ。村の住民は留まっている。彼らは爆発音を耳にすると、じゃがいもを保存している地下貯蔵庫に下りるか、自宅の木の床に身を伏せて、両手で耳をふさぐ。村の隣人のニーナのように。「私が電話に出ないときは」と彼女は昨日私に言った。「泣いているってことよ。泣いてるときは、しゃべれないんだから!」

私は泣かない。でもキーウやハルキウ、マリウポリのニュースを聞いて、目に涙が浮かぶことはしょっちゅうある。私は泣くつもりはない。ただ怒りは増してきている。ユーモアのセンスもなくしてしまった。八年前のマイダンの時期もそうだったように。あの後、ユーモアは取り戻せた。今回はいつそうなるのか、私にはわからない。

二〇二二年三月一六日
経過を見守り、前向きでいる

またもや眠れない夜。だがサイレンは鳴らない。一時間ごとに目覚めては、静寂に耳を澄ます。私をベッドから追い立て、服を着て庭に走り出るように仕向けるサイレンを待っているからではなく、サイレンが鳴らない夜の方が、どういうわけかより危ないような、より不吉な感じがするからだ。

昨日、二男が私のiPhoneに空襲アプリをインストールした。私の居場所と連動していて、空襲警報が出ると必ず起こしてくれるアプリだ。たとえ音をオフにしていても、サイレンは私のスマホから直に鳴る仕組み。だが、夜通し私のスマホは静かだった。

午前六時にスタースから電話があった。彼はキーウの友人で、現在はリヴィウにいて、キーウ向けに人道支援物資を陸送する準備をしている。妻と幼い子どもたちを送り出すべきかどうか、私の助言を聞きたがっていた――ドイツかイギリスに？　ドイツには行かせたくないと彼が言ったとき、私は何と返事をしようか考えていた。「ドイツはロシアの味方だから」「いや、そうでもないよ」と私は言ったが、スタースは明らかに決心したようだったので、奥さんと子どもたちは、まずポーランドでいくつか書類を用意しないといけないよ、と説明したが、どこでどうやってそれをやるのか私も知らなかった。

この電話を終えた後、起き上がって一日を始める心構えができた。まずシャワーをダブルで、冷たいシャワーに続いて熱いシャワーを浴び、それからコーヒーをダブルで、ミルクを入れて飲んだ。ミルクなしで飲むと両手が震えだすので、パソコンで仕事ができなくなるのだ。

午前中は薄暗く、雨が降っていた。もう季節は春だ。昨日の散歩中に、通り過ぎた数軒の個人宅から、既に果樹の剪定が始まっているのだと気がついた。

日常生活のあれこれに神経を使いたくはないのだが、そうせざるを得ない。二日前、私の使い古したMacBook Airがクラッシュし、書いていた記事も消えた。これは初めてのことではなかった。再起動して、その記事をもう一度書き始めた。あたかもメモリに入っていたかのように、かなり素早く、二時間半で書き上げた。これをUSBに保存し、英語に翻訳してエリザベスに渡した。妻は長い時間をかけて文面を校正し、文章の意味を明確にしてくれた。基本的にこれが今、朝から夜遅くまで続けている私たち夫婦の日課だ。

息子たちにも日課がある。ふたり揃って避難民の手助けをしている。あちこちの国境検問所へ派遣され、そこで食糧を用意し、国境を越える人たちに渡している。長男は避難民の子どもたちに英語を教えてもいる。

昨日、私の友人ふたりがキーウへ戻ると言った。キーウでは、出版社経営者の友人ミコーラ・クラーウチェンコが、中央駅近くの高層ビルの一階にある自宅アパートメントでデスクに向かっている。彼はルーツィク出身の若い作家が書いた小説の原稿を、腰を据えて編集しているのだ。『陶器の人形』というタイトルで、ドメスティック・バイオレンスを扱っている。彼は、定期的にかけてくる電話でその話をする。私は驚きを隠せない。

「ドメスティック・バイオレンス？ この時期に！」

「いや、今は出版できないよ」と彼は言う。「だけど戦争が終わり次第、すぐに組版をして印刷の準備をしないといけないから」彼は児童書を出版できたらいいなと言う。「児童書の出版社は今、ポーランドとかリトアニアに組版を送って、そこでウクライナ語の本をすぐに印刷して、難民の家族に配布しているんだよね。印刷会社の中には、避難家族が生き抜く手助けをしたいと、こうした本のためにウクライナの出版社に金まで出してくれるところもあるんだ！」

これは本当である。昨日私のところに、ポーランドやリトアニアではなく、スウェーデンから電話がかかってきた。避難民のためにウクライナ語の無料の電子児童書を準備中で、私が書いた、誰も撫でてくれないハリネズミの童話について打診してきたのだ。私はこの版のための権利を放棄することに同意した。子どもは、たとえどこで生きることになっても子ども時代を持つ必要がある。スウェーデンの電子出版社と話をしている間、子ども向けの新たなお話を書く時間が取れるかもしれないと考えてもいた。それから独り笑いをして、首を振った。小説に取りかかる時間さえ取れないのに、どうして児童向けの話が書けるというのか。書けるのは戦争について、今何が起きているかについてだけだ。

ときどき、記憶が今の私に追いついてくることがある。どういうわけか、戦争について書いているときにその記憶を差し挟むことが簡単に感じる。たぶん私の人生には、戦争がいつもどこか身近にあったからだろう。第二次世界大戦は、いつもどこか身近にあった。ソヴィエトの強制収容所《グラーグ》然り、ソヴィエト全体の歴史然り。私の祖父アレクセイがドイツのファシストに殺されたのは、第二次世界大戦中のことだ。祖父はハルキウ郊外のワールキ駅近くで殺害された。その地の集団墓地に埋葬されている。祖父が眠るその上で、今ロシア兵たちが別の戦争でウクライナ市民を殺害している。ひとつの思いが別の思いにつながる――青年だった祖父の数々の写真、それを含めた私の一族の写真の記録がまるまるキーウの自宅にあり、もしそこにミサイルか砲弾が命中したら、すべてが煙と化してしまう――この写真の記録、蔵書、古いビニール盤レコードのコレクション、それから夫婦で集めたウクライナの美術品。

もし自宅が爆撃されていたと知ったら、私は一体どう感じるだろうか。おそらく何も感じないだろう。戦時中は、モノは重要ではないように思える。本当に大事なのは人間の命だけだ。私たちは自宅も、村の家も、金銭もなく残される覚悟はできている。私たちはやり直すことができる。もし私たちができなくても、子どもたちはできる。彼らは、エリザベスと私が一から共に人生を築き始めたときよりも若いのだ。

昨日一日中、友人のワレンティーンとタチヤーナに連絡がつかなかった。ついに真夜中頃に、タチヤーナから電話があり、ちょうど今ポーランドに入ったところだと聞かされた。移動は困難をきわめ、ワレンティーンはひどく痛がっていると彼女は説明した。さらに続けて、キーウでヴァレンチーンが抱えられて客車に乗せられたとき、彼の車椅子が消えたという。「盗まれたのよ！」タチヤーナは、感情に押し潰されて泣きじゃくった。「あれは高価な車椅子で、下肢切断者用の特注品だったのに」プラットフォームが混雑していて、皆が避難列車に乗り込もうと押しあいへしあいしている様を私は思い浮かべた。あの車椅子を誰かが盗むとは思えない。おそらく列車によじ登ろうとしている人が押しのけてしまったのだろう。

国境で、シンプルなタイプだがワレンティーン用の車椅子が見つかった。「一〇時間から一二時間待たないといけないだろうと言われていて」とタチヤーナは言った。「ポーランドの人たちが今、ヘウム行きの列車の席を探してくれている」彼らはヘウムからワルシャワへ、ワルシャワからベルリンへと行くことになる。ベルリンに着いたら、今度はフランクフルトに向かい、そこでワレンティーンのドイツ人の友人たちや、元同僚の、国際学会でよく顔を合わせていた医学者たちが待ち構えているのだ。ワレンティーンはウクライナで最高の麻酔医のひとりだ。その彼が今、痛みに苦しみ、麻酔薬もない。彼の右脚が切断されたのは戦争が始まる数日前のこと。傷は長いこと癒えず、この長距離移動で再び出血している。

キーウ近郊のクラーウディイェウォ村で、二〇一五年にドネーツィクからキーウに逃れてきた作家が妻と共に自宅の地下室に潜み、上空から降ってくる砲弾の音を聞いていた。砲弾が自宅に命中したタイミングで、この夫婦はキーウに向かって歩き出したが、あまりにも危険すぎるとすぐに悟り、自宅地下室に舞い戻った。友人たちが何とかしてこのふたりをキーウから脱出させようと車を手配したが、運転を買って出た人物がちょうどキーウに到着したときに、再び砲撃が始まった。今は三人で地下室に籠っている。車は中庭にある。ロシア軍によるキーウとその他の都市や村への砲撃は、決まったスケジュールに則っているわけではないようだ。最も頻繁なのは夜間と早朝だが、中には一日中いつでも空襲と砲撃に遭っている場所もある。私の同業者と彼の妻、そして運転手が何とかクラーウディイェウォを出て、安全にキーウに到着できるよう、私は願ってやまない。今のところは、待つことしかできない。

メリトーポリにいる友人から連絡が途切れて数日経つ。最後に知らせてくれたのは、ロシア連邦保安庁の職員が、拘束したい人物のリストを持って一軒ずつ回っているという話だった。この職員たちは捜索と尋問を行なっていた。ジャーナリスト兼作家の彼女は、間違いなくこのリストに載っている。外はまだ雨が降っている。空は泣いているのか、それとも種まきの準備のために大地に水を与えているだけなのか。もうその作業にとりかかっていないといけないはずなのに、畑からはトラクターの音が全く聞こえてこない。

＊＊＊＊＊＊＊

キーウ近くにいるロシア兵には食べるものがない。店や倉庫を略奪してもいいと上官から認められている。戦争が始まった当初、彼らは八日分の食糧を携えていた。それはとうの昔になくなった。それと同時に、ロシアのミサイルがウクライナの食糧貯蔵庫を直撃する。キーウの郊外にある最大の食品倉庫が爆撃された。何トンもの冷凍肉とその他の食品が消滅した。

このことは、一九三二〜三三年と一九四七年の、ソヴィエト当局が人為的飢饉を起こしてウクライナ人を死に追いやったホロドモールを想起させる。これは集団農場に加入するのを拒否したウクライナ人に対する、ソヴィエトの報復だった。ウクライナの農家は、自ら所有する土地と家畜を共有物として差し出すのを嫌がった。今回プーチンは、飢えを利用してウクライナ人に両手を上げさせ降伏させて、都市と村を防衛するのをやめさせようとしているようだ。しかし、この戦法はうまくいかないだろう。ウクライナ人は、自由でなかったときでさえあきらめなかった。第二次世界大戦後、ウクライナでのソヴィエト政権に対するゲリラ戦は、一九六〇年代初頭まで続いた。今回もウクライナ人はあきらめない。何といっても今回は、自由で独立した生活を三〇年間続けてきたのだから。ここの人たちは誰も、ソ連や、あるいは数百人のウクライナ人とクリミア・タタール人が既に監禁されている現代ロシアの強制収容所《グラーグ》に戻りたくはない。

捕虜となったロシア兵たちは、民家に放火する許可が出ていたと話している。YouTubeには、非武装の人たちの処刑や、貨車に乗った避難民たちの処刑、住民たちの処刑を撮影した動画が出ている。この処刑された住民たちの集合住宅は、ロシアがアメリカとの戦争に備えて準備したミサイルの標的となった。

一部の人は、普通に暮らすためにも余分なアドレナリン放出を必要とするらしい。私は違う。私はむしろ、今あの村にいて、春の始まりを、シーズン最初の花と桜の花を眺めていたい。もし私が今あの村にいたら、お隣のトーリクとニーナを日に二回、たぶんそれ以上の頻度で訪ねるだろう。遠くの砲弾の爆発音に耳を傾け、どちらの側から聞こえてくるのか把握しようとするだろう。

先日ニーナはこう話した。二日前、ロシアの軍用機が隣村のスタヴィーシュチェを空爆していたときは、床に伏せて泣いていたという。今日は気分がましになっている。爆撃は遠のいたらしい。彼女の妹とその夫はやっとキーウを脱出して、フメリニーツィキイにたどり着いた。まもなく彼らは西ウクライナに到着するだろう。

昨晩、ここはほとんど静寂だった。ロシア軍はこの国の東部に足がかりを得ようとしている。マリウポリ市は絶え間なく空襲を受けていて、もう事実上廃墟となっているが、まだそのがれきに数万人の住民が隠れている。乗用車の、それぞれが二〇〇〇台から成るふたつの列が、マリウポリ脱出を許可されたという話だ。今のところこれは噂にすぎず、公式な発表はまだない。公式に発表されたのは、キーウの癌病棟の小児患者たちが既にウクライナを発ち、スイスへと向かっている途中だということで、到着したら彼らはそこで治療が続けられる。

ここ数日、ヨーロッパ各国はいずれも人間的な顔を見せている。ウクライナ難民の受け入れを表明したすべての国に感謝を申し上げたい。ヨーロッパと世界の連帯は存在する。寝る前にこう思えるのは素晴らしいことだ。

二〇二二年三月二三日
請求書と動物

今日、ついに村の家の電気、ガス、インターネットの料金の請求書を支払った。家は無人で、インターネットも電気も使う者はいない。期限通りに光熱水道料を支払わなくても罰金は科されないとの発表があったが、私はこうした公共サービスを支えたい。通常の生活に戻るためには必須だからだ。戦争中に誰も料金を支払わなかったら、ガスや電力会社の従業員に給料が出ない。ということは、彼らの生活が二重の地獄と化すことになる。

今、多くの人が必要でないものを買ったり、その支払いをしたりしているが、それで他の人を助けているとわかっているからだ。数千人がミコラーイウ市動物園の入園券をオンラインで購入している。この動物園はロシアに砲撃され、閉園中だ。来園者はいない。だが動物はいるし、餌が必要だ。この慈善入園券購入のおかげで、動物園は困難なこの時期に動物の餌を買うことができる。

ウクライナにいる動物は人間と同様にロシア軍の犠牲者である。ホストーメリでは、ロシアの砲弾が厩舎に着弾した。内側から火が出て、馬たちが焼死した。ハルキウ動物園では、一発のミサイルでチンパンジー二頭とゴリラ一頭が死んだ。キーウ近くの小さな動物園に砲弾が命中し、一部の動物は森に逃げた。地元当局は住民全員に、森にいるシカに触らないように、もっとはっきり言うと、このシカたちを狩ることのないよう呼びかけた。ウクライナのハンターたちは、もう丸ひと月動物を追い回していない。彼らが追い回すとするなら、それはロシアの占領軍だけだ。

ウクライナにはおよそ七〇万人のハンターがいる。その所有するライフルとカービン銃は一五〇万丁。彼らは既に戦闘中だ。チェルニーヒウ州のあるハンターは、手榴弾を手に数名のロシア兵に近づき、爆破させた。彼は死んだが、何人かのロシア兵も道連れになった。別のところでは、ハンターたちが森の中で、ロシア歩兵隊を待ち伏せ攻撃した。

ハンターたちがロシア兵を追いかける一方で、ロシア軍はもっと不吉な行動に勤しんでいる。意図的に食糧と薬品の倉庫を破壊し続けているのだ。最初は、キーウ郊外のブロワリーにある国内最大の冷凍食品倉庫が、ロシアのミサイル攻撃で破壊された。次に、果物と野菜の卸売倉庫が破壊された。ルハーンシク近くのシェヴェロドネーツィクでも、やはり大規模な食品倉庫が破壊された。キーウ近くの、被害が長らく続いている町マカーリウでは、ロシアの部隊が国内最大の薬品倉庫を爆破した。ロシア軍用機はデスナ川に架かる橋も空爆した。人道支援物資はこの橋を通って、キーウからチェルニーヒウへ運ばれていたのだ。

意図的なジェノサイドのような気がしてきた。わざと都市とインフラを破壊し、人道支援を妨害し、同時にマリウポリ、マーンフシュその他の都市で人為的に飢餓を確実に発生させるための作戦が行なわれているからだ。一九三〇年代とは違い現在は、世界の誰にも気づかれずに秘密裏に数千人を殺すことは不可能だ。今は何でも全世界の前で行なわれる。この状況で、外国のジャーナリストたちが、一番多いのはドイツだが、「戦争が終わったらどのようにコミュニケーションをとるか、ロシアの作家仲間と議論していますか？」と質問してくるのは、理解に苦しむ。

平和を愛するヨーロッパは、ウクライナで起こっている恐怖の全容がまだわかっていないらしい。ウクライナ人は何が起こっているかわかっているどころではない。その恐怖は我々の血管、神経、骨、筋肉と隅々まで行き渡っている。その恐怖はウクライナ人の心と身体にしっかりと染みついている。ロシアのものは何でも、今は憎しみにしかならない。

そう。私も憎しみでいっぱいだ。けれども、私が読んで育った大好きなソヴィエトの作家の作品を読むのをやめることはしない。オーシプ・マンデリシュタームやアンドレイ・プラトーノフ、ボリス・ピリニャーク、ニコライ・グミリョフを避けたりはしない。彼らの大半は当局に銃殺されている。現在なら、彼らは銃殺ではなく、おそらく「人民の敵」というレッテルを貼られて国外追放されるだけだろう。

ロシアでは人々が、プーチンの政策に反対する人、ロシアのウクライナ攻撃に反対する人の顔写真を印刷する。その顔写真の上に、「ロシアの敵」とか「裏切り者」といった文言を太字で書き入れる。そんな「裏切り者」のひとりがボリス・アクーニンで、彼は今ロンドンに住んでいる。もうひとりは歌手のアンドレイ・マカレーヴィチで、彼はまだロシアで暮らしている。もう二、三人も「裏切り者」になっているが、ロシアの文化人の大半がプーチンを讃え、ウクライナでの戦争を支持している。私は彼らには興味がないし、同様に現在のロシア文化全般にも興味がない。今のロシアでの著名人は一通り知っているが、そういう話題の議論には加わらない。今の自分の時間は非常に貴重で、こうした問題に浪費することはできない。私に残された時間がどれだけあるのかはわからない。どの質問に答え、どの質問を無視するか決める資格は、自分にはあると思っている。

二〇二二年三月二四日
避難民の生活

二日前私は、戦争が始まって以来初めてまともな夕飯を作った。来客があり――ハルキウから、出版社経営者のオレクサンドルとその運転手のイワンが来たのである。実は彼らはお客のお客ということで、おそらくこの部屋の持ち主に、二晩他人が泊まると知らせるべきだったのだろうが、正直言って、これが初めてではないのだ。一週間ほど前、四六歳のウラジーミルがここで一泊した。彼が他の人工透析患者と共にウクライナから出て避難する、その途上だということ以外、私たちは彼について何も知らない。国境警備隊は彼の国外脱出を認めなかった。徴兵対象年齢の男性なので、軍登録事務所の正式な書類が必要だが、それを持っていなかったからだ。彼が国境で追い返されたとき、既に午後も遅くなっていて、ウラジーミルは行く当てがなかった。国境検問所で手伝いをしている息子が、その晩彼を連れてきた。ウラジーミルは翌日の大半を軍登録事務所で費やした。最終的に、兵役には不適格であるとする証明書をどうにか手に入れて、彼は外国に出ることができた。ウラジーミルは既にドイツにいて、ウクライナの病棟で一緒だった患者たちに追いついた。

ウラジーミルは床に敷いたエアマットレスで眠ったが、オレクサンドルとイワンもそこを寝床とした。夕食の間、私たちはとても楽しい時間を過ごし、ワインまで飲んだ。避難先のこの町では、もうビールやワインなら買うことができるが、もっと強いアルコールは今も禁止されている。オレクサンドルの「避難先」の村では、どんなものだろうとアルコール飲料は買えない。こういうルールは、各州で独自に定めているようだ。

私たちは小さなキッチンテーブルを囲み、午前一時までしゃべっていた。ときどき、オレクサンドルが自分の妻に電話をした。彼女は約一二〇〇キロメートル離れたドニプロにいて、彼女の高齢な両親の面倒を見ている。あそこは比較的まだ安全だが、安全でなくなったとしても、彼らがドニプロを出て行くのは難しいだろう。この夫妻の息子とその家族はそれぞれ別の都市にいて、タンポポの種のように国内に散らばっている。

私たちの家族もバラバラになっている。今は私たち三人だけ。私と妻、それに長男だ。残りの家族とは連絡を取り続けている。

オレクサンドルが彼の友人に電話をしたときは、まだ日中のことだった。その友人というのはハルキウの中でも最も危険な地区に住んでいて、三分の一の建物が既に損傷を受けているか破壊されているかであるという有様だ。電話はあまり良くつながらない。オレクサンドルの友人は、もっと電波が届くようにとベランダに出た。するといきなりオレクサンドルの耳に、その電話を通して遠くの砲撃の連続音が聞こえてきた。「そうだよ」とハルキウにいるその友人は言った。「砲撃は絶え間なく続いているけど、まだ子どもたちは庭で遊んでる」

私たちはキーウとイワーノ＝フランキーウシクにいる友人たちに電話をかけた。「元気かい？」馬鹿な質問に聞こえるが、問わずにはいられない。みんなまだ生きている――少なくとも私たちが連絡のつく人たちは。

オレクサンドルと彼の運転手は、チェルニウツィーの方角の村をめざして出発した。彼らが私たちのところで、多少なりともくつろげたと思いたい。今は長男の友人が床の上で寝ている。彼はここから二〇キロメートル先の難民センターで生活しているのだが、そこは寒くて、質素このうえない状況だった。彼が私たちのところにどれだけいるのかわからないし、私たち自身、この小さいが居心地の良いアパートメントでどれだけ生活を続けるのかもわからない。誰も私たちを急かしはしない。今は娘さんのところで暮らしている家主から、どれだけいるつもりなのかと訊かれたことは一度もない。

昨晩、私は空襲警報で三度目覚めた。この警報はウクライナの別の州の場合でも稼働するのだと今ではわかっている。黒海やロシア、ベラルーシから弾道ミサイルやその他のミサイルが発射されるや否や、ウクライナの電子情報局がその飛行体の方角を特定し、ミサイルの全「飛行経路」に沿って警報が鳴る仕組みなのだ。リヴィウにいる私の友人たちは、もはやこの警報に何の注意も払わず、家から走り出て防空壕を探すこともしていない。彼らは恐がるのに飽きているのだ。

恐れが消えるのは、戦時の奇妙な徴候である。自分自身の運命にも無関心になり、なるようにしかならないとあっさりと決断を下す。それでも、さほど遠くない建物に砲弾が命中している状況下で、複層階の建物のそばで幼い我が子を遊ばせている親の姿勢は、やはり理解に苦しむ。自分の子どものことでも、なるようにしかならないさ、と割り切ることなどできるのだろうか。

ウクライナでは、既に一五〇人以上の子どもがロシア軍の手にかかって死んでいる。これは確定した人数である。不確定の人数はその数倍にのぼる。子どもを含めた家族全員が、西ウクライナへ車で逃げている途中や、戦争で荒廃した南部や東部の都市から逃げ出すときに、ロシアの戦車や大砲で皆殺しにされた。マリウポリの街中には、いまだに市民の遺体が、大人か子どもかの別なく散乱している。多くの遺体が、爆撃された家屋のがれきの下にある。マリウポリ包囲の責任者であるロシア軍司令官は、シリアの都市の包囲を最近命じたばかりの、その同じ大佐である。それゆえ、マリウポリの包囲とアレッポのそれとを比較するのはきわめて妥当だ。

占領地域では、ロシア軍部隊は民間人に対し、分離主義勢力の「共和国」の方向に通じる道路経由でのみ街を離れることを許可する。あえてこの回廊を通って廃墟となった都市から脱出しようとする人たちには、罠が仕掛けられている。ロシア軍は、彼らのウクライナのパスポートとその他の証明書を取り上げ、バスに乗せてロシアへ連れて行く。到着すると、二年間のロシア国内での滞在を義務付ける「許可書」が渡される。その後はシベリアや極東へ送られる。これらの地域では、長年にわたって人口が減り続けている。ありつく仕事などなく、数十の無人の町や村があるだけだ。この方法で、ロシア軍はウクライナ国内の占領地域の孤児たちをロシアへ連れて行って「避難」させている。こうした姿を消した子どもたちが戦後にウクライナに帰国できるように、その行方をたどることは非常に難しいだろう。

子どもがひとりでポーランドやスロヴァキア、ハンガリーをめざして移動するケースがだんだんと増えてきている。彼らは小さなリュックサックを背負い、上着に縫い付けられたメモには、両親の電話番号、自分の名前、その子が行きたい場所の名前と住所が書かれている。多くの家族が他の家の子どもを連れて移動し、自分の車が定員いっぱいになるようにしている。西に向かう車の空いた座席は、助けられたかもしれない命を表している。

ここ三週間にわたって、外国人留学生のほぼ全員がウクライナから脱出した。彼らを鉄道駅や国境検問所で見かけることはもうない。アルジェリア、カメルーン、インド、ヨルダンなど彼らの家がどこであろうと、今頃無事にたどり着いていることを願う。一方、ウクライナ人の学生は、再びオンラインで勉強するようになった。今回はパンデミックのせいではなく、戦争のせいである。というのも、リヴィウ、ルーツィク、ウージュホロド、イワーノ＝フランキーウシクにある大学内の学生寮はいずれも、現在は学生ではなく避難民が入居しているからだ。開戦当初、学生寮は避難所を必要とする避難民誰もが利用できた。後に宿泊施設が極端に足りなくなり、男性は学生寮から退去させられ、女性と子どもだけが滞在を許可された。多くの男性が家族と別れ、別の、もっと空いているところに宿泊施設を探さなくてはならなかった。この場合、たいていは東に行くことを意味していた。東は他の人たちがめざす方角でもある。ここ三週間で四〇万人以上の男性が外国からウクライナに戻ってきた。その大半は、国を守るために帰国したのだ。

ウクライナの運命をそこまで心配していない人たちは、今も続々と国外脱出をしている。この中には、親ロシア政党の国会議員たちも含まれている。スールキス兄弟がそうだ。共にオリガルヒで、有名なキーウのサッカークラブ「ディナモ」のオーナーである。この兄弟は高級車に乗って、成人している孫たちと付き添いのロシア人をひとり伴って国境に到着した。ウクライナ税関で、高価なものは何も持っていないと申告した。ところが、ハンガリーに入国したとき、彼らは一七〇〇万ドル以上の現金を申告したのだ。もう彼らには後戻りする道はないだろう。

前ロシア首相で大統領もどきでもあったドミートリイ・メドヴェージェフのウクライナ人の親戚も、出国してルーマニアに逃れようとしたが、彼らが乗った二台のロールスロイスはウクライナの国境警備隊に止められた。車内からは膨大な額の米ドルの現金も見つかったので、彼らのウクライナ出国は、少なくともこの現金とロールスロイスを携えての出国は差し止めになった。

この国を出て避難しようとしている人たちは、自分自身の運命に無頓着なわけではない。だからこそ出国するのだ。自分たち自身の、もしくは子どもたちの身の安全を案じての行動である。彼らは所有する不動産も、両親や親類のお墓もすべて置き去りにしている。一般の避難民に対しては、いつか戻れるよう願うが、一部の、スールキス兄弟やヴィークトル・メドヴェヂュチュークのような人たちは、今後も逃走を続けざるを得ないよう願う。

メドヴェヂュチュークもオリガルヒでありプーチンの友人だが、もはやキーウとオデーサ近くの別荘で暮らすことはできないだろう。彼と彼のような人物はロシアかイスラエルに行くほかはない。二〇一四年以来、多くの「亡命者」たちが既にこの二か国に定住している。表向きには、「ウクライナ亡命政府」なるものがモスクワに存在する。その長はミコーラ・アザーロウ元首相である。この「政府」の何人かのメンバーは、元教育相のドミートリイ・タバーチュニクのように、占領されたクリミアに定住している。こういう人たちは皆、ウクライナでは長らく忘れ去られていた。彼らを思うと、埃をかぶった古い影像を想像してしまう。彼らがまだ生きていると思うことさえ不思議だ。彼らは間違いなく、過ぎ去った時代、遠い昔に属している人物だ。

ウクライナでの展開は不可能なほど速いペースで進んでいる。私たちはドイツ人やフランス人の三倍のスピードで生きているように思える。独立後の三〇年間、我が国は他のヨーロッパ諸国よりも数倍の規模の大変動をくぐり抜けてきた。

「歩くのが速すぎるってば！」日課の散歩に出かけると、妻のエリザベスはこう言う。自分がいつもそんな風に歩いているとは思わない。友人や兄に電話をする。「息を切らしてるね」と兄。「もっとゆっくり歩けよ！　あんな風に歩くと、お前はまともにしゃべれないんだから」私は、ゆっくり歩くと約束する。だがすぐにまた、あたかも会議に遅れてしまいそうな勢いで速足になってしまう。実際はいつも時間厳守を心がけていて、遅れることなどないのに。

私は、インタビュー前に頼まれたことすべてについて慎重にメモを作ってから、その約束の時間に相手のジャーナリストの取材に臨む。月曜から金曜まで、世界中のジャーナリストが電話をかけてくる。どのインタビューも三〇分以内で終わるようにしている。三〇分あれば、ウクライナで起きていることの一番大事な部分を充分説明できる。土日にかかってくる電話は非常に少ない。ジャーナリスト自身が週末の休みをとっているらしい。彼らは休んでいる。初めはそのことに驚いた。今はそうではない。どうぞ休んでくれ。そうすれば、私が見たり聞いたり学んだりしたことを書き留める時間ができるのだから。

そう遠くないうちに、ジャーナリストたちからのこのような平日の電話も、彼らの興味が薄れるにつれておそらく頻度が少なくなるだろう。にもかかわらず、戦争は休みなく続いていく。死傷者の数が増え、空爆された村や町や都市の数も増す。日々のニュースはその前日のニュースと似ている。ロシア軍が猛然と攻撃を仕掛ける、既に占領した地域の防衛を開始する、既に破壊した都市に空爆を続ける。

次に起こることは何だろうか。プーチンは、ウクライナを打ち負かし、キーウでロシア軍のパレードを実施することを望んでいる。これは起こりそうにない。彼は、ロシア全地域からウクライナに補強部隊を送り続けている。アサド政権のシリアから兵士一万六〇〇〇人を送ってもらう約束をし、その兵士たちに米ドルでたっぷりと給料を出すことも約束した。今のところ、ウクライナ国内にシリア兵はいない。キーウ掌握のためにラムザン・カディロフが寄こしたチェチェン人たちは、ほぼ全員いなくなった。一部は戦死し、残りは、キーウ近郊で死んだチェチェン人の指揮官、マゴメド・トゥシャエフ将軍の遺体と共に帰国した。

ロシアでは、戦死した兵士と将校が埋葬されたのは、国内すべての地域の都市や村に及んでいる。それでも国民は、ウクライナに対するプーチンの戦争を今も支持している。死者の母親たちだけが泣いている。そして亡くした息子を想って泣いているのに、彼女たちは戦争に反対するのは非愛国的だとして、抗議しないのだ。死者たちは死後に勲章が贈られる。彼らの親たちは、息子さんは英雄として死んだと告げられる。なぜ息子が死んだのか、とは誰も問わない。

第二次世界大戦中、ソ連には「祖国のため、スターリンのため！」というスローガンがあった。戦死した兵士はソ連とスターリンのために死んだのだ。これはソ連がファシズムから自国を防衛していたときのことだ。今のロシア人たちは「祖国のため、プーチンのため」に死に続けている。ウクライナ人は祖国のため、ウクライナのためだけに死ぬ。ウクライナ人は、命を捧げるべき皇帝を持たない。誰もゼレンスキーのために戦っているとは思っていない。私たちは今までも、そして願わくは将来も、個人崇拝や権威主義的政権とは無縁だ。ウクライナは自由な民の国である。この民がウクライナを救い、ウクライナの自由を守るだろう。

二〇二二年三月二八日 小麦の種をまく季節

ウクライナで種まき作戦が開始された。爆発や銃撃の音が聞こえない村々で、農家の人々が外に出て畑仕事をしている。戦場に近い農家の人たちは、自分の畑が焼け焦げた軍用器材と不発弾で汚された有様をいらいらしながら眺めているしかない。それでも彼らは、春のお決まりの仕事を始めたいのだ。大きな危険を冒して実際に始めてしまった人もいる。私の友人のスタースは、オランダの種子をウクライナの農家に販売しているのだが、妻と子どもたちを西ウクライナへ疎開させてから、キーウに戻った。彼は電話で、キーウ州の農家と一緒に働いていると言った。

ロシアでも、種まきの季節はもうすぐ始まるだろう。当然ながら、ロシアの農家の方が畑を耕して作付けするのは楽である。彼らの仕事場は安全な畑だ。ウクライナの農家は、今その仕事をするのは命にかかわる危険がある。ロシア軍は、新たに製造された砲弾やミサイルをとうに使い尽くした。今あるのは旧蔵品の砲弾や地雷で、多くて四割が不発弾となる。こうした役立たずのミサイルが、柔らかなウクライナの土壌に入り込んで進み、土壌の形状によっては地表から一メートルかそれ以上の深さまで行って埋もれたままになる。砲弾は、誰かがうっかりその眠りを妨げない限り、着弾した場所にそのまま留まる。

ウクライナの農業従事者の一部は、ずっと前からこうした危険を認識していた。二〇一四年にドンバス戦争が始まって以来、当地の農家の人々は、種まきの季節や収穫時期に自らの畑で爆死した仲間を埋葬してきた。

ウクライナの農家は今、おもしろい評判を得ている。最近、ザポリージャ州のある村の畑で、警察が一台のロシアの戦車とその他大量の敵の武器を発見し、押収物とした。警察は、ウクライナ軍に知らせずにこの戦車を運び去った農家は、戦後罰せられるだろう、と言った。ウクライナの農民の古いことわざに、「村の畑で見つけたものは、何でも利用すべし！」というのがある。おそらくこの考え方が、彼らのとった行動の背景にあったのだろう。ロシア人兵士たちは、縦隊が猛烈な砲撃にさらされて、戦車と武器を捨てて森に逃げ込んだ。彼らは戦車に戻らなかったので、今頃投降しているか、前線に戻った可能性が最も高い。彼らには、どんな評判がつきまとうことになるのだろうか。

戦争が終わったら、農家の多くの人たちが、残された戦車や大砲、その他ロシアの兵器を保管しようとするものと私は想像する――つまりその時点で既に、解体し鉄屑として売り払ってなければ、だが。

こういう話は気分を上げてくれる。勝利は近いと思えるからだ。空想が始まる。ウクライナでの戦勝の祝日はいつになるだろうか。ウクライナは、五月九日のソヴィエトの戦勝記念日を既に廃止しているが、少数のウクライナ人、ことに年配の世代は今も祝いを続けている。その他の人たちは、五月八日の、ヨーロッパ戦勝記念日に切り替えている。だがこの戦争が終わったら、新たな戦勝記念日もしくは戦没者追悼記念日が必ずや設けられるだろう。第二次世界大戦がウクライナでの直近の重要な戦争だったことは、過去のものとなる。

それでも、この戦争のニュースに常に勇気づけられているわけではないことを認めなくてはならない。毎日、兵士と将校が死に続けていること、ロシアの戦車に撃たれた車に乗っていたなど、避難民家族が殺害されていることなどを知らされる。毎日、誰かがFacebookに、亡くなった親戚、夫、兄弟の写真を投稿している。毎日、夫を亡くした女性、親を亡くした子どもが増え続け、この戦争は、そうした人たちの現在の生活だけではなく未来をも完全に消し去っている。

私は今も毎朝、友人・知人に電話をする。ラーザリウカ村の隣人たちとも話をする。彼らの話では、今もひっきりなしに爆発音が聞こえるが、前よりは音が遠くなっているとのこと。ウクライナ軍はロシアの侵入軍を、キーウから約三〇～五〇キロメートルまで押し戻した。いくつかの場所では、七〇キロメートルも後退させた。現在の戦闘地域はキーウとジトーミル間の、コーロステニ近くである。「日差しがちょっと強くなったよ！」と話すニーナは前庭に立って、鶏たちが潰したとうもろこしをついばんでいるのを眺めている。「日中は暖かくて、摂氏一五度ある。庭の落葉掃きを済ませたよ。秋に植えたニンニクがもう芽を出している。桜の花は咲きかかってるね。ひと月以内にじゃがいもの作付けをするつもりだよ」今の彼女の声には、それほど不安は感じられない。ロシア軍はあの村には入ってこなかった。通り過ぎてキーウへ行ったのだ。だが、スタヴィーシュチェ村は爆撃を受けた。キーウから田舎の家へ行くときに通る高速道路の分岐点である。

ラーザリウカとその最寄りの町から六キロメートルのブルシーリウも、ロシア軍の攻撃や侵入はなかった。Facebook上のブルシーリウのコミュニティ・ページで、住民たちはどこでガソリンや生きた鶏が買えるのかとか、どの店なら砂糖があるかなどを訊いている。避難民たちは安く借りられる家を探している。ある男性は、冷蔵庫の修理をしますとPRしている。

まもなくこの地元住民たちは、野良仕事に心血を注ぐことになるだろう。遠くの爆発音や大砲の音を気にしなくなるだろう――再びその音が大きく聞こえるようにならない限り――あるいはロシア軍がキーウへの攻撃を開始すると言われない限りは。

だがそれは大いにあり得ることだ。ロシアはまたもや、ウクライナとベラルーシに向けて、軍用装備と兵士を乗せた列車を送り出している。軍の倉庫で長年保管されていたソヴィエト時代の装備、つまり古いソヴィエト製の戦車やトラック、銃砲、装甲兵員輸送車を引っ張り出してきたものだ。これらの物資すべてが、さらなる数の兵士と共にウクライナへ送られている。

私は、ロシア軍の崩壊に願いをかける。ロシア軍の倉庫から、大量の装備が盗まれて売却されたという記事を読んだことがある。ロシア軍将校と兵士は、貴金属の価格も軍装備のどこにそれがあるかもすべて承知している。軍用ラジオやレーダー基地で使われている銀その他の金属は、とうの昔に抜き取られていたのだろう。長年しまい込まれていたトラックのエンジンを分解し、その部品を似たようなモデルの車両を持つ市民に売りさばいたのだ。

先日、ロシア戦車部隊の指揮官が自殺したとのニュースを読んだ。初め私は、彼はウクライナ人を殺したくなかったから自らを撃ったのだと推察した。ところが、その理由はかなり違ったものだったと判明した。彼の部隊の戦車八両が任務に出ることになっていたが、基地を出発する準備ができているのはわずか一両だけだった。残りは破損状態だった。彼の自殺は、自身の戦車部隊の状況に責任を取る必要を感じたという結果だった可能性が一番高い。

我が家には小さな庭があるので、自家用のじゃがいもやにんじんを植えたいものだ。それは私たちにとっては道楽だが、戦時中にどんな道楽が持てるというのだろうか。もしウクライナ軍が私たちの地域からロシア軍を追い払うことに成功したら、ラーザリウカへ戻り、普段の生活を再開するつもりだ。「普段の生活」という言葉は、今は神話や幻想のように感じられる。現実には、今の私の世代には普段の生活などあり得ない。どの戦争も人の心の中に深い傷を残す。その戦争自体が終結しても、人生のある部分に傷は残る。今、この戦争が私の中に存在しているという感覚を持っている。取り除けない腫瘍を抱えて生きていると承知しているかのようだ。戦争から逃げ果《おお》すことはできない。それは慢性の、不治の病になっている。それはズキズキと痛むことがある、というか、心身から消え去らず、背骨の疾患のように、定期的にその存在を思い知ることになる。私は、この戦争をずっと携えていくことになるのではないかと恐れている。かつての私たちがそうしていたように、モンテネグロやトルコへ、いつの日か妻と休暇の旅行に出かけるときでさえも。

この戦争によって、自身の中に戦争を抱えている他の作家を知ることとなった。今ではそんな仲間がたくさんいる。例えばサラエヴォのフェリダ・ドゥラコヴィチ。そしてアルメニア系ウクライナ人芸術家のボリス・イェギアザリャンは、イェレヴァンにあった自身のアトリエを、そこにあった初期の絵画もろとも、一九九一年の騒動の際にソ連支持者に焼き払われた経験を持つ。そして、今まさに私がこの戦争のことをあなたに伝えているように、私に、そして世界にこの戦争のことを進んで伝えようとしているウクライナ人全員もそうだ。その人たちが私にとって既知か未知かは関係ない。

いつか私がこの戦争について書けなくなるときが来るだろうか。来るかもしれない。きっと、戦争が出てこない子ども向けの本が書けるようになるだろう。けれどもウクライナの子どもたちは、自分なりの戦争を内面化するだろう。何が起きているのかまだ理解していない小さな子どもたちにとっては、内面化した戦争は小さめなものになるだろうし、彼らがいずれそれを克服できるよう願っている。もっと大きな子どもたち、とりわけ破壊を目の当たりにした子たち、友だちや家族を失った子たち、戦争から逃げなければならなかった子たちにとっては、内面化した戦争は大きく、生涯それを抱えて生きていくことになるだろう。これは、かつて平穏で幸せだった生活を、置き去りにしてきた生活を振り返ったり思い出したりすることのある、すべての人に当てはまる事実である。

二〇二二年三月三〇日

ミツバチと本

私はキーウを恋しく思うが、それ以上に、ことに春がやってくる今の季節は、村が恋しくてならない。気温が上がり、遠くで爆発音がするにもかかわらず、鳥たちは歌っているだろう。まもなく木々に花が咲くだろう。Facebookで村の生活を見守り、Viberの村のグループチャットで隣人たちのメッセージを読む。私は彼らのニュースを知っている。

二日前、ラーザリウカでは、ブーケパロス食料品店にビールと低アルコール飲料が納品された。店主は誇らしげに、この配達の話を皆に伝えた。ワインと蒸留酒はまだ禁止されているが、村で誰が密造酒を造っているか知らない者はいない。ひと月前、戦時禁酒法が施行されたとき、警察は酒を密造している人の家を訪れ、酒造をやめるよう頼んだ。それでやめたとはとても思えない。不安を抱えて生きる人は、自家製ウォッカを一、二杯ひっかけることで心が落ち着くので、密造酒は精神安定剤だとみなして差し支えない場合がある。

戦時下のウクライナを出て、平和で楽しいヨーロッパへの私の二度めの旅は、終わりが近づいている。ウクライナを出たのが、もう遠い昔のことのように思える。

戦争が始まって最初に出国したときは、国境で車が渋滞して何時間も待ったことから、肉体的にも精神的にも今回よりきつかった。時間には充分な余裕があったので、他の皆と同じように並んで待つべきだと思っていた。車列が動かずに待つこと三時間、疑念が頭をもたげた。ついに、私に便宜を図るよう要請が書かれたウクライナ大使館発行の手紙を引っ張り出し、国境警備隊に示した。人権組織であるウクライナ・ペンの会長である私が、ウクライナの状況をめぐる会議やラジオ番組に出席できるよう、英国での滞在が要請されている、との文面だった。この手紙は意図した通りの働きをした。

私は迅速にスロヴァキアに入ることができて、さらなる問題は何も発生しなかった。

二度めの国外旅行は対照的に、比較的ストレス・フリーだった。今や私は、複雑な移動の問題を解決できる熟練の旅人のような気がしている。一五年ものの自分の車にも満足している。これがなければ、時間通りに平和なヨーロッパの空港にたどり着くことができなかっただろう。

車でスロヴァキアに入ると、道路は空いていた。ウクライナのものとはきわめて様相が異なっている数々の教会に目が行く。私は好奇心旺盛な旅人になる。もっとも、この好奇心はやや偽りで、完全に本物というわけではない。どういうわけか、こういう教会を見ても、それが私の人生に、私の経験に何かが加わったような感じがしないのだ。通常なら、目新しい風景や、誰か他の人の歴史、誰か他の人の建築物をじっくり観察するのが好きなのに。

ヨーロッパの目的地に行くには、車でウクライナとハンガリーの国境を越えて、そこから最寄りのハンガリーの空港に向かうことでも可能だが、大差はないものの、その方がちょっと時間がかかる。次の旅行は絶対ハンガリー経由で行こう。そうすれば異なる風景、異なる言語で書かれた掲示板、異なる家々が待ち構えているだろう。ハンガリーの方がスロヴァキアよりも美しさはやや上回っていると思っているが、だからこそスロヴァキアの方が私には興味深い。けれども現在はこの興味が、スロヴァキアを、その歴史や伝統をより深く考えることにつながらないのだ。

ラジオをつけて、音楽番組を聞きながら運転する。ところどころ、何と言っているのか把握できる。スロヴァキアのロックとジャズが流れてきて、それが好きになる。ウクライナの音楽ともイギリスの音楽とも異なっている。ユニークで、穏やかで、ちょっと優しい――ロックでさえも。のどかで地味なスロヴァキアの風景と合っている。

その後、私の旅は加速する。ウィーンに飛んで、そこからロンドンへ、さらにオスロへ。ノルウェーは少し寒い。ときどき雪が降る。首都にウクライナの国旗が掲げられている。市庁舎の近くに、ノルウェー芸術家協会の建物の近くに、さまざまな様式の、いずれも精緻で飾り気のない美しい数々の建造物の前に。

オスロでの最初の日に、一九九五年以来スイス在住のロシア人作家ミハイル・シーシキンと会った。私たちはウクライナについての公開イベントに共に参加した。主催者は私に、この「組合せ」でOKかどうか用心深く訊ねた。構わないと私は答えた。ミハイルとは長年の知己である。彼の自宅を訪ねたこともある。彼はずっと前からプーチンを批判してきたし、ロシア政府からの褒賞も拒絶してきた。彼はロシア出身のスイスの作家であり、ロシア語とドイツ語の両方で執筆している。この戦争に彼は何の関係もないが、にもかかわらずロシアについて語るのは彼にとって非常に難しいことだ。彼は今も罪の意識を感じていて、それは私も同じだ。私の母語はロシア語であり、プーチンは「ウクライナのナショナリストからロシア語話者とロシア人を救う」ためにウクライナを破壊しているため、私は罪の意識を感じざるを得ない。プーチンが、ウクライナにいるウクライナ人ナショナリストからロシア人とロシア語話者を守ろうとするたびに、私はウクライナ人ナショナリストになりたいと思った。ウクライナは、ロシア語話者のウクライナ人ナショナリストでいっぱいだ。だがそのことをプーチンは理解していない。彼は世界中のロシア語話者なら誰もがロシアとプーチンを、というより、今の「ロシアの中のロシア」たるプーチンその人を愛するものと思っている。

登壇したミハイル・シーシキンは、ウクライナには未来があるがロシアにはない、ウクライナは勝って立ち直るが、ロシアは廃墟のまま残る、と堂々と述べる。だが私は、容易で素早い勝利という幻想は持っていない。というか勝利自体についても、である。だが、負けるとも考えていない。プーチンは、ロシア国民のことは気にしていない。彼は自分の最後の夢を実現させるために、数百万の人々を死に向かわせるだろう。制裁によって崩壊しつつあるロシア経済に対しても後悔は感じない。彼は自分の戦争の終わりまで行くだろう。

そしてウクライナの人々も、この戦争の終わりまで行くだろう。彼らは既に終わりに向かっている。破壊された都市マリウポリを防衛している兵士たちは、マリウポリを去って、自身の部隊に集結する選択肢を軍の指揮官から与えられたのに、それを拒絶した。彼らはがれきの中から、ロシア軍の兵士と戦車を撃つ。戦車と装甲兵員輸送車を焼き払う。彼らは死ぬか負傷する。

これは以前、二〇一四年にセルゲイ・プロコフィエフ記念ドネーツィク国際空港でも起こった。ここを防衛した者は全員、その廃墟の中で死んだ。彼らは、安全地帯に退却して、そこから戦いを継続することを拒んだ。なぜか？　結局、もし退却すれば、彼らも生き残って戦いを継続できたかもしれない。ある時点で、どうやら戦士たちの中で自己保存のメカニズムが働かなくなったようだ。代わりに、祖国への自己犠牲こそが必要だと思い込む。ウクライナはそうした英雄的死ではなく、英雄的生を必要としている。特に今は。

オスロからパリへ飛ぶ。私の小説『灰色のミツバチ』とウクライナでの戦争についてのインタビューが二十数件と講演会が一回、予定されている。

昨日、私は結局、自分の小説の話はしなかったのだが、夕食会の席ではミツバチとウクライナでの養蜂の重要性を話題にした。ウクライナと蜂蜜について、ヨーロッパとその他の大陸に輸出されている何千トンものウクライナの蜂蜜について話すことは、驚くほど気楽で楽しかった。野生のミツバチの生息地から蜂蜜を採取することは、私たちの先祖が身につけた最初の技術のひとつだ、と私は言った。それから彼らは養蜂を始めた。木の幹からミツバチの巣を作り、そこに野生のミツバチの群れを移して飼いならすことを身につけたのだ。後の時代に、古代スラヴ人が小麦の種をまき、小麦粉を作ってパンを焼くようになった。子どもの頃の私は、バターと蜂蜜を塗った白パンが大好きだった。私はやはり、蜂蜜はあるのにパンはないという時代のことが想像できない。

ロシアは、食糧貯蔵庫と燃料貯蔵施設を破壊し続けている。マリウポリでは、廃墟の中で一〇万人以上が食べるものもなく隠れている。パンもなく、蜂蜜は言うまでもない。

ウクライナの伝統では、養蜂に携わる人は誰もがとても賢いとみなす習慣がある。ウクライナ人はまた、ミツバチをとても賢い昆虫であると、最も賢くて最も有用な昆虫だとみなしている。私の小説は、ドンバスで暮らす養蜂家についての話だ。最初、彼は戦争中に自分のミツバチだけを――全部で巣は六つ――守る。なぜなら彼自身も働き蜂なのだ。彼はできあがった決まりに従って働き、生きることしか知らない。その決まりを超えた決断をするにはどうすればいいのかわからないし、そうすることを恐がってもいる。だが戦争で決断を強いられる。この小説で彼の最も重要な決断のひとつが、ミツバチたちを戦闘地域から平和な地域へと連れ出し、そこらじゅうに焦げた火薬が付着して、爆発や砲撃がある野原ではない場所で花粉を集める機会を与えることだ。

****

ウクライナでは、本の時間が終わりになった。

避難民になったとき、私たちはすべての蔵書をキーウに残してきた。例外は聖書と私の最新作の小説だけで、最後の最後に妻がつかみ取ってきてくれたのだ。私自身は何の本も持ってこなかった。戦時最初のヨーロッパ旅行以来、今は何冊かの本がある。ロンドンから英語版の本を五冊持って戻った。私の本の英語版を出版する会社からのプレゼントである。

今私は、これらの本を自宅に持ち帰り、蔵書に加えることができるのはいつのことだろうかと考えている。自宅では、蔵書は大半が、英語、フランス語、ドイツ語、ウクライナ語と言語別にそれぞれの棚に配置してある。数年ごとに、別のやり方で配置し直す。その書棚からもう読まないと思った本を取り除くのも好きだ。そういう本はチャリティ・ショップや図書館に寄贈する。新しい本のために余地を作らなくてはならない。生きている限り、新しく書かれた本に注目せずにはいられないし、その一部は重要だったり人気が高かったりする——そしてときには、その両方だったりする。

現在はウクライナでは何も出版されていないし、ウクライナの人たちがたくさん本を読み続けているとも思えない。私は読んでいない、読もうとはしているけれど。戦争と読書は両立しない。だが戦争が終わったら、本が戦争の話を物語るだろう。本が戦争の記憶を定め、意見を形成し、感情をかき立てる。私がいずれこの戦争について小説を書くかどうかはわからない。でも、もし私が、この戦争についての小説を出せばより早く戦争が終わるだろうと言われたなら、すべてを擲《なげう》ってそんな小説を書き始めるだろう。

鮮明に覚えている本の中に、ハンガリーの共産主義者の作家ザルカ・マーテーが第一次世界大戦を描いた『ドベルド』という小説がある。私はこの作品がとても好きだった。第一次世界大戦について、たくさんのことを教えてくれた。以来私には、第一次世界大戦は終わったが、第二次世界大戦はまだ続いているような不思議な感覚がある。これは、『ドベルド』ほどの衝撃を持つ、第二次世界大戦を描いた小説をまだひとつも読んだことがないせいではないかと思っている。

この戦争がいつ終わるのか、私にはわからない。それが第三次世界大戦になるのか、それとも第二次もしくは第三次ロシア・ウクライナ戦争として留まるのか、私にはわからない。けれども、ミツバチたちも、本も、私の最新作の小説などのようにミツバチについて書かれた本も共に犠牲になっていることはわかる。この私の本は次の三つの理由で、現在はウクライナでは購入できない。戦争が始まる前に売り切れてしまい、出版社は増刷ができず、書店ももはや存在しない。マリウポリとその他南部と東部の都市では、本もろとも書店が破壊された。その他のウクライナの都市では、戦争を理由に閉店しているだけである。再開したときこそ、ウクライナに平和が訪れたことになる。

マリウポリで書店が再開するときは、それ以上の意味を持っていることだろう。

二〇二二年四月六日
戦争と「死者」についての本

キーウにいる友人と電話で話したところだ。首都を離れ、その後戻った人たちは、そのまま残っていた人たちと会って経験したことを語り合っている。可能な人は皆、仕事に戻るために今、直ちに帰ろうとしている。キーウにずっと留まっていた出版社経営者のクラーウチェンコは、引き続き若手作家たちの原稿に取り組んでいる。

私の兄ミーシャとその妻は、猫のペピンと共に、再びアントーノフ航空機工場近くの家でじっとして、静寂に耳を傾けている。少なくともこれが、兄が説明した彼らの現状である。以前は、自宅アパートメントの窓の外からひっきりなしに爆発音が聞こえた。この状況が三週間続いた後、彼らは自宅を出てキーウから一五〇キロメートルの村へ移った。キーウよりは静かだったが、それでもかなり騒がしかった。爆発音は遠くになったが、ときどき近づいているように思われることがあった。だから彼らは家に戻ったのだ。

首都に戻ってくる人がだんだん増えている。今出て行く人は非常に少ない。列車は時間通りに運行しているし、一番人気の路線、すなわち西へ行く列車でさえ空席がある。キーウのヴィターリイ・クリチコ市長は、急いで戻らないでと説いている。食糧供給、交通、医療など、問題の解決には時間が必要だ。私たちの村へ、もうキーウからバスで行けるようになっているのは知っているが、田舎道を走るこのバス路線は、運行が非常に困難だ。出発時刻だけは発表されているが、到着までどれだけかかるのか誰にもわからない。

既にキーウへ戻った友人たちは、高アルコール飲料の禁止令が撤廃されるや否や、スーパーで争いが起きていると愚痴を言っている。どうやら、禁酒令が最初に課された戦争開始以来、ウォッカとウィスキーの棚の値札を誰も変えていなかったようだ。この時期、他の商品の価格はかなり上がり、値札も更新されたのだが、アルコール売り場は封鎖されていたので、値札のことなど忘れられていた。アルコール販売についての禁制が撤廃される前日、価格は上がったが値札を変更する時間がなかった。したがって、疲れて不満を抱えた買い物客たちは、レジでひどくショックを受けたわけだ。

キーウの街はまだ、戦前よりもかなり車が少ない。このおかげで、経験の浅い、若いドライバーが練習をするには危険性が和らいでいる。キーウに残ったティーンエイジャーたちは、軍の検問所にいる兵士たちから悪評を買っていた。検問所ではすべての車が停止させられ、書類とトランクが調べられる。若いドライバーたちは停車が下手なことが多く、特に車が古い場合にはエンストを起こしがちなのだ。そうなると兵士たちは、道を空けるためにその車両を押して発車を手伝わざるを得ない。

大型の引越しトラックをキーウの街中で見かけることが、かなり長いこと振り返ってみても今が一番多い。キーウを逃れ、帰宅する現実的な計画がない人たちのアパートメントにある家財道具一式を片付けるために出動しているのだ。地下駐車場や車庫で戦争当初をやり過ごした高級車を回収したり避難させたりすることも行なう。アパートメントや高級車の所有者が富裕であればあるほど、戻るのを恐がる傾向が強いように思われる。ということはまたもや、そういう富裕層にはどこか別に快適に暮らせる場所がある可能性が高い。

ドイツ大使館は、こうしたウクライナでの「究極の」引越しサービスに支払いをしている代表格だ。その小奇麗な灰色の建物からすべての家具が運び出された。すぐに戻ってくるつもりには見えない。ドイツ外務省は、外交官が借りていた集合住宅の家具や所持品の片付けにも金を出している一方で、その賃貸契約は外交官自らが終了の手続きをしている。ドイツ大使館が出て行くと同時に、トルコ大使館は総勢で戻ってきている。戦争が続行中の今、キーウの不動産市場について語るのが適切かどうか自信はない。不動産はこの時期、はかない存在になっている。その価値を失っているだけでなく、その形態、その大きさ、その意味をも失っている。

ウクライナ人には、たとえ自分の家やアパートメントをロシア軍に破壊された人でさえも、自宅との奇妙なつながりが残ることは多い。ウクライナ国内のガス会社は、メーター検針や料金の通知書を送り続けている。困惑した人たちがガス会社のウェブサイト上で質問している。「建物自体がもう存在しないのに、どうして？　爆弾で自宅が破壊され、ガスメーターが壊れちゃっても、まだ支払わなきゃいけないんですか？」ガス会社は並外れた融通を利かせて回答する。「最後のメーター検針を出してください。状況に応じて行動してください」

もはや存在しない家の最後のメーター検針を出すことは、その家の死亡日を宣告することのようだ。どの家にも竣工日、誕生日がある。何万軒という家とアパートメントに、その死亡した日付をロシアがもたらした。水道、ガス、電気すべてのメーターが止まった日付を。すべての生活が止まった日付を。

キーウは今までのところ、比較的運がいい。だがこの運の良さがずっと続くかどうかは、誰にもわからない。

私の兄ミーシャは二年間、亡き両親のアパートメントを貸家にしていた。借主は小さな子どもがふたりいる若い夫婦で、非常に注意深く、常に期日通りに家賃を支払う。戦争が始まる前、この借主の妻が子どもたちを連れてドネーツィク州にいる祖父母を訪ねた。今、彼女は占領された町にいて、地下室に隠れてじっとしている。夫の方は志願兵として前線に行き、戦っている最中である。アパートメントには誰もいない。なのにこの夫は、私の兄の口座に家賃を送金し続けている。兄は彼に、戦争が終わるまで払わなくていいと言ったが、彼は頑として続けている。戦争が終わったらこのアパートメントに戻って住み続けたいのだそうだ。

彼に神の恵みがあらんことを。彼が戻るよう、そして彼の妻と子どもたちも一緒に戻ってくるよう心から願っている。おそらく、彼女は両親もこのアパートメントに連れてくるのではないだろうか？ぎゅうぎゅう詰めになるだろうが、最近私たち皆が身に染みて悟ったように、密な状態は嫌な状態ではない。

＊＊＊＊＊＊＊＊

一方ウクライナは、ロシア市民と協力者の財産没収に取りかかることになる。親ロシア派の有力なウクライナ人政治家であり、プーチンの友人であるヴィークトル・メドヴェヂュチュークが所有するふたつの豪邸が、もうテレビに映っていた。片方の邸宅は三重の塀で隠されているが、敷地内に線路が敷かれ、その上に彼個人の「大統領用の」客車があるとわかった――オリエント急行よりもずっと豪華な客車が。二〇年前、メドヴェヂュチュークはウクライナ大統領になる夢を抱いた。一般選挙では決して当選できないと承知していた彼は、大統領が国民投票ではなく国会によって選出されるように、選挙システムを変えようとした。これは彼が意図した結果にはならなかった。

今回没収の対象となっているこの客車には、非常に高価な家具が置かれている。すべて金箔貼り。食器棚の中には、銀製ホルダー付きのクリスタルガラス製茶器がある。このグラスホルダーには、ロシア帝国の象徴である金色の双頭の鷲があしらわれている。テレビ局のカメラは、メドヴェヂュチュークの二軒の豪邸内のホールや居室すべてに入った。本が全くないことに私は衝撃を受ける。ひとつの書棚も、ひとつの本箱もない。だが、彼の妻の毛皮のコートを保管する、個別の広い部屋はある。テレビ番組の司会者で、これまたプーチンの友人であるオクサーナ・マールチェンコには毛皮の帽子のコレクションもあり、すべて半身のマネキンに被せて陳列してあった。

既にテレビで、こんな豪邸の数多くを見た。似たような高級家具に巨大な室内プール、五メートルの高さの塀。プショーンカ元検事総長の書斎にはちゃんと本箱があった。その中に、他の本と並んで私の本が一冊あった。そこに自分の本があることが、ちょっと恐くなった。絶対、私がサインをして渡したのではない。彼に会ったことはなかったし、彼がどこでそれを手に入れたかもわからない。たぶん、私の小説が彼の本棚にあるのは、ジャーナリスト対策だったのだろう。彼らを自分の豪邸に招き、検事総長は現代ウクライナ文学で起きていることを承知していると示すためだったのだろう。では、現代ウクライナ文学では何が起きているのだろうか？　これはおもしろい問いだが、簡単には答えられない。

大半のウクライナ人作家は避難民となっている。東部および中央ウクライナに住んでいた作家たちは間違いなくほぼ全員がそうだ。避難民となるのが今回で二度めで、既に国外脱出済みという人も一部にはいる。七〇歳のジャーナリスト兼作家のミコーラ・セメナーは、二年前にクリミアで連行された後にポーランドへ行った。ロシア当局は、クリミア併合に反対したとして、彼を拘留することを望んだ。彼は、今いる国の言葉がわからない。ドネーツィク出身の詩人イーヤ・キーワもポーランドにいる。彼女はFacebookに、誰からも望まれない野良犬になった気分だと書いている。ふたりともウクライナ・ペンの会員で、ペンから経済的支援を受けているが、どれだけの額の資金援助があろうとも、こうした国外生活での「ホームレス」な感覚は和らぐことがない。「ホームレス」な作家が抱えるトラウマは、癒すことがとても難しい。

大半の作家、知識人、芸術家が今、リヴィウに集まっている。ここは長年ずっと、ウクライナの文化的首都だ。ここの書店は開いているが、来店者はごく少数しかいない。戦争が本と文学全般を後景に押しやってしまった。作家たちは今、新聞のコラムやラジオ番組の脚本を書いたり、国際的なプロジェクトに参加したりしている。キーウに留まって、そこで戦時中の生活について書いている人もいる。軍隊に入った人もいる。そしてもういない人も——前線で亡くなった人もいる。そのひとりが、詩人で活動家のユーリイ・ルーフだ。

ひと月に二度めとなるが、私の本を出している出版社の経営者オレクサンドル・クラソヴィーツィキイが、私を訪ねてザカルパッチャにやってきた。私たちは腰を据えて本と戦争について話し合った。彼の出版社はハルキウにある。その敷地内で三発のロケット弾が爆発して、建物の窓ガラスはすべて割れた。今は誰もいないが、コンピューターシステムは動いていて、まだ接続可能なので、編集者たちはリモートで働いている。オレクサンドルは、彼のスタッフに働いてもらって給料を出すために、将来の刊行に向けて本の準備を続けている。彼の印刷所には、約六万部の印刷済みの本があり、多くは製本待ちの状態にある。ところが、彼はその印刷所に行けずにいる。そこはハルキウとロシア国境の間のデルハチーという町で、二四時間ずっと爆撃が続いているのだ。

彼が既に作業を終えた本の中に、政治亡命でキーウ近くに住んでいるロシア人歴史家マールク・ソローニンの著書がある。歴史家には継続戦争として知られる第二次ソヴィエト・フィンランド戦争についての本だ。私はこの第二次戦争については何も知らないが、一九三九年の第一次ソヴィエト・フィンランド戦争についてはとてもよく知っている。フィンランドは勇敢に国境を守り、占領されるのを防いだ――が、国土の一部を失い、それがカレリア自治ソヴィエト社会主義共和国となった。いくつかの点で、現在の戦争はこのソヴィエト・フィンランド戦争を想起させる。ウクライナを占領するというプーチンの計画は失敗したが、戦争終結ははるかかなたで、この戦争の結果も終戦の日付も、誰も予想しようとはしない。

ソローニンの本は、そこに書かれているのと同じ軍隊による爆撃の危機にさらされているのかもしれない。最初の一〇部は契約通り彼に送られたが、残りの部数は手の届かないところにあり、その場所が占領地域になっている可能性もある。その場合、破棄されてしまう可能性が非常に高い。なぜならソローニンがこの本で述べていることは、ソ連の公式な歴史とは合致しないからだ。ソローニンはこれを書くに当たり、事前にロシア軍の文書館にある本で何年もかけて調査したのだが、ロシアの公的な歴史と合致しないものはすべて消去を免れない。この本は戦後、ウクライナ人読者に読まれるか、もしくは敵によって破棄されるかのどちらかということになる。

本のない生活など私には想像できないが、キーウの書店はまだ閉まっている。リーセンコ通り沿いの、私の自宅から最寄りの本屋は今頃再開できているはずだった。そうならなかったのは、いささか意外な理由からである。その本屋があるのは、オペラハウスからちょっと先にある五階建ての住宅用ビルの地下。この建物の住民たちは、ロシア軍がマリウポリの劇場を破壊した有様を覚えていて、空襲の際に安全なここで夜を過ごすことを認めてほしいと経営者に頼み込んだ。この建物の地下はもともと、防空壕として設計されたものだと言われている。ずっと後になってから、民営移管して販売する許可が下りた。それで現在はこの地下は本屋が所有しているのだが、この経営者はシェルターとしての利用を拒否した。本がなくなるとでも思ったのだろうか。この決定は意外だ。私は以前の経営者で、パリのグローブ・ブックショップのオーナーであるフランソワ・デヴェルと友だちだ。かつてデヴェルは、ホテルやホステルに宿泊するお金がない移民たちを、パリの彼の書店に泊めてあげたことがある。彼らは何も盗まなかったが、生涯この書店を忘れることもなかった。本に囲まれて眠ることは、幸せの一形態だ。少なくとも一夜を、恐怖と不安から自由になって過ごせる機会となるだろう。

私たちが今暮らしているアパートメントには、生きている作家の本は一冊もない。将来、村の家の蔵書を、「生きている」作家と「死んでいる」作家に分類してみようかと思う。それでどうなるか見てみたいのだ。当然ながら、そうすることにはあまり意味がない。本が読まれるなら、その作家は生きている。たとえ本人は二〇〇年前に死んでいるとしても。

二〇二二年四月一三日
子どもの学校を選ぶのが難しくなっている

現在、ウクライナの人口の約半数が難民もしくは国内避難民である。多くの家族が自宅から遠いところにいる。何百もの学校と専門学校がロシアの爆弾やミサイルで破壊された。大学も破壊されたが、学生たちはパンデミックのときと同じように、引き続きオンラインで講義に出席している。ときには講義をしている教師がどこにいるのかさえ知らないこともある——ドイツやポーランドから、あるいはハルキウの防空壕から授業をしているかもしれない。これは新しい現実で、生活のすべての領域に影響を与えている。

戦争の間は、教育を受けるのがずっと難しくなる。大学受験や試験に集中することがずっと難しくなる。戦争の間は、学生たちは卒業後に何をするか考えられない。第一学年にいる学生たちは、卒業できるかどうかも確信が持てない。将来の保証は何もない。個々の学生の将来にも、この国全体の将来にも保証はない。希望と計画が壊されたことへの怒りはあるし、それをもたらした者への憎しみもある。猛烈な嵐が去るように、この憎しみもいつかは終わると想像することしかできない。

にもかかわらず、ウクライナの今後の学生生活は計画されている。学事暦があり、それに従って学校でも大学でも、教育課程は進んでいる。この暦によれば、一年の今の時期は、「もうすぐいちねんせい」の親はどの小学校にするか最終決定しなくてはならず、学校側は新入生の名簿を作成しなければならない。学校は九月一日に始まるので、時間的猶予はそれほどない。今年は、秋になる前にすごくたくさんのことが起こるかもしれない。

ヨーロッパ中の親たちと同じく、ウクライナの親たちも自分の子どもの学校選びに多大な精神的エネルギーをつぎ込む。それはもうストレスのたまる時期だ。しかし戦争のせいで、ウクライナの西部か南西部に永住している親だけが、この予測可能な、比較的複雑でない関心を持つという贅沢を許される。海外に出たウクライナ市民の数は、既に四〇〇万人を超えている——大半が子どもを連れた母親たちだ。一六〇〇万人の国内避難民のうち、半数以上が子どもである。そして今、親たちはどの村、どの都市、あるいはどの国の学校に子どもを通わせるかを決めなくてはならない。

ポーランドとチェコ共和国では、学校で既に多くの人数のウクライナの子どもたちを受け入れてくれている。これは難問である。あらゆる年齢の子どもたちがひとりふたりと次々やってくるし、大半はチェコ語やポーランド語を話せないときている。各学校は、新入りの生徒を手助けするためのウクライナ人教師を募集している。関係者全員にとって骨の折れる仕事になるだろう。

リヴィウに落ち着いた国内避難民の家族にとっては、さらに大変な時期となるだろう。リヴィウは大都市で学校も多いが、避難民の子どもたち全員を受け入れるのに充分な余地は当然ない。どうにかしてその余地は見つけられなくてはなるまいと思うが、クラスの規模が巨大化し、通常よりも個々の生徒のニーズに応えるのがかなり難しくなるだろう。しかも今は、その個々のニーズは並外れて複雑化している可能性が高い。

一方、ジトーミル市の教育課は、新一年生のオンライン申込制度を創設した。現在は西ウクライナやヨーロッパに散らばっているジトーミルの家族は、少なくとも九月の計画は立てられるが、ジレンマに陥っている。今いるところで、小学校への新入学をさせるべきか。例えばハンブルクなど、誰もウクライナ語を話さないその土地で？　あるいは八月末までにジトーミルに戻ることにするべきか。ウクライナに戻ることがどの程度安全なのか、誰にもわからないのに。ジトーミル州のような、ロシアの攻撃で多大な被害を受けた地域はなおさらだ。八月下旬の状況がどうなっているか予想することなど、不可能である。

キーウとその他中央ウクライナ地域へのロシアによる新たな攻撃の危険性が明白であるにもかかわらず、多くの人々が帰宅している。ジトーミルに既に戻ってきた人たちは、もう学校でロシア語を教えないよう要求している。ロシア語は今や戦争にしか結びつかないし、ロシア語に対する態度も頑ななものになっている。ちょうど第二次世界大戦後に、ソヴィエトの人々がドイツ語に対して頑なな態度をとったように。私は三六歳だった一九九七年にドイツ語を学んだが、私のドイツ語に対する態度はそれよりずっと前に軟化していたと思う。現在の侵略者の言語と文化への憎しみは、かなり長く続くのではないかと私は危惧している。

二〇二二年四月二〇日
雄鶏トーシャと戦争の物語

ロシアのラヴロフ外相がウクライナでのロシアの戦争は第二段階に入ったと発表するや否や、ミコラーイウ動物園に数発のロケット弾が着弾した。うち二発がバイソンの囲いに命中したが、爆発はしなかった。ロシア製武器の粗悪さを喜ぶほかない。それでときには人の命が助かり、ときには動物の命が助かるのだ。

ウクライナの大地は既に、砲弾やロケット弾が「蒔かれて」いて、多くが地中深くに植え付けられた。今後長きにわたって、それらは定期的に爆発し、この戦争を思い出させるだろう。ウクライナに対するロシアの攻撃は、ある点では予測可能だが、他の点では奇妙で、奇怪とさえ言える。例えば、マリウポリをめぐる戦闘中、有名なジャズ・ピアニストのニコライ・ズヴァーギンツェフが死亡した。彼はドネーツィク交響楽団のソリストだった。ロシア部隊と共に戦っていたため、ウクライナ防衛軍に殺害されたのだ。

ロシア軍の人事担当部署は今、仕事が大変である。ロシア自体の軍隊で大量の欠員が出ているので、軍はドネーツィクとルハーンシクのふたつの「分離主義勢力共和国」からできるだけ多くの男性を招集し、またシリアやマリなど、ロシアがその独裁者側で戦っている国々からもかき集めている。ロシア軍の新兵募集事務所は、こうした外国や分離主義勢力の兵士の生存率についてはあまり心配する必要がない。確かに、戦死した分離主義勢力の兵士たちの身内で、その死についてあえて文句を言う者は誰もいないだろう。ハリファ・ハフタルの軍にいたシリア人兵士数百名が、ロシアの傭兵組織「ワグネル」に雇われ、ロシアへ飛んで、そこからウクライナへ送り込まれた。彼らは高給を約束されていたが、天候の悪さについては警告されていなかった。ウクライナの兵士たちは、シリア人を見て、また戦死した兵士たちのポケットに米ドルが入っていたり、ときにはマリ共和国の紙幣が入っているのを見て驚いている。

ウクライナでも、「新兵募集サプライズ」はあるが、趣を異にする——イワーノ＝フランキーウシクのサッカーチーム〈プリカルパッチャ〉全員がコーチもろともウクライナ軍に入隊の手続きをした。彼らは訓練に送られた。実践に必要なスキルを身につけたら、あとは前線に行くだけだ。

＊＊＊＊＊＊＊＊＊

キーウはだんだんと蜂の巣をつついたようになってきている。毎日およそ三万～四万人が街に戻ってくる。キーウへ向かう道路の交通渋滞は、何十キロメートルにも及ぶことがある。西から戻るルートのジトーミル高速道路も、まもなく開通する。イルピーニ川を渡る仮設の橋の建設もほぼ終わった。キーウに戻った車の所有者たちは、自転車や電動スクーターに切り替える必要があるとたちまちにして悟る。街中にたくさんの検問所があり、それぞれの前で車列ができる。市内を南から北へ車で行くためには、何度か停車し、その都度証明書を見せて、トランクを開けなくてはならないし、必要ならいくつか質問にも答えなくてはならない。自転車やスクーターに乗っている人は、誰からも止められない。

私は引き続き、友人たちに、特に兄と村の隣人に、定期的に電話をかけている。村の人たちは既にじゃがいもの作付けを終えた。今は玉ねぎを植えている。まもなくにんじんとビーツの種をまくだろう。戦争がない場所では、トラクターがたてる低い連続音がどこでも聞こえる。今は熱狂的な種まき作戦が展開中だ。政府は、有用な土地ならどこにでも野菜と穀物を植えるよう依頼した。今年はウクライナの広大な部分が農地として使われないだろう。東部と南部では、小麦の代わりに、ロシア軍が死の種をまいている。そのため政府は「勝利の庭」作戦を発表し、花壇やベランダで野菜を育てるように呼びかけている。この呼びかけは聞き入れられるだろうと思う。私は、今年の春には唐辛子のハラペーニョとパシーヤを植えるつもりだった。私が持っていた種の一部を友人たちに手渡しておいて良かった。彼らは既に、自宅の植木鉢で栽培を始めている。私は今、自宅から遠いところに、あの種たちから遠く離れたところにいる。だがいつの日か、近いうちであることを願うが、村の自宅の庭で自ら唐辛子を植えるつもりだ。

隣人のニーナと話すたびに、彼女は訊ねる。「いつ帰ってくるの。あなたたちがいないとさびしいよ」「そのうちね」と私は答える。帰りたいのはやまやまだ。あちらでこのうららかな春を満喫したい。一年のこの時期は、村はたいそう美しい。二〇二〇年のパンデミックの間、村の家で過ごした素晴らしい春と夏を今も覚えている。

ニーナの七〇歳の夫は、戦争が終わるまでひげを剃らないと決めた。彼は今、アフガニスタンのイスラム教徒ゲリラ兵士《ムジャヒディン》のように見える、とニーナが言う。「写真を送ってくださいよ」と私は頼む。「写真を撮らせないんだもの！」との返事。「そうか、ならばせめて、お宅の猫と犬の写真を送ってよ」ニーナとトーリクは、今も三匹の猫と三匹の犬を飼っている。視覚的に村とつながっていないのはさびしい。私は戦前、アメリカに九か月間いたことがあって、そのときはしばしば、ビデオ電話で会話した。ニーナは庭を歩き回り、ひよこや雄鶏、犬や猫、開花したばかりのライラックを見せてくれたものだった。彼女は今、節約のためにインターネットをやめている。食品は値上がりしたが、彼女の年金は月額約一五〇ドルに据え置かれたまま。今は携帯電話での通話だけを残している。

ニーナは、自分やトーリクの食費より、犬や猫、鶏たちの餌代により多くのお金を使っているのでは、と思われることがある。同時に、彼女はしょっちゅう猫や犬を叱り飛ばしていて、でも決して鶏たちには怒らない。卵を産もうとしなくても腹を立てない。確かに、ときには二羽の若い雄鶏を怒鳴りつけることはある。この二羽はとても喧嘩っ早く、しょっちゅう互いの羽を抜き合っている。ニーナの若い雄鶏たちは小柄で、最近SNSで有名になったマリウポリ近くのパワフルで鷲のような雄鶏とは似ても似つかない。その有名な雄鶏の名前はトーシャといい、今はほぼ破壊し尽くされたマリウポリ近くの村から、高齢の飼い主と共に避難した。飼い主の八五歳のおばあさんは、家財丸ごと残して出て行かなければならなかったが、トーシャだけは手放せなかった。「ロシアの爆弾が降ってくる中、一緒に生きのびた仲なんだよ。お互い、何にも食べるものもなく、何週間も過ごしたんだから！ どうして彼を残して出て行けるというんだね？」と彼女は言った。近隣の村や町の人たちと一緒に、トーシャとその飼い主は西ウクライナへバスで避難した。道路はひどい状態で、窪みを避けようとバスの運転手が急にハンドルを切るので、その高齢女性は自分の鶏が落ちないように道中ずっと抱きしめていなくてはならなかった。夜は、避難民たちは学校の体育館や教会や市役所の建物内で眠った。そして毎朝、この雄鶏が午前四時にみんなを起こす。このグループから離れる者あり、加わる者ありで、少なくとも一〇〇人がこの元気すぎる雄鶏トーシャの「犠牲者」を自認した。人々はトーシャやその飼い主に腹を立てることはなかったが、この雄鶏の写真や鳴き声の音声を、不満気な、でも悪意はないコメント付きでFacebookやInstagramに投稿した。毎回、トーシャの朝のリサイタルの後は、飼い主が疲れ切った避難者たちに謝った。この子がいないと生きていけないんです、と説明する彼女は、トーシャと一緒に行くという条件が認められてようやく避難することを受け入れたのだった。このおばあちゃんと雄鶏がどこに落ち着いたのか知らないが、外国に行ったとは考えられない――雄鶏がパスポート・コントロールを通過したり、税関の規制をクリアしたりすることはなさそうだ。いずれにせよ、彼女たちが、西ウクライナのどこかの村の、騒がしい雄鶏がもう一羽加わっても気づかれないような、心地よい場所を見つけていることを願っている。一方で、飼い主のおばあちゃんを避難に導いた厄介者の雄鶏の話は、今後も語り継がれていくだろう。

先日、再び私は数日間、ウクライナ国外にいた。簡単に、素早く国境を越えられるよう期待したが、再び長い車列で四時間待たされた。それでも以前ほどの長時間ではないが、近頃は全く人影のない国境検問所をほんの数分で通過することができていたのだ。戦争が新たな段階に入り、外国へ逃れる難民の波が再び生じているようだ。国境のスロヴァキアとハンガリーの側には、今もボランティアが活動している。暖房設備付きのテントがあり、そこでは無料で食事ができ、誰もが無料のＳＩＭカードをもらえて、電話やインターネットが使える。最近の難民たちの顔は、約二か月前の先行者たちよりも戦争に怯えた色が薄いように見える。ブチャ、ホストーメリ、イルピーニ、ボロデャーンカでの惨事の後では、新たな難民たちは自分を幸運だとみなす――まずは生きているし、次に、国境までたどり着けたという理由で。

ブカレストの鉄道駅には、今もウクライナ人用のテント設営地がある。ここにあるのは、いくつかの大きくて暖かい、窓が付いたオレンジ色のテント。近くにはカフェがあって、食べ物が無料で支給される。ここのテントのひとつを覗いてみた。一五人ほどの人たちが折り畳みベッドの上に横になっていた。眠っている人もいれば、読書している人、携帯電話で会話している人もいた。私のルーマニア人の友人たちが言うに、ウクライナからの最初の難民たちは、難民と呼ばれたがらず、テントに泊まる必要もなかった。スーツケースを持って到着し、ホテルを探しに行った。どうやって先へ、イタリアやクロアチア、オーストリアへ移動するかということにしか関心がなかった。次に来た難民の波はずっと大きくて、全然違った。どんな支援も喜んで受け、ボランティアに絶えずお礼を言った。他の人たちに行き渡らないのを心配して、無料の食事を食べるのも少なめにしていた。ルーマニア人の友人たちが本当に心を打たれたのは、この第二陣の避難民たちがスーツケースを持っていなかったことだ。多くの人が、服と靴を入れた大きなビニール袋を持って到着した。彼らが、旅行鞄のことを考える必要のない生活をしていたことは明々白々だった。大きな鞄を持っていた人も中にはいたが、スーツケースを持っていたのはごくわずかだった。

それはドンバスから避難してきた人たちに違いない、と私はすぐさま思った。ドンバス地域の小さな町や村の住民は、ほとんど外へ出て行かず、観光旅行の経験はないに違いない。経済危機が起きると、彼らは最寄りの大都市へ食品や服を買いに出かける。彼らが出かけるときはいつも、大きな、チェック模様のジッパー付き油布製バッグを持っていく。こういうバッグは、小さなディーゼル発電機を入れても大丈夫で、ドンバス以外でも人気がある。西ウクライナの住民も、ポーランドへ行って電動工具を売り、ウクライナで販売する衣類や化粧品を買ってくるときに使っている。かつてこういう行商人は「袋人」と呼ばれ、その後「往復者」に、後に「出張者」と呼び名が変わった。私の両親が一九八〇年代後半に、このような勇敢な、だが儲けの少ないポーランドへの「出張」を一度したことがあったのを覚えている。電気アイロンを売って、クリスタルのワイングラスを買いたかったのだ。両親が亡くなった後、実家の部屋を片付けに行ったときに、そのワイングラスのいくつかがまだ箱に入って残っていた。このかなり最近のウクライナの歴史も、今では遠い昔のように思える。

数百万人の人々が移住を強いられている状況に、私は何か中世的なものを感じる。これは、チンギス・ハンのタタール・モンゴル人の行宮《オルド》が現ウクライナの領土を攻撃したときに起こった。当時の人々もすべてを放り出して、西方にできるだけ遠くへ逃げた。東から逃げる人々にとって、西は常に安全な場所だった。今再び、ロシア人の行宮《オルド》が侵攻してウクライナ人を西へと押しやっている。だが難民たちは常に、物理的にも感情的にも後ろを振り返っている。彼らは家に帰りたがっている。たとえその家がもう存在しなくても。

戦争が始まった当初、ロシア軍は空爆や家屋の破壊をせずに、南部のいくつかの町を占領するのに成功した。こうした都市にはまだかなり多くの市民がいる。占領下で生活するのに我慢ならない人たちだけが逃げ出した。残りの人たちはそのまま残った。中には、親ウクライナのデモに参加する人もいる。ロシア軍は、彼らの頭上めがけて自動小銃を撃って脅している。その様子をロシア連邦保安庁の職員が写真と動画におさめた。ロシア連邦保安庁に協力する地元民たちは、活動家の名前と住所を調べ出す手助けをする。そして活動家たちが尋問に連れて行かれる。そのうちの一部は帰ってこない。

こうした町では、役所の建物には必ずロシア国旗が掲げられている。占領軍はロシア・ルーブルを導入し、その土地の実業家たちに、ロシアの法に則って事業を再登録するよう強要している。農家は早採り野菜をクリミアへ出荷するよう強制されている。クリミアでは、ロシアのテレビ局クルーが市場を撮影し、併合されたクリミアにヘルソンの農家が農産物を送っていると説明する。そのクリミアでは、近い将来占領されたウクライナのヘルソン州が公式にクリミアに併合されるだろうとの冗談がまかり通っている。

ロシア軍に最初に占領された町のひとつが、ヘルソン州のヘニーチェシクだった。そこでは、市役所の前に、ロシア軍がレーニン像を建てた——ウクライナの脱共産主義政策以前にそこにあったものではなく、別のものを。彼らはそれをロシアから、戦車と共に列車で運んできたに違いない。ヘニーチェシクにレーニン像が出現したことに対して、私は論理的な説明を探そうとしている。これは、住民たちにソ連時代に戻ったと思わせるためかもしれない。あるいは、プーチンの一種のジョークなのか。彼は、ウクライナはレーニンが発明したと述べたことがあったから。ソ連でそうだったように、「建国の父」の像はすべての国の機関の前に建てるものとする。しかし、ならばなぜ、モスクワのクレムリン宮殿の前に、あるいはその中にでも、タタール・モンゴル人のチンギス・ハン像がないのだろうか。何といっても、彼こそがモスクワ公国とその他ロシアの公国の税制度を実質的に整備したのだ。チンギス・ハンこそが、自分の代理として地元のエリートを任命したのだ。彼こそが、ロシア人の頭に、人は恐れを抱き続けるべきであり、ちょっとでも非服従や反対のそぶりを見せようものなら、こっぴどく罰せられるか殺されるかだという考えを叩きこんだ人物なのだ。

いつの日か、キーウがモスクワにチンギス・ハン像を贈るだろう。ロシアとウクライナのどちらにもある銅像の文化は、完全に東洋伝来のものだ。それらは地理的もしくは精神的な領土の目印として役立つ。ウクライナ人は、国民的詩人タラス・シェフチェンコ像が世界中の他の誰の銅像よりも多いという、まことしやかな統計データを誇りに思っている。私は、ウクライナにあるシェフチェンコ像よりも、ロシアにあるレーニン像の方がはるかに多いと思う。トルコの場合も、どの村にもアタチュルク像がある。

ヘニーチェシクのレーニン像が長く存続することはないと思うが、ロシア軍が最後までそれを守るのは明白だ。結局、ロシアの裁判所が、オレーフ・センツォーウがシンフェローポリにあるレーニン像を爆破しなければと話していたとして禁固二〇年を宣告したのには、それなりの理由がある。しかも目撃者の証言によれば、そんな会話はなかったというのに、である。

ほぼ毎日私は、一九一八〜二一年のウクライナでの内戦の出来事と現在の状況との類似点を次々に見つけている。当時、ボリシェヴィキはウクライナをソヴィエト化するためにウクライナ的なものは何でも破壊した。現在、新たなボリシェヴィキが、ウクライナをロシア化するためにレーニン像を持ち込み、ウクライナ的なものは何でも破壊している。ウクライナは独自の歴史と文化を持ち、それは常に愛されてきた。ウクライナは最後まで抵抗するつもりだ。武器をくれという西側諸国への希望と嘆願は、一九一八年に起こったことの繰り返しである。当時、ウクライナが数か月間独立を保つのを助けたのはドイツだった。今回のドイツは急いで支援してくれていないが、他にもっと頼れるパートナーはいる。だから私は、ウクライナが勝つという希望を捨てないし、今年ではなくても願わくは来年は、また唐辛子を栽培することができるという希望も捨てない。そしてもちろん、私はカボチャも植えるつもりだ。ウクライナではカボチャがなくて始まらない。秋が来たら、私の息子たちが好きなお祭りのハロウィーンを祝うこともできるだろう。これはロシアが今我々に用意した類のハロウィーンではなく、もっと普通のもので、恐いというより楽しくて、お化けカボチャを用意し、夜にはその中心に入れたろうそくを灯して祝うお祭りである。

二〇二二年四月二一日
戦争が始まって二か月　振り返ることと先を考えること

私は朝、天気予報を確認する。戦闘地帯で雨や雪が降っているとわかると、いつでもうれしくなる。それはつまり、ロシア軍が機敏には動けないということであり、プーチンの命令に基づきウクライナに派遣されたシリアやリビアからの傭兵も、寒くて不快に感じているということだ。

この戦争は日を追うごとに異様さを増している。この異様さの根源は、ロシア軍のリーダーシップにある。プーチンは、ドンバスでの戦闘にリビアとシリアの兵士二万人を投入すると断言したが、今のところ到着したのは五〇〇人にすぎない。ロシアの契約兵士たちは、出征するのを拒否するケースがだんだんと増えてきている。兵士たるもの、命令されたら行かなければならないものと思われるかもしれない。だがロシアでは、この攻撃は表向きには「戦争」ではない。表向きには、ロシアはウクライナで「特別軍事作戦」を展開中なのだ。それで結果的に、ロシア兵には「特別軍事作戦」への参加を拒否する権利があることになる。当然ながら、彼らは直ちに退役させられ、その軍人手帳には「虚言と内通の傾向あり」というスタンプが押される。このスタンプは生涯記録に残り、それによって将来も兵役に就けない。だが、それが不利だとはとても思えない！　たぶん彼らは、平和な職業を見つけることだろう。

ロシアの発表では、七〇〇人以上のウクライナの軍人・市民を拘束したという。ところが、ウクライナの公式情報によれば、ロシア軍に拘束——というか拉致——された市民は一〇〇〇人以上にのぼるとのこと。ウクライナ側は、多くの高級将校を含む六〇〇人以上のロシア兵を拘束したと主張している。捕虜の交換は遅々として進まない。ロシアは捕虜を返してもらうことにあまり関心がないようだ。もしくは、ロシアがウクライナの捕虜を手放したくないだけなのか。これまでしばらくの間、なぜそうなのか私はずっと不思議に思っていた。だが先日、ロシア下院で、自由民主党（という名前に惑わされないように。イデオロギーとは関係はない）のセルゲイ・レオーノフ議員が、負傷したロシア兵と将校の治療のために、ウクライナの捕虜から血液を集めることを可能とする法案を可決する必要があると発言した。これがウクライナの捕虜を返さない理由だということがあり得るだろうか。この対策は第二次世界大戦中にヒトラーが採用したもので、ドイツ兵と将校の治療に充てる血液を、強制収容所の収容者から抜き取っていたのだ。

戦時ではないときでも、ロシアは輸血用の血液が足りない。大半の人にとって、献血はなじみがなく、やりたくもない。だが一番の問題は、全般的に人が足りないことだ。二〇一四年以降、ロシアはふたつの「分離主義勢力共和国」の住民を——ウクライナからの避難民も同様に——籠絡してシベリアや極東へ送り込んできた。現在、マリウポリからの数万人の避難民、そしてウクライナ国内のロシア軍に占領された地域の孤児院もそっくり、あちらへ送られている。この人口学的問題をどれほどロシアが隠そうとしたところで、それは目に見えている。こうした問題はロシアの侵略の主たる理由のひとつだと思われる。ロシアは人口が足りない、同様にロシア軍は兵士が足りない。ロシア軍部隊はときに町や村を占領するが、そのままにして先に進む。普通の「戦争の掟」に従えば、それぞれの場所に駐屯部隊と軍の指揮官を残していくべきところだ。おそらく、好意的なウクライナ人たちからの支持がもっとあるものと期待していたのだろう。協力者はめったにいないし、ロシアには要するに「占領した」地域のコントロールを維持できるほどのマンパワーがないのだ。それにウクライナのパルチザンが活動しており、占領したメリトーポリだけでも既に一〇〇人程度のロシア兵が殺されている。

最近私は、現在ロシアによってもたらされている、ウクライナの将来の人口学的問題について大いに心配するようになった。戦後、どれだけのウクライナ人がヨーロッパから帰国するだろうか。破壊された家や集合住宅はどうなるのだろうか。彼らは永久に外国に留まるだろうか、それとも帰国するリスクを冒すだろうか。ヨーロッパに避難した五〇〇万人のウクライナ難民の中には、小さな子どもを抱えた家族が相当数いる。子どものいる家族は、自宅が跡形もなく消えうせているとしたら、戻ってくるとはとても思えない。ウクライナ政府は既にこのことについて検討しているに違いないが、問題の規模からして、膨大な額の国際的支援が必要になるのは明白である。

戦争が始まる前、ロシア居住者の平均年齢は四二歳をちょっと超えていたのに対し、ウクライナ居住者のそれは四一歳にちょっと足りなかった。戦争が終わったら、ロシア軍の損失を考えれば、ロシアの人口の平均年齢は少し上がりそうだが、ウクライナの人口の平均年齢は、難民として外国に行った子どもが多いので、かなり上がるだろう。

ウクライナに対するロシアの侵攻がもたらした両国への悪影響は、人口統計学的状況の悪化だけに留まらないだろう。経済、農業、言論と文化の自由ならびに医療や教育の提供にも甚大な影響を与えるだろう。

この侵攻がウクライナの国民魂を強化したと言えよう。このことは、今後つらい年月に置かれる国のためになり、国外生活をしていた人々を帰国する気にさせるかもしれない。ロシアの侵攻がもたらした問題のすべての解決策を検討するのは、おそらくまだ早すぎるだろう。しかし、こうした問題がウクライナ国内で今、議論されているという事実は、ウクライナの人々が勝利を確信しているという表れだ。ウクライナは親ヨーロッパの方向性を守ることができるだろうし、プーチンのロシアがどれだけがんばっても、ウクライナは独立した、民主主義国家として存続するだろう。国民はそう信じている。

二〇二二年四月二五日
文化は地下にもぐる

ウージュホロド劇場で、キーウの劇作家ネーダ・ネジュダーナの作品の舞台化『天使との合意』が開演した直後に、空襲警報が大音量で鳴り始めた。俳優たちは立ちすくんだ。劇場のマネージャーが舞台上に飛んできて、地下の防空壕に順序良く移動するよう全員に呼びかけた。彼は続けて、もし一時間以内に警報解除が出れば、公演は再開しますが、そうでない場合は日を改め、その日時をお知らせします、と言った。観衆には幸運なことに、四五分後に警報は解除された。彼らは再び客席に戻り、芝居は最初から上演された。

ザカルパッチャ州の州都ウージュホロドは、カルパチア山脈西側の風光明媚な町である。ここの人たちはコーヒーとボグラーチが大好きだ。ボグラーチというのは、ハンガリーの代表的な料理で、肉とじゃがいも、にんじん、唐辛子が入ったスープ。スロヴァキアとの国境に位置するこの都市は、ハンガリーおよびルーマニアの国境検問所にもすぐ行ける距離にある。ルーマニアとの国境にあるブコヴィーナと共に、現在のウクライナでは最も安全な場所だ。もちろん、この状況は直ちに変わり得るが、今までのところザカルパッチャ州がミサイルに狙われたことは一度もない。これには考えられるいくつかの理由がある。この州は狭く、人口もさほど多くない。もっとも、避難民が流入しているせいで人口が二倍に膨れ上がっているのが現状ではある。実質上、大都市も軍事施設もここにはない。この「攻撃されない」一番あり得る要因は、今まで数世紀にわたってザカルパッチャに住み続けてきたハンガリー民族の多さにある。ハンガリーのオルバン首相は、EU指導者の中で唯一のプーチンの友人である。ウクライナにいるハンガリー系の人々の多くが、ウクライナとハンガリーの両方のパスポートを持っている。彼らには独自の「ハンガリー人」政党があり、常にそこに投票する。そうは言っても、この地域が政治的に活発だったことは今までもあまりなかった。ハンガリー人は穏やかで、働き者であり、言語だけでなく文化や伝統、とりわけ料理を保持する人たちだ。二〇一七年まで、ウクライナの政治家たちは総じて文化にはほとんど注目せず、ハンガリー文化をはじめとする国内のマイノリティ文化をウクライナの国民文化に包摂しようとはしなかった。それゆえ、数十人いるハンガリー語で書くウクライナ人作家の作品がひとつもウクライナ語に訳されてこなかったのは驚きではない。結果として、彼らはウクライナでは無名のままで、ベレーホヴェ、ヴィノフラーディウ、ベーネ、ピイテルフォルウォといったウクライナ・ハンガリー系の町や村の住民にしか知られていない。

二〇一九年の住民投票で、ウクライナにいるハンガリー系の人の多くがウォロディーミル・ゼレンスキーに投票した。彼らにはペトロ・ポロシェンコの政策は受け入れ難く、とりわけ愛国的な正教会信者のウクライナ人に向けたスローガン「軍、言語、信仰」を嫌った。ハンガリー人はカトリックである。母語はハンガリー語。ポロシェンコは国語についても法律の条項に入れ、国内のマイノリティ言語は学校で教えられないことになった。ウクライナ語が学校や大学の授業で使われる唯一の言語となったのである。実のところ「国語使用法」は、学校の授業の言語からロシア語を排除するために採用されたのだが、ハンガリー語が意図せぬ犠牲となった形だ。そのときから、ウクライナとハンガリーの関係は悪化し、オルバンとプーチンの関係は改善した。ロシア諜報部は、この機会をとらえて、両者の関係のさらなる「改善」に寄与しようと、ウージュホロドにあるハンガリー文化センターの放火を計画した。彼らはこれをウクライナのナショナリストたちのせいにするつもりだったが、この文化センターの近くの建物に設置された防犯カメラが計画を阻んだ。防犯カメラの録画から、実行犯としてポーランドからやってきたふたりのポーランド人が逮捕された。犯人のふたりは、ロシア人から金をもらって放火したのだった。

幸いなことに、それ以上の挑発行為は今のところない。現在、ウクライナにいる多くのハンガリー系の人たちがウクライナ軍でウクライナの独立のために戦っている。当然ながら、戦いたくない人もいて、ハンガリーのパスポートで出国しようとするのだが、ザカルパッチャの国境警備隊は、ハンガリーのハンガリー人とウクライナのハンガリー系の人を容易に見分ける。ウクライナのハンガリー系男性は、総動員法に基づき六一歳に達していなければ国外に出ることが禁じられている。国境警備隊はハンガリー人のパスポートの出生地を確認する。出生地がウクライナの場合、その人物はまず第一にウクライナ国民だと判断される。二重国籍は、ウクライナではまだ認められていないのだ。

ウージュホロドでの芝居上演が中断された同じ夜、アメリカの作家アダム・マンズバックの「大人のための子どもの本」である『とっととおやすみ』の発表会がハルキウの地下防空壕で首尾よく開催された。訳者であり、ウクライナで大人気の詩人、作家でミュージシャンのセルヒーイ・ジャダーンがこの本を紹介した。翻訳に取りかかっていた間に、ジャダーンはインスパイアされて楽曲を作り、それをこの発表会でハルキウのロックバンド「村と人々」と一緒に演奏した。実のところこの本は、まだ刊行されていない。戦争のせいで出版が延期になり、六月一三日に発売が予定されている。しかし、この講演会に来た人たちは、既に内容を知っている。幼い娘が寝てくれないのにいらいらしている父親を描いた詩の本である。

　戦争が多くの出版社の計画を変えた。今は融通を利かせるのが大事で、ウクライナの文学的・文化的生活が交戦中でも続けられるように、計画されているものはキャンセルしないように出版社は努力している。今年、ウクライナはパリの書籍見本市《サロン・デュ・リーヴル》に参加した。ウクライナのブースは、仏訳され、フランスで発売されたウクライナ人作家の作品を紹介した。ウクライナ語の本をウクライナからフランスへ輸送するのは無理だった。しかし、フランスが難民をどんどん受け入れるに従って、その多くは子ども連れの母親たちなので、ウクライナ語の児童書が一層必要になるだろう。フランス文化省は既に、フランスの図書館で幼児向けとティーンエイジャー向けのそうした本を購入することを検討している。まもなくウクライナの文化生活がフランスで、その他多くのヨーロッパの国々でも同様に、奨励されることだろう。

　母国の文化との接触なくして、アイデンティティを保持することはほぼ不可能だが、フランスに避難したウクライナ難民には、等しく重要な務めがある――自分たちをもてなす国を理解し、その言語を学ぼうと努力し、そしてもちろん、フランス文化の豊かさと多様性を知る努力をするという務めだ。

それを促進するためになさねばならぬ仕事はたくさんあるが、少なくともフランスにたどり着いたウクライナ人がフランスの言語と文化に順応する一歩を踏み出すことはできる——空襲警報による中断の恐れがない土地でなら、そうすることができるはずだ。

二〇二二年四月二六日
よりましな悪を選ぶ？

戦争が自宅に迫ってきているときに、残されている選択肢はふたつ。避難するか、占領を甘受するかだ。人は自分が住む都市や村の郊外から、初めて爆発音が聞こえてきたときよりもずっと以前から、この選択について考え始める。戦争は竜巻に似ている。遠くから見えるが、その進路は容易には予測できない。自宅を吹き飛ばすのか、近くを通り過ぎるだけなのか、庭の木を数本根こそぎにするのか、家の屋根を吹き飛ばすのか。そして、たとえ自宅自体は少しの被害で済んだとしても、自分自身が生きていられるかは全くわからない。

先日、ザポリージャ近くのある村で、ロケット弾が家庭菜園で爆発した。家は無傷だったが、その家の所有者の家族三人は亡くなった。彼らは将来の収穫を考えながら、次の冬は何を食べようかと考えながら、耕作した範囲に何かを植えていた。彼らには次の冬は来ないし、次の夏もない。彼らにとって、すべてが四月二五日で終わった。

ウクライナでは、一番おいしいアプリコットはドンバス産、最上のさくらんぼはメリトーポリ産だというのが通説である。メリトーポリは「ウクライナのさくらんぼの都」と呼ばれていたほどだ。ところが三月一日に、併合されたクリミアからウクライナへ侵入したロシア軍によってこの都市は占拠された。パン、塩、花といった伝統的なウェルカム・ギフトをもってロシア軍を迎えた人は誰もいなかった。反対に、占領されたその日から、街の中心でロシアの占領に対する集団の抗議活動が始まった。メリトーポリの住民は、兵士たちに「国に帰れ!」と叫んだ。相手は「ここが国だ! ここはロシアだ!」と応じた。

日々の抗議活動がひと月続いた後、一部の住民が避難を検討し始めた。デモの多くの人がロシア軍に逮捕され、殴られ、もう何の意味もないからと、ウクライナ発行の証明書を取り上げられ、破り捨てられるのを目にしてきた。最も熱心な抗議者たちが最初に車で連れ去られ、街から約五〇キロメートル離れた野原に置き去りにされた。彼らは不屈にも街まで歩いて戻り、再び抗議活動を続けた。最終的に多くの人が、危険すぎてここには残れなくなったと悟った。ある活動家は、ロシア軍に数日拘束された後、カメラに向かって自分は「騙されて」いた、この戦争の責任はウクライナ国民にあると述べた。その他の人は、特に家庭があり子どもがいる人たちは、ウクライナが管轄する地域へ脱出することを考え始めた。

自宅を出て行くのは、どんな場合でも非常に困難で心が痛むことだが、占領下の都市からの避難は、まだ占領されていないところからの避難よりもずっと困難である。ほぼ毎日、何人かの人たちが脱出に成功している。どこが安全な道かを知っていて、車が通過できるように検問所でロシア軍と交渉できる「プロのガイド」が既に存在している。こうした「避難護衛車隊」は小規模で、せいぜい五、六台だ。出発前、「ガイド」は、何を持っていくか、検問所ではどう答えるか、総じてどうふるまうかについて指示を与える。絶対に守るべきルールは、前の車に常についていくことだ。遅れをとっても、誰も待ってはくれない。もしついていくことができなかったら、ウクライナ政府の管轄地域にたどり着ける保証はない。自分が喫煙者かどうかは関係なく、少なくとも二〇箱のタバコを持っていくことも必須だ。検問所のロシア兵は喜んでタバコを受け取り、そうすると移動者への対応もちょっと良くなる。メリトーポリからウクライナのザポリージャへの避難にかかる平均的なコストは、車一台当たりタバコ一六箱である。

避難者にとってもうひとつ重要なのは、ロシア兵はしばしば、占領地帯から出ようとする男性の服を脱がせるという事実を肝に銘じておくことだ。彼らは、愛国的なタトゥーや自動小銃を長期間携帯した痕跡が肩に残っているかを探している。さらに避難者は、ロシア兵は非常にピリピリしていて、いつなんどきも、またちょっとでも疑惑を持てば発砲しかねないことも頭に入れておかなくてはならない。占領期間中に、夜警に出た一〇〇人以上のロシア兵がパルチザンに殺されているのだから、彼らがピリピリしているのも無理はない。

もちろん、誰もが出て行けるわけではない。今も友だちと隠れている人はいるし、彼らが脱出を試みたとしても、間違いなくロシア軍に拘束されるだろう。それに、占領開始早々に行方不明となった人たちもいる。彼らが今も生きているかは不明だ。そんな行方不明者のひとりが、メリトーポリ市教育課課長のイリーナ・シュチェルバークである。市内の学校におけるロシア語の使用とロシアのカリキュラムへの切り替えを命じられ、これを拒んだ彼女はロシア軍によって、どこかへ連れ去られた。以降、彼女は消息不明である。他の多くの連れ去られたメリトーポリ住民たちも同じことだ。

一九四一年一〇月六日、メリトーポリはナチスに占領された。その日一部の市民は、こともあろうに花を持って占領軍の兵士を出迎えた。ドイツ軍が手助けしてくれると期待してのことだった。一九一七年の革命後、ボリシェヴィキに没収された財産をいくらかでも取り返すのを、ドイツ軍が手助けしてくれると期待してのことだった。二〇二二年は、花を持ってロシア兵を出迎えた者は誰もいなかったものの、ロシア兵の駐留に元気づいた住民は一定の割合で存在し、中には熱狂的に喜んだ者もいた。例えば、禁止された共産党の元活動家や、かつてのソ連にノスタルジアを抱く人たちだ。彼らは自分たちの時代が来たと感じ、侵略者たちに協力を申し出た。メリトーポリの協力者の中で一番有名なのが、「未来のために」党選出の元市議会議員タラス・ヘーノウである。同市がロシア軍の手に落ちるや否や、彼は街中にソヴィエト旗を掲げるショーを開始し、自分の行動を動画撮影した。それから彼はさらにエスカレートして、まだ自宅にソヴィエト旗を持っている人は、自分が街に掲げるから提供してほしい、と全住民に呼びかけた。集まった旗をすべて掲げ終えた彼は、ウクライナ語の通りの名前のプレートを壊すなどのフラッシュモブをやって動画にした。彼は再び、街からウクライナ語の名前を一掃する活動に参加するよう住民に呼びかけ、ロシア占領軍の代表に、「正しい」ソヴィエトの道路名標識を作るよう依頼した。

最初、侵略軍はタラス・ヘーノウのこの親ロシア的行動をあまり評価せず、彼のグランドチェロキーを押収したほどだった。後にこのジープは返却された。この車両にはポーランドのナンバープレートが付いていた。他の多くのずる賢いウクライナ人と同じく、ヘーノウは違法にこれを輸入し、関税を払うことなくポーランドからウクライナへ運び入れたのだ。

目下ヘーノウは、新たな公的プロジェクトにせっせと励んでいる。彼がレーニンの小さな銅像を所持していることが判明した。これを自分のジープにつないだトレイラーに載せて、中心街まで運んだ。そしてフルシェーウシキイ通りとゲートマンスカヤ通りの交差点に、この銅像を設置したのだ。同日の夜、もうすぐ一二時というときに、彼はこれを撤去した。夜の間に盗まれたり破壊されたりするかもしれないと心配したからだ。現在、彼はこの銅像にとってより良い場所を、できればロシア兵が警護してくれる安全な場所を探している。思うに、ロシア兵たちが急いで彼に手を貸すことはなさそうだ。

タラスというのは、伝統的なウクライナの人名である。国民的詩人タラス・シェフチェンコが、ウクライナでは最も有名なタラスだ。タラス・ヘーノウもロシアで有名になりたいと思っているが、侵略者たちは今のところ彼の尽力にあまり注目していないようだ。彼らにとってヘーノウは、協力者としては小物すぎて相手にならないし、たぶんちょっと滑稽すぎる。彼らが必要とするのは、VIPの協力者で、人から笑われるような行動をする可能性が低い人物である。尊敬を集め、ロシアのテレビに喜んで出演し、「ウクライナのファシストからこの都市を解放した」ロシア軍に感謝すると言ってくれる協力者が必要なのだ。そんな人物を見つけるのは容易ではないが、多大な努力をしている――軍というよりロシア諜報部が。彼らは、この目的にかなう協力者を見つけることに成功した。メリトーポリ教育大学の学長代理リュドミーラ・モスカリョーワである。彼女はメリトーポリに残ったが、占領された後に、ウクライナの法律で義務付けられている、大学をウクライナ政府管轄地域のどこかに再登録する手続きを怠った。その結果、この大学の教員たちは給料をもらえず、学生たちも奨学金をもらえない事態になった。もし大学がすぐに再登録しなければ、学生たちは学位ももらえないかもしれない。対照的に、ターウリヤ国立農業技術大学はザポリージャに再登録して、現在はザポリージャ国立大学の構内で授業を行なっている。こちらの大学の教員は全員給料をもらっているし、学生たちも奨学金を受給している。

ロシア軍はザポリージャに進軍しようとしていて、たぶん農業技術大学は、ザポリージャ国立大学と共に、ウクライナのさらに西へ移動しなければならなくなるだろう。

再登録をしなかった教育大学の教員と学生の行末は誰にもわからない。だが、モスカリョーワ自身は定期的に占領軍行政本部に通っている。彼女は、ロシアの法律に則った大学の登録手続きを準備しているようだ。

この「占領軍行政」は協力者とロシア民間人の両方で構成されている。ロシア人はときどき、協力者を解雇したり、入れ替えたりする。現時点で、親ロシア野党勢力の政党出身の元市議会議員たちを含む数名が、メリトーポリ刑務所に収監されている。どうやら彼らが占領軍の資金を横領したのが発覚したらしい。なぜ彼らが刑務所に入れられたかは、実は問題ではない。ロシア軍が彼らをあまり信用していないのは明らかだ。とはいえ協力者なしでは、占領軍は機能しない。彼らは「地元当局」で働く地元民が必要なのだ。

親ロシア「地方政府」のハリーナ・ダニーリチェンコ長官が先日、ロシアのテレビニュースで特集されていた。彼女が新築の集合住宅を、まだ戦闘が続いているウクライナの都市ウフレダールから来た若い夫婦にプレゼントしている様子が撮影されていた。彼らはロシアのテレビ記者たちが同行する中、ロシア軍のヘリコプターでメリトーポリに連れて行かれた。侵略軍の代表者が、ドネーツィク州とルハーンシク州からの避難民用にドイツが建設した建物内の部屋の鍵を彼らに渡した。この建物は二月末に、在ウクライナドイツ大使館の代表が出席するセレモニーでオープンするはずだった。部屋の鍵を受け取った若い夫婦はカメラの前で、「ウクライナのファシズム」の恐ろしさについてロシアの視聴者に向けて語った。公然と二、三嘘をつく代わりにアパートメントをもらう――怪しげな取引だが、そういうことをする覚悟のある人は常に存在するものだ。

今までのところ、メリトーポリの人口の三割が脱出した。ロシアの占領当局は、クリミアとドネーツィクからこの都市に人を送り、都市生活を復興させようとしている。メリトーポリの公園では子ども向けのアトラクションと遊び場が営業開始。アイスクリームも販売中。すべての料金は今もフリヴニャで表記されているし、街のATMでフリヴニャの現金を引き出すことが可能なときもある。住民はキーウやリヴィウから自身の銀行口座に送金してもらうことさえできる。これがどうして可能で、いつまで続くのか、私にはわからない。ハルキウ州の占領された村や町では、占領軍は既にロシア・ルーブルを導入し、自営業者にルーブルで価格を設定するよう要求している。

「ウクライナ人は、もうメリトーポリのさくらんぼを楽しむことはできないだろう」ロシア人たちは満足げにSNSに書いている。都市を盗むこととさくらんぼを盗むことは別の犯罪だ。だがこの場合は、ひとつの犯罪のふたつの部分であり、ロシア国民を代表してロシア軍が犯した同じ戦争犯罪だ。

これとその他多くの犯罪の罰を受けなければならないのは、プーチンひとりだけではない。

二〇二二年四月二九日
黒海のイルカはどちらの味方?

オンラインニュースに、ロシアが「戦闘イルカ」をセヴァストーポリ湾に配備したと書かれている。この湾には黒海艦隊の艦船数隻が停泊しているが、ウクライナのミサイルもここまでは届かないので、その点で艦隊は安全なのだ。どうやらイルカたちは、潜水工作員と敵の潜水艦を攻撃するよう訓練されてきたらしい。イルカたちがどうやって潜水艦を敵のと味方のとを区別できるのかわからない。ただ私は、ウクライナ海軍が潜水艦を一隻も持っていないことだけは知っている。実際のところ、ウクライナ「海軍」と呼ぶのはどう見ても無理がある。主力は小型高速艇で編成された「モスキート」艦隊、という有様なのだ。ところが、ロシアの旗艦「モスクワ」がウクライナ本土からの攻撃で破壊されて以来、ウクライナには今より大きな海軍は必要ないのではないかと思うようになった。確実に言えるのは、ウクライナには軍事訓練をしたイルカは必要ないということだ。「ロシアの軍用イルカ」というフレーズは、アイロニーがきいたSF小説に出てきそうである。でもこれは実在するのだ。

ウクライナのイルカも最近ニュースになった。ハルキウから、オデーサという彼らにとってずっとふさわしいに違いない土地へ避難したときのことだ。このイルカたちは、学習に問題を抱えた子どもたちとふれあうための特別な訓練を受けていた。このイルカたちの避難は、その複雑さと危険性から、まともな軍事作戦とそう変わらなかった。水泳プールを備えた特殊なトラックがオデーサを出発し、キーウを経由してハルキウへ向かった。前線が南にじわじわと進展し、頻発する砲弾攻撃にさらされている地域が広がっているので、安全上の理由から遠回りしなければならなかったのだ。

この移動水族館を使ってイルカだけでなく、アシカやアザラシも救出できることがわかった。海獣たちのオデーサへの移送には、イルカのトレーナーと獣医が付き添った。いつかイルカたちがオデーサの海に放たれることがあるかもしれないし、そうしたら泳いで黒海を横断し、偶然セヴァストーポリ湾に行き着くこともあるかもしれない。そうなったら「ロシアの戦闘イルカたち」は一体、どんな風に迎えるだろうか。ウクライナの破壊工作員だとでも？

ハルキウのネモ水族館には、若いシロイルカ二頭がまだ残されている。この二頭をいつオデーサに移送できるのか、まだはっきりしない。こんな時には鯨類を優先させるのは難しい。とはいえ彼らも生きている動物であるし、気遣ってあげるべきだ。

戦争中は、大きな国でさえ非常に小さく、非常に窮屈に感じられることがある。ハルキウとオデーサを隔てる一〇〇〇キロメートルの距離も、たとえイルカにとっての話であっても、オデーサの方がハルキウよりずっと安全というわけではない。決定的な違いは、ハルキウと違ってオデーサは海に面しているということだ。ハルキウの巨大なオセアナリウムが爆撃された場合、オデーサとは違って、魚類や海洋哺乳類を海に放つことで命が助かる可能性はない。

しかしオデーサも砲撃を受けている。今のところ、攻撃は海からと、ロシアが占拠した地域から行なわれている。オデーサの西には、一九九〇年代にモルドヴァから併合されたトランスニストリアの「分離主義勢力共和国」がある。この地域に、古いソヴィエト製武器の最大級の倉庫が数か所存在する。ロシアはここにも三〇〇〇人の「平和維持兵士」を配備し、「共和国」統制のためにカラシニコフを携帯させている。ロシアはいつなんどきでもこの「平和維持兵士」に命じて後方からオデーサを砲撃させることができるが、オデーサの人々はパニックにはなっていない。すべてのウクライナ人同様、彼らも「フロブキー」(小さな墓の日)の準備をしている。これは毎年復活祭の頃の特別な期間のことで、このときに私たちは、故人である親族や友人を偲ぶ。ウクライナ中がお墓の手入れに勤しむ時期でもある。今年は、オデーサの住民の中には、墓から低木や雑草を取り除くだけでなく、ロシアのミサイルによって破壊されたり傷つけられたりした墓石やフェンスの修理をしなければならない人もいるだろう。

ウクライナの多くの墓地が、ロシア軍によって損傷を与えられたり破壊されたりした。キーウの、私が育ったトゥーポレフ通りの近くにあるベルコフツィー墓地もそうだ。爆撃を受けた墓地もあるし、ロシアの戦車や装甲兵員輸送車に潰された墓地もある。また、ロシアの地雷工兵が多くの墓地にブービー爆弾を仕掛けた。その結果、ウクライナ当局は、今年は墓参りに行かないように、特にロシア軍が占領していた、あるいはしている場所にある墓には近づかないように、と国民への説得に努めている最中なのだ。しかし、ウクライナ人は言われたことをやらないのが習慣となっている。自分が必要だと思うことをやる。親族の墓の掃除には、やはり行くつもりなのだろう。

教会はこれまで頻繁に、墓にプラスチックの造花ではなく生花を持ってくるよう頼んできたが、まだ多くのウクライナ人がしおれないからという理由で造花を持っていく。一部のウクライナ人家族は、戦争前ですら年に一度しか行くのを許されていなかった場所に行こうとするだろう——立ち入り禁止のチョルノービリ地帯にある墓地へ。一九八六年の原発事故の後に避難対象となった村や町には数十の墓地がある。以前は、このエリアの元住民とその親族が、この「小さな墓の日」に、チョルノービリの惨事の記念でウクライナの全国からやってきていた。しかし今年は、チョルノービリ地帯を訪れることは厳禁となっている。ロシア軍がチョルノービリ原子力発電所とその周辺一帯を占拠した後、放射能レベルが急激に上昇し、再び非常に危険な状態になったからだ。

ロシア軍はこの一帯をひと月以上支配下に置いた。この間、彼らは放射能汚染区域を通るキーウへの道路を舗装した。キーウへの祝勝入京を願う兵士数千人を乗せて、約一万台の戦車と装甲兵員輸送車、その他軍用車両がこの道路を通った。これに先立ちロシア兵は、この死の地帯を貫通する形で数十キロメートルの塹壕を掘り、まる一か月にわたって身を潜めた。キーウを占拠することになっていたロシア軍の本部もそこに置かれていた。今やロシア軍は撤退し、放射能だけが残されている。

チョルノービリに駐屯していたロシア兵の一部は、破壊を免れた軍用装備と共にこの同じ道をベラルーシ方向に戻っていった——洗濯機、パソコン、スクーター、子どものおもちゃに至るまで、ウクライナの民家から盗んだ品物を携えて。ベラルーシ経由で帰国した兵士たちは、その略奪品を各自がロシア全国の町や村の自宅に送った。これらの輸送手続きは輸送業者の防犯カメラに記録され、盗品の受取人の住所と名前はすべてシステム内に残っている。もしチョルノービリと放射能の話がなければ、おそらくこの件は今頃忘れられていただろう。

ロシア軍がチョルノービリ一帯を出てベラルーシへと向かってからまもなく、輸送業者の従業員たちが体調を崩し始めた。何人かは医者に診てもらった。医者たちはすぐに、放射線被曝による症状だと診断した。これが発覚した後、ベラルーシの国家保安委員会は独自の調査を行なったが、きっと何にもならないだろう。結局、ベラルーシは事実上、既にロシアの支配下にある。ロシアの立場からすると、ロシア兵がどれだけ多くの放射線をベラルーシに持ち込んだかも、彼らが自分の親族に送った小包にどれだけ多くの放射線が含まれているかも重要ではない。ロシアにとっては、チョルノービリ区域を二回通過した軍用装備自体が、軍務中にそれを使用するロシア兵を被曝させる元になっていることも重要ではない。ロシアにとっては、自国の兵士の命も重要ではない。彼らは放射線障害で病院で死ぬのではなく、戦場で死ぬ可能性が最も高いのだ。

ウクライナが直面しているもうひとつの問題は、チョルノービリで破壊されたロシア軍の装備がウクライナの領土に残されていることだ。これはウクライナ人にとって危険な放射能汚染源になっているし、ウクライナ人がチョルノービリの放射能問題の次の被害者になるかもしれない。またもや、もし私たちが慎重にならなければ、数多くの新たな墓がチョルノービリの墓地に増え、さらに多くの人々が四月の終わりから五月の初めに、その死者を偲ぶために「小さな墓の日」にやってくることになるだろう。

この期間に、ウクライナ人はピクニックのバスケットやバッグを持って墓地へ行き、墓の近くの地面に座るか、墓の周りにめぐらしたフェンス際の地面にテーブルを据える。そこで死者を追悼し、乾杯する。この伝統は砲撃や占領よりも強い。戦争があろうとなかろうと、この伝統は続くだろう。この伝統は、今回の戦争でさらに強まりさえするかもしれない。なぜなら、今、ウクライナの墓地にはとてもたくさんの新しい墓ができたから——ロシア軍に殺害されたウクライナの軍人と民間人の新たな墓が。

プーチンは、あらゆるウクライナの伝統を抹殺したがっている。そうなれば彼にとって、ウクライナ人なるものは存在しないとか、ウクライナ人はロシア人なのであって、ロシア人ではなくウクライナ人だと言われて惑わされた人々なのだ、などと言いやすくなる。しかし、戦争が殺すのは人間だけだ。伝統は残り、ナショナル・アイデンティティは強固になる——それにウクライナ人には多くの伝統がある。こうした伝統の多くは農業に関係している。ウクライナの農家は自立していることに慣れているからだ。今でさえ、占領されている地域でさえ、彼らは自分の土地を耕し、小麦や菜種、蕎麦、ライ麦の種をまく。そして、ロシア軍の砲撃や脅威がある中でさえも、その作業を続ける。ロシア軍はこれらの農家から、来るべき収穫の最大七割を没収すると宣言しているが、農家の人々は、収穫の時期が来るまでにはヘルソン州からロシア軍は撤退しているだろうと期待して、種まきを続けている。種まきをしているとき、彼らは防弾チョッキを着て、もしあれば、鉄兜を被って作業することがある。これは砲撃の脅威に加えて別の危険ももたらす。ロシア兵は農民が防弾チョッキを着ているのを見ると、攻撃的な反応をしがちだ。つまり、農家の人たちは防弾チョッキの上から何かを着て隠す必要があるということで、そうでなければ銃撃されるかもしれないのだ。

農家の人たちが危険なのは、占領地域だけではない。トラクターも地雷で吹き飛ばされる可能性がある。最近、キーウ州のある農民は、トラクターがめちゃめちゃになって大けがを負った。彼は防弾チョッキもヘルメットも身につけていなかった。

ソヴィエト時代、農業の仕事は「収穫をかけた戦い」と新聞に書かれていた。ロシアとプーチンのおかげで、今やこのフレーズは、別の、かなり文字通りの意味になった。ウクライナは既に将来のパンを血で贖っている。兵士の血と農民の血とで。

二〇二二年五月一日 戦争中のウクライナの文化

二〇二二年二月二四日、ウクライナの全市民は、自分たちの生涯が残忍にもふたつに分けられたのに気づいた。「戦前」と「戦中」に。もちろん私たちは皆、いずれ「戦後」という時期も生まれるのを願っている。悲劇的にもその可能性が既に失われた人たちはたくさんいる。残りの私たちには、戦争終結はまだ遠い。

多くのウクライナ人は、今の戦争が始まったのは、クリミア併合とウクライナの領土の地図上にいわゆる「分離主義勢力共和国」が出現した二〇一四年だと考えている。当時ロシアは、戦争に参加しているのではなく、分離主義勢力を支援し、クリミアの「歴史的正当性を取り戻し」ているだけだと断言した。しかし、ロシアがドンバスでの戦闘行為に直接介入し、イロワーイシクを砲撃するために全砲兵旅団でウクライナ領土に侵入して、デバーリツェヴェを占拠しようとしたのもこの時期だった。

実際、ロシアがウクライナとその他旧ソヴィエトの国々に文化的支配の戦争を仕掛けたのは、これよりもずっと前のことである。今世紀初頭からクレムリンが毎年数千万ドルを費やしてきたのは、ロシア文化が旧ソ連だけでなく東ヨーロッパの外側をも支配していると世界に証明するためだ。クレムリンは、ロシアがすべての国際ブックフェアの「ゲスト・オブ・オナー」となるよう資金を出してきた。そして例えば二〇〇五年のパリの書籍見本市《サロン・デュ・リーヴル》のように、ロシアが既に「ゲスト・オブ・オナー」になっていた場合、次の手として二年後にサンクトペテルブルクが、さらにその後はモスクワが、という具合に続けるのだ。

現在のロシアでは、ロシア文化がいかに偉大かという放送が絶えず流されていて、この放送局を視聴する外国人は、世界にはロシア文化以上に強力で重要な文化はないと思い込まされても無理はないだろう。世界中のロシア語話者視聴者に対し、クリトゥーラやノスタリギーヤその他多くの衛星テレビ放送局は、ソ連のかつての住民の間で——ソ連内のどの共和国の住民かは関係なく——花開いたロシア芸術が成し遂げたことへの誇りを大げさに強調する働きをしてきたし、今もそれを続けている。

この「文化的」つながりが失われないように、ロシアから何百人もの芸術家、音楽家、作家が世界中のロシア語話者とロシアびいきの視聴者たちを訪ねに行っている。これをもっと精査すれば、今話しているのがクレムリンの、「ロシア世界」の支配という政治プロジェクトの文化面であるとわかるだろう。

このプロジェクトは、ロシアの国際政策とロシアの影響力を支持する強力な集団を作ることを目的としている。サンクトペテルブルクからマリインスキー・バレエ団が、今はロシア軍合唱団と呼ばれることの多い赤軍合唱団が定期的にツアーに出て行くのも、この目標のためである。確かに、二〇世紀ロシア演劇の歴史的功績は本当に見事だが、ロシアが半トンの爆弾をマリウポリの劇場に的中させた後では、ロシアの劇場芸術とロシア文化一般について話題にする気にならない。私は、ロシアがウクライナ文化の破壊と、ウクライナの歴史の抹消をどれだけ試みてきたか、それをどれだけ今も続けているかについてより関心を持っている。この戦争中、こうした試みは特に目につく。占拠された都市では、ウクライナ人作家や詩人、哲学者、科学者がかつて住んでいた家に設置されている史跡銘板を、ロシア兵がハンマーで粉砕している。チェルニーヒウでは、ロシア軍が内務人民委員部と国家保安委員会の公文書庫に火を放った。これは、ソヴィエト政府によってどれほどウクライナの文化人が弾圧されたかを示す特別な事件調査書類をウクライナが引き合いに出せないようにするために行なわれた。一九三〇年代に数えきれないほどの作家と詩人が逮捕された。多くが白海に浮かぶソロヴェツキー諸島の収容所へ送られ、後に（北カレリアの）サンダルモフで銃殺された。その数は三〇〇人近くで、「銃殺されたルネサンス」として知られている。

ロシアの侵攻が始まって二か月が過ぎた。この間、数万の家屋、数百の学校、図書館、博物館、文化施設が破壊された。国の三分の一が廃墟となり、ウクライナの人口のほぼ半数が難民もしくは国内避難民となった。工場は操業を停止。その多くはもう存在していない。数十万のウクライナ人が仕事を失い、それゆえ生活の糧がないままになっている。彼らはヨーロッパや世界各国の連帯により飢餓を免れている。多くの国の支援で、すべてを剥奪された状態から救い出されている。世界の数百万の市民が一緒になって、ウクライナとウクライナ人を支援する慈善イベントに参加してきたが、多くのウクライナ人にはもう家も、事業も、仕事も、菜園や花咲く庭もない。

戦争が始まった当日、ウクライナの劇場、出版社、映画撮影所、交響楽団の仕事は止まった。四〇〇〇万人を抱えるこの大きな国の文化生活が棚上げになった。多くは西ウクライナへ移動した。全員がそうであるように、ロシアの侵攻によって心労を抱えた。ウクライナの作家たちは、国内のウクライナで暮らしていた作家たちは、はるか東から移動してきた仲間の作家とその家族の世話をするのに忙しかった。一部の作家や芸術家は、子どもを連れてヨーロッパに行った。ロシア軍が占拠する都市に残った人もいた。ある児童文学者は今、ヘルソンにいる。彼は自宅アパートメントに閉じこもったままだ。占領された都市の状況について、信頼できる情報はほとんどない。別の作家は占領下のメリトーポリに残っているが、ここでは地元の協力者とロシア人情報将校が、ジャーナリストと親ウクライナ活動家のリストを手に巡回している。多くが既に連れ去られたが、行き先は誰にもわからない。

戦争が始まる前、私は、一九一七年のロシア革命後に始まった内戦中の一九一九年春に、キーウで起きた事件を扱った小説に着手していた。今の戦争は、この小説についての計画をまるまる台無しにした。最初の数日を、私は家族でキーウから脱出するのに費やした。数百人の仲間同様、私も今では難民だ。西ウクライナの私たちの新たな避難場所で、仕事をするテーブルを手に入れるや否や、私は再びパソコンに向かったが、もう小説については考えられなくなった。ロシア・ウクライナ関係についての、ウクライナについての、そして今回の戦争についての記事やエッセイを書くことにした。自分の文章を英国や米国、フランス、ドイツ、ノルウェー、デンマークで発表するようになった。私の生活のリズムは二か月間変わっていない。あの小説は将来のどこかの時点で完成させるつもりだ。今はすべての作家、すべての芸術家、つまりクリエイティブな職業を代表する人物は、自国のため、この戦争の勝利のために働かなくてはならない。

ウクライナは私に、検閲のない、独裁者のいない、自分が書いたり発言したりすることを規制しない三〇年間をくれた。このことに対し、私はとてもありがたく思っている。もしロシアがこの国を占拠することに成功したら、ウクライナ市民が慣れ親しんできた自由は、国家の独立と共にすべて失われてしまう、と今は心底理解している。ウクライナの東部と南部で兵士たちが武器を手に戦っている間、作家たちは、他国や他の大陸の住民にロシアが侵攻を正当化しようとして流しているフェイクニュースや偽りの言説を相手に、情報戦の前線で戦っているのだ。

ヨーロッパでは、ロシアはこの戦争に負けている。ヨーロッパは単純素朴な考え方から脱却して、今ではウクライナで何が起こっているか充分に理解している。だがラテンアメリカでは、ロシアはこの情報戦に勝っている。反米感情があるところではどこでも、常にプーチンとロシア連邦への共感が高い。ウクライナはラテンアメリカからとても遠くて、ウクライナが世界地図上のどこにあるのか、知っている人は少ない。ウクライナの政権はファシストが握っているとか、ウクライナは反ユダヤ主義でロシア嫌いの国だから、ウクライナで暮らしているユダヤ人とロシア人は恐くて街に出られない、などという話を簡単に信じてしまう。ラテンアメリカのジャーナリストたちから、こうしたロシアの言説を肯定するのか否定するのか回答を求めるおびただしい依頼が寄せられている。Google 検索でもこうした話の反証は容易にできるのだが、ジャーナリストと読者はこの質問に答えるウクライナ人の生の声を聞きたがる。だから私は、「反ユダヤ主義でロシア嫌い」の国家が、ロシア語話者のユダヤ人を大統領に選出することなどあり得ないでしょう、しかもウォロディーミル・ゼレンスキーは得票率七三パーセントですよ、と説明する。政府に「ファシスト」が居座っているという点については、ナショナリストの政党党員の議員は今の国会にひとりもいない、と伝える。同じことが彼ら自身の国でも言えるだろうか。左翼過激派と右翼過激派のどちらもいないことは指摘するまでもない。ウクライナ人は伝統的に、過激派には投票しない。オレンジ革命の後の短い期間に、大勢の右翼過激派が活発な政治活動をしていたことがあっただけだ。

ウクライナの現代文化も古典文化も、戦争の犠牲になっている。多くの美術館・博物館が最も貴重な収蔵品を国内西部に疎開させることができた一方で、その時間がなかったところも多かった。今まで破壊された美術館・博物館の中で、私が最も残念に思っているのは、ウクライナで一番有名なプリミティヴ・アーティストのマリーヤ・プリマチェーンコ記念館がなくなったことだ。彼女の家はキーウ近郊にあって、彼女はここで生涯暮らした。それが今はもうない。建物はロシア軍に爆撃され、所蔵品が焼失してしまった。これは戦争のごく初期のことで、ロシアの部隊がキーウを占領しようとしていたときだ。当時、このオリジナルの大半が焼失したことについて、多くのことが言われた。今、彼女の絵画が一〇点も近隣住民によって難を逃れた、という情報がある。激しく炎が上がったとき、近隣住民がこの記念館に駆け込み、救えるものはすべて運び出した。このレスキュー隊は絵画を自宅に持ち帰り、戦争が終わるのを待ちわびているそうだ。「戦後」に再建されることを願っている新たな記念館に、救出した美術品を戻すつもりだという。

現在、「戦後」、あるいは私たちが好んで使う「戦勝後」という将来に対するこの抽象概念に刺激され、文化人、作家、ミュージシャンだけでなく、ウクライナの人々全員が自分の計画を堂々と口にする。ウクライナの政治家は今、ロシアに破壊された国の復興プロジェクトについて発言している。彼らは既に、必要な建材費の額も提示できている。ウクライナに来て復興事業で働きたがる様々な国からの志願者の人数まで算出している。一部のヨーロッパの建築家は、マリウポリやチェルニーヒウなど破壊された都市の復興プロジェクトを立ち上げる提案をしている。

戦争のただなかにいるのに、こうして戦後の未来に目を凝らすのは妙な感じだ。この未来は、テクニカラー的な鮮やかさを帯びて見える。これは、血みどろの戦争中にはあったとしても稀である、楽観主義が高ぶった実例のように思われる。だがウクライナでは、この楽観主義が非常に目につく。これは一部には、文化人がそれぞれのやり方で戦争に立ち向かっているせいもある。彼らのほぼ全員が、何らかの分野で自身の能力や才能を発揮している。彼らは、母国の独立を守るという共通の目標によって団結しているのだ。

今、難民が押し寄せている西ウクライナの都市では、劇場が再開し、文学の夕べも開催されている。ハルキウでさえ、ここ数週間に新しく出る本の展示会とロックコンサートが開かれた――まだ一部は、防空壕での開催というのが実情だが。さらに、これらの本の展示会では本を購入することができない。現時点ではまだウクライナ国内で出版社も印刷会社も稼働していないからだ。しかし、将来刊行されるこれらの本は、著者や翻訳者の朗読で聴くことができる。

人は水や空気がなくては生きられないし、文化がなくても生きられない。文化は人生に意味を与える。ゆえに大災害や戦争の時期にはことのほか重要になる。文化は手放せないものになる。それは人に、自分が誰で、どこに属する者かを説明する。プーチンがロシア文化を自身の独裁政権の手先として位置づけているのに対し、ウクライナの文化は政権と政治からの独立を保っている。それは、民族的出自や母語にかかわらず、ウクライナ人一人ひとりの尊厳を守る働きをする。それは人間の魂の、目に見えない鎧なのだ。ウクライナ人にとっては、文化が自らの生活様式と思考様式を守っているのだ。

私は昨日、ザカルパッチャの人気若手作家アンドリーイ・リューブカとコーヒーを飲んだ。私たちは人生について話し合った。「ひと月以内に、ピクニックにご招待しますよ。焚火で『ボグラーチ』を作りますから！」と彼は約束した。ひと月以内に「戦後」になるだろうか。この答えはわからないが、誰もが計画は立てるべし。

アンドリーイは、ウクライナ軍にピックアップトラックを二台贈る額が、Facebook 上でたった二、三日で集まった、という話もした。これも文化人と作家のもうひとつの役割である――軍のために、難民のために、人道支援のために募金活動をすることが。伝統的に、ウクライナ人は政治家よりも文化人を信用する可能性がはるかに高い。だから募金の呼びかけに一番成功しているのは、音楽家、作家、舞台俳優、ロック歌手が大半だというのも驚きではない。結局、今起こっていることは、一国の軍隊が他国の軍隊を滅ぼす企てというだけではない。ウクライナを滅ぼす企てなのだ。ウクライナ文化を滅ぼし、ロシア文化と取り換える企てなのだ。もしウクライナ文化が滅ぼされたら、ウクライナはもう存在しない。誰もがそれを理解している。一番理解しているのが、ウクライナの文化人たちなのだ。だからこそ彼らはあきらめない。だからこそ彼らは戦っている――東部前線にいるウクライナ兵士と同じように。

二〇二二年五月一一日
タトゥー　他の人の街で、他の人のアパートメントでの生活

私たちが他の人のアパートメントで生活を始めてから、もうすぐ二か月になる。ここがほとんど自宅のようになった。中サイズの鍋やピラフ用の香辛料がキッチンのどこにあるのかわかっている。アイロンがどこにあり、アイロン台はどこに隠れているのかわかっている。ここの持ち主が、きれいなバスタオルをどこにしまっているかわかっている。地元のマーケットでは、既に何人かの売り主と会釈を交わす仲になっているし、粗悪なじゃがいもを売る行商人のことも知っている。私は彼に二度訊いた。「お宅のじゃがいもは大丈夫かい?」二回とも、うちのじゃがいもは最高だよ、と彼は請け合った。結果、半分は中身が黒く、腐っていて廃棄せざるを得なかった。彼は、二キログラムずつ既に袋詰めしたものを売っている。ここの行商人は誰もがそうしている。客は品物を確かめずにじゃがい

もを買う。私はもう二度と彼からじゃがいもを買わないが、それでもマーケットを歩くときは彼に挨拶する。

この間、一五人の知人が近くに仮住まいをしているとわかった。「近く」というのは隣という意味ではない。ウクライナのカルパチア山脈西側の、ここザカルパッチャでは、誰かが五〇キロメートル先に住んでいれば、それは「近く」ということになる。もう二か月間、キーウで懇意にしていた友人が六〇キロメートル先に住んでいる。ベレーホヴェの町中にある、二階建ての家の一階の、広々としたアパートメントだ。私が最初に契約していた出版社の、今は亡き経営者の家族で、夫人のイリーナと娘のアレーナ、孫のアルテームが、他の知人三名と共にそこにいる。彼らは家賃を払っていない。難民および国内避難民の公的規則に則って生活している。彼らは「避難民」登録をして、その証明書を受け取った。これがあれば、人道支援を受けられる。ベレーホヴェには数か所の人道支援センターがある。どのセンターにも独自のスケジュールがあるが、どんな支援を受けられるのかも、いつどこで受けられるのかも誰にもわからない。国内避難民は町の中心街を定期的に巡回し、センターからセンターへ歩き回る。人が並んでいるのを目にしたら、直ちに加わる。食品の配給がある可能性が限りなく高いからだ。食糧支援品は今、不定期にしか出ない。亡き出版社経営者の妻イリーナは、並ぶのは嫌だと言う。「私が施しを受けるような人には見えないでしょ！」と彼女は言った。「そんなことするなんて恥ずかしいじゃない」ところが娘のアレーナには、センターに行って配給物資は何でももらってくるように言う。たいていはひまわり油や魚の缶詰、蕎麦の実やその他の穀物だ。

アレーナは喜んで母親の代わりに配給所へ行く。彼女は、並んでいる他の人たちと会話するのを楽しんでいる。前回彼女が一時間並んでもらったのは、衛生用品一箱だった。トイレットペーパー一二個、固形石鹸一〇個、洗濯洗剤三キログラム、歯ブラシ五本、歯磨き粉三本と使い捨て剃刀五本を彼女は持ち帰った。これらすべてが、「五人家族一か月分の衛生用品」と記されたダンボール箱一箱に詰められていた。さらに、このセットはオーストリア赤十字からの支給品であることも書かれていた。アレーナはこれをもらうために、自分の国内避難民登録証明書を提示しなければならなかった。

この衛生用品配給所から遠くないところに、証明書なしで、無料の、焼きたての温かいパンをいつでももらえる場所がある。そこからちょっと行ったところには、閉店した店舗の二部屋を、この町や近隣の村の住民が回収した無料の衣服でいっぱいにしている場所がある。ここの間に合わせの更衣室で、選んだ服に着替えたら、そのままどうぞ外へ！　唯一の問題は「靴の人道支援品」はないという点だが、幸いなことに難民が裸足でここに来ることはない。

人道支援物資の列に並ぶのは、高齢女性であることが非常に多い。また彼女たちはおしゃべり好きで、誰がどこから逃げてきて、何を残してきたかを知ろうとする。総じて彼女たちは都会のおばあさんたちだ。身なりが良く、美容院でヘアカットしてもらっている。田舎のおばあさんたちは、服装と足取りで容易に見分けがつく。彼女たちは生涯、自分の主たる仕事に加えて、自宅の庭でも働いてきた。腰が曲がっていて、ほぼいつも腰痛を抱えている。

昨日、最新ニュースを読んだ後、高齢のウクライナ人女性ふたりを引き合わせたいという強い思いにとらわれた。彼女たちを個人的に知っているわけではないので、もちろん私がそうすることはできないが、もしそれができたとしたら、ふたりの会話の内容は想像がつく。このふたりのおばあさんたちには本当にびっくりした。ひとりは、キーウ中心街から市電で行けるホーレンカ村在住の八五歳で、パスカ――復活祭に食べる特別な菓子パン――を作る人だ。それを、最近までは料理にも暖房にも使っていた、今はひどく傷んだかまどで作る。彼女の家はロシアの砲撃で破壊されたのだが、建物の内壁に作り付けになっていたこのかまどは、ほぼそのまま残った。今もこれで調理はできるが、壁はないし、窓も屋根もない。自宅の廃墟で暮らしているこのおばあさんは、復活祭のパスカを一〇個ほどこのかまどで焼いた。出来上がったら、きっと教会へ持っていき、復活祭の祝福をしてもらったのだろう。教会自体がロシアの空爆に耐えたとしての話だが。

二番めのおばあさんのナディーヤ・ラディオーノワは、ヴィーンニツャの八〇歳の年金受給者で、彼女の方が幸運だ。自宅の集合住宅は、空襲の被害に遭っていない。おそらくタトゥーアーティストである孫娘の影響を受けたのだろう、彼女は右脚に愛国的なタトゥーを入れることにした。ウクライナの国章、三叉戟《げき》に麦の穂のシンボルを添えたデザインである。大人がタトゥーを入れる選択をするのは、しかも目につく場所に入れるのは、何らかの責任が伴う。ロシアの攻撃が続いている中、愛国的なタトゥーは命にかかわる場合もある。可能な場所ならどこでも、検問所では特に、ロシア軍は男性の服を脱がせて愛国的なタトゥーがあるか調べる。見つけた場合、そのウクライナ人は直ちに「ナチ」とか「ファシスト」だと記録され、尋問に連れて行かれる。ロシア人はウクライナの捕虜に愛国的なタトゥーを「消す」よう強制し、皮膚を石でこすり取る。殺害されたウクライナ人の遺体の中には、腕や肩、脚から皮膚や肉ごとタトゥーを切り取られていたケースが多かった。もしこの新たにタトゥーを入れたナディーヤ・ラディオーノワおばあさんがロシア軍の手に落ちたら、情けをかけてもらえるだろうか。ロシア軍はどんな人の愛国主義でも理解したり受け入れたりしない。彼らの間では、スターリンとプーチンのタトゥーが、犯罪者の刑務所経験に基づいた一連のタトゥーと並んで今でも流行している。この犯罪者のタトゥーについては百科事典があるほどだ。

この状況なら、タトゥーを入れたナディーヤ・ラディオーノワおばあさんが、今や屋外かまどと化したものと共に取り残されているおばあさんを呼び寄せて、しばらくの間自宅に住まわせてあげるのが合理的に思えるだろう。だが私には、自宅への愛着というものがわかる。たとえその家がひどく損壊していようとも。かまどはウクライナの伝統的な家屋の心臓部だ。冬には、ホーレンカ村のあのおばあさんが復活祭のパンを焼くかまどのそばで、子どもたちが眠ったことだろう。それが家中で一番暖かい場所だ。このおばあさんの考えが私には想像できる。かまど自体の損傷が最小限で残ったことが大事、と思っている可能性が一番高いだろう。それを囲む家と屋根なら再建は可能だ。

ウクライナ語とウクライナの伝統で、「トローカ」という言葉は「公共の利益のためになされる共同体の仕事」を意味し、特定の人や特定の家族の利益のためというのもこれに含まれる。この伝統では、隣人や村の仲間は、焼け落ちた家屋を再建する手伝いをするし、ひとり住まいの高齢者が収穫をするときには手助けをするものだ。戦争が終わったら、こういう共同体の寄り合いがたくさん生まれて、行き場がなく残された人たちを助けようとすることが考えられる。少し前、「トローカ」の概念には非常に多義的な別の言葉が加わった。それは、「ボランティア」という言葉だ。自分が知らない人でも助けるというこの概念は、ウクライナにとっては比較的新しい。私のいとこのコースチャの家族は、ロシア軍が撤退した後の廃墟のブチャを片付けるボランティアに出かけた。車で向かった彼らは、朝から晩まで街路を片付け、破壊された家屋のがれきをより分け、不発弾や地雷を見つけたら軍に通報した。ブチャでの膨大な仕事は、ボランティアなしでは不可能だったろう。軍は前線で戦っていて、キーウやその他の都市を守る部隊は、破壊された村や道路の復旧に従事することは期待されていない。これはボランティアたちがやっている仕事なのだ。

ボランティアたちは、前線の村や都市に食糧がないまま取り残された住民への人道支援物資の配布も担う。占領された地域から住民を避難させることにも取り組む。この活動には常に命の危険が伴う。何人ものボランティアがロシア軍に殺害されたり、砲弾や戦車からの攻撃で命を落としたりしている。そして当然ながら、ロシア軍には彼らに対する敬意はない。にもかかわらずボランティアたちは活動を続ける。自分たちの手助けがなければ勝利はないし、助けられる命も失われると信じて。

偶然に、というか「ウォール・ストリート・ジャーナル」紙のクリストファー・オーキコーンが撮影した一枚の写真のおかげで、イルピーニの若い住民がウクライナのボランティアで最も有名なひとりになった。彼女は名をナースチャといい、ロシア占領下のイルピーニから障害のある犬一八頭ほどを避難させるのに成功した。ところで、ナースチャはスターになりたかったわけではない。新聞記者に名字さえ告げず、その障害のある犬たちをどこに連れて行ったかも言わなかった。難民と軍を手助けしている何千人ものボランティアの大半が、匿名のままでいたがる。

私と私の家族が、一時的だが現在暮らしているこの西ウクライナでは、ボランティア活動は非常に活発である。興味深いことに、ここのボランティア組織は、衣食住のニーズへの対応と同時に、国内避難民を感情面、精神面で支えることもめざしている。他州から多くの難民がここに来ていて、子ども連れの女性も多い。学校やホステルで無料で宿泊している人もいるし、部屋やアパートメントを借りている人もいる。労働年齢の人たちは働きたいと思っているが、ザカルパッチャ、ブコヴィーナ、あるいはリヴィウ州は勤め口が少ない。大きめな集落にはどこも人道支援センターだけでなく、無料の食堂やカフェがあるのは良いことだが、なじみのない地域で仕事もなく暮らすのは精神的にきつい。

大人の難民にもその子どもたちにも忙しくしていてもらおうと、ボランティアたちは針仕事や洋服作り、演劇やアニメに至るまで、様々な講座を用意している。多くの都市や町では、無料の外国語講座も開かれている。ハンガリーとの国境のベレーホヴェにいるアレーナは、新しい避難民友だちとハンガリー語講座に出席している。授業は毎回三時間で、この講座に登録した受講生たちは、まるで試験を受けるかのように真剣に取り組んでいる。

「先生の名前は何というの？」私がこう訊ねたのは、彼女が午後八時に大学の建物を出るときだった。この都市にはハンガリー系の人たちが多いので、ハンガリー風の名前が返ってくるものと思っていた。「アンジェリカ」とアレーナは言った。「授業はどんな感じ？　朗らかな人なの？」と私。「彼女は微笑む元気もないのよ。日に三コマ、三グループを相手に各コマ三時間だもの。でも彼女、すごくがんばってる」

アレーナにはお気に入りのハンガリー語のフレーズがある。「ヨー・レッゲルト・キーヴァーノク！」――「おはようございます！」だ。ウクライナ人にとってはちょっとおもしろく聞こえる言葉で、「ソファの下にいるハリネズミ」というウクライナ語を連想させる。

このハンガリー語教師のアンジェリカは、正確にはボランティアではない。給料をもらっているのだが、それでも難民にハンガリー語を教えることになっている時間よりもずっと多くて、日におよそ九時間も働いている。これが彼女の、ウクライナ人の社会生活への貢献であり、その精神的安定への貢献なのだ。

戦争は自己研鑽や独学の時間になり得るだろうか。もちろん、なり得る。何歳であっても、どんな状況でも、たとえ戦時中であっても、人生の新たな側面、新たな知識や新たな機会を見出すことができる。損傷したかまどでパスカが焼けるようになることもある。八〇歳で人生初のタトゥーを入れることもある。ハンガリー語やポーランド語の勉強を始めることもある。今まで知らなかったのなら、ウクライナ語の勉強を始めることもありだ。西ウクライナでは今、無料のウクライナ語講座が開催されていて、東部からの避難民が、大半はウクライナのロシア語話者たちだが、喜んでウクライナ語の勉強を始めている。彼らは、ロシア語だけしか知らないのは危険だと理解している。結局、プーチンはロシア語話者が「保護」を必要としていると決めつけたわけだ。彼はロシア軍に、ロシア語話者を「保護」することだけでなく、自宅の家やアパートメントから、以前の幸せな生活から「解放」することも命じた。言語が問題なのだ。特に、突然自分の生活が、自分が話す言語次第になる場合には。

二〇二二年五月一八日
ゼレンスキーは本物のベストセラー作家になるか?

五月の天気は、ウクライナを暖かな日差しと荒々しい雷の両方で楽しませてくれる。自然が息づき、木々は青々として、この国のすべての生命のテンポが上がる。

またもやウクライナは、今世紀で三度めとなるユーロヴィジョン・コンテスト優勝を果たした。毎回このコンテストで優勝した直後に、ウクライナは歴史の激変に直面してきた。今年の優勝を最後に、長年遠ざかることになると思いたい。私は普段は「ユーロヴィジョン」は観てないし、今回も見逃したが、この優勝した歌は聞いたことがあり、気に入っている。何よりも、ヨーロッパの人々がウクライナへの投票で示してくれた連帯感がうれしい——もちろん、歌そのものではなく、自国軍よりも何倍も大きいロシア軍への抵抗で善戦するという、ウクライナが示している驚くべき勇気に投票してくれたのだ。

ここ数日、ウクライナ人たちのFacebookは、この優勝に喜び沸き立っている。彼らのジョークはこうだ。この日曜日、プーチンは朝目覚めてみたら、ウクライナが勝ったと聞いて震えあがったんだ。戦争じゃなくてユーロヴィジョンのことだとわかるまで、しばらくかかったんだとさ。とりあえず、今のところはね。

戦争は続き、ウクライナでの生活も続き、一部の人は、相も変わらず自然死する。火曜日、ウクライナの初代大統領レオニード・クラウチュークがキーウに埋葬された。独立国ウクライナにとっての彼の意義をめぐる意見は割れているが、ウクライナでは常に意見は割れるものである。私は彼を支持していなかったし、自国に残る時代遅れのソヴィエトの経済管理体系を効果的に改革したリトアニアやエストニア、ラトヴィアと同じ道をウクライナが歩まなかったのは彼のせいだと、私は今も思っている。ソヴィエト時代、レオニード・クラウチュークは、ウクライナ共産党政治局のイデオロギー担当だった。彼は、雨の中を傘なしで歩いても全く濡れないでいられると言われていた――雨粒を避ける術を知っている、と！　彼の政治的策略は有名だったが、そのリーダーシップはウクライナに本当にプラスになる変化は何ももたらさなかった。もし彼が仮にも記憶に留められるとすれば、〈クラウチューチュカ〉という二輪のショッピングカートくらいなものだろう。ウクライナの人たちは、自分の持ち物を蚤の市へ売りに行くときに、よくこれを使っていたものだった。一九九〇年代初頭の深刻な経済危機の時期、食糧を買うのに必要な資金を調達するために、ウクライナの人たちはそうする必要があったのだ。

あの経済危機は、今では遠い昔の歴史のように感じられる。あれ以来ウクライナは、多くの問題はあれど、国民の暮らし向きがかなり良い独立国になった。ロシア兵とそのロシア在住の親族との電話を傍受したことから、侵略兵たちはウクライナ人の豊かな暮らしに驚いていたことが明らかになった。おそらくこれが一番ロシア軍をいらだたせ、憎しみをかき立て、ウクライナ人の家や財産を破壊したり、可能ならどこからでも盗んでやろうという欲求を抱かせたりした要因なのだろう――ちょうど一九一七年の革命後に、ボリシェヴィキが裕福な市民から衣類、家具、工場、店舗、馬を没収したように。

ロシアの将校たちは、盗んだトラクター、ジョンディアのコンバイン、数多くの乗用車といった大量の車両をロシアに持ち帰った。この将校たちがチェチェン共和国在住者でない限り、彼らは今頃、盗んだ車両をロシアの法律に則って登録するのに苦労していることだろう。結局、盗難車でも警察に登録して、ロシアのナンバープレートをつけなくてはならない。ロシア警察はいまだに、この状況にどう対処するかあやふやだ。ロシア下院は、ウクライナ市民や外国の国家から盗んできた資産の登録に関する法律を、まだ準備していない。そんな法律が近い将来お目見えするのは、ほぼ間違いないだろう。いずれのロシア人犯罪に対しても、それを正当化する新たな法律がまもなく採択される。チェチェンでは物事はもっと単純だ。あなたが国内に持ち込んだものはすべてあなたのもの。カディロフ首長に忠実である限り、チェチェン国内の路上でウクライナのナンバープレートをつけた車を運転しても構わないのだ。

レオニード・クラウチューク初代大統領をめぐってウクライナ人の意見が割れているのと同じく、マリウポリ防衛隊の包囲をめぐってもウクライナ人は分断している。包囲されたアゾフスタリ製鉄所の地下迷宮で持ちこたえた七〇〇人の兵士たちのことだ。大半のウクライナ人は、彼らがロシア兵に殺されるのではないかと心配している。他の人たちは、ウクライナ軍が包囲されないようにすべきだったと感じて不満を抱いている。私個人としては、兵士たちが今も生きていることがうれしいし、遅かれ早かれ彼らが帰還することを願っている。

ウクライナの人々の間に、慎重ながらもある程度の楽観論が広がっているのは、本への関心が最近再び高まっていることでも明らかだ。そのウクライナ語の本が特別に売れている話をしても意味がない。全国でたった二、三〇あまりの書店しかまだ営業していない。にもかかわらず、既に最初の戦時ベストセラーが生まれている。もっとも、この本の著者の名前なら、本だけでなくほぼ何でも売れそうだ。目下、彼の名字は世界で一番高額だ――アメリカはそれに四〇〇万ドルを支払っている。もちろんこれは、ゼレンスキー大統領と彼の本『演説集』の話である。当然ながら、ゼレンスキーは演説を続けていて、この本に収録されていない演説も既に複数あるが、いずれ続編も出版されるだろう。ハルキウの出版社フォリオは、ゼレンスキーの『演説集』第一巻を増刷するために紙を探している。ヨーロッパや北米の読者が買う類のベストセラーの増刷について話しているのではない。驚くことではないが、初版の一〇〇〇部は二〇〇部がウクライナ語で八〇〇部が英語で出たのだが、一週間経たずに売り切れた。出版社はウクライナ語版をもう一五〇〇部増刷するための紙をどうにか見つけたので、まもなく販売になるだろう。

現在、国内で印刷用紙を見つけることがあまりにも困難なため、それをめぐっては競合他社ではなくロシア軍に殺されかねないほどだ。フォリオ社のハルキウの印刷所はロシアとの国境に近いデルハチーにあり、ロシアの砲撃に遭ってから二か月以上、窓がない状態で建っている。この間ずっと、二四トンの印刷用紙、大巻にしておよそ六〇個分が倉庫に入ったままだ。印刷所の屋根は砲弾が貫通し、先月の猛烈な雷雨で在庫の印刷用紙は一部がダメになったものの、ウクライナには他に紙がないのだから、それでもとても貴重なのだ！

フォリオ社CEOのオレクサンドル・クラソヴィーツィキイは、大巻二〇個以上をハルキウへどうにか移送し終えた。同時にこの国では、ガソリンも軽油もなくて、やけくそになったドライバーたちは、「レギュラーガソリン一〇リットル買います」の文言に自分の携帯番号を付記した広告を街灯柱に貼っている。ロシアが数十発のミサイルでウクライナ国内の燃料保管施設をほぼ破壊し尽くした以前の時点でさえも、国内のどこにも印刷用紙の在庫はなかった。世界的な紙不足が原因だったのだ。

『演説集』が成功した話の中で、既によく知られたその内容より、スピーチライターたちの名前の方がまだしも興味がある。彼らの名前は出ておらず、秘密にされたままだ。それを見る限り、ヒーローだと言われてしかるべきは彼らの方だ！　これほどまでにパワフルなレトリックの事例は、今までのウクライナでは書かれたことがない。外国の視聴者に対してあれほど効果的な影響を与える能力をゼレンスキー大統領から奪うために、ロシア諜報部が彼のスピーチライターに関する情報を探しているのではないかとさえ想像してしまう。もうひとつ私に浮かんだ疑問は、戦後のウクライナの未来に関することだが、ゼレンスキー大統領はサイン会を催したりするだろうか。彼は将来、本の展示会やブックフェスティバルに参加するだろうか。大統領の任期が終わったら、彼はこの戦争や自身の行動、経験についてきっと本が書けるようになるだろう。それまでの間、より多くの外国の視聴者を前にしたさらなる演説の準備など、彼には他に考えるべき物事がある。

＊＊＊＊＊＊＊

ブルガリアのポモリエという、紀元前四世紀にギリシャ人入植者たちが築いた古い町に一時的に住んでいるウクライナ難民たちは、かなり違った関心を抱いている。戦争前は、ポモリエの人口はおよそ一万五〇〇〇人だった。ポモリエは人気ある黒海のリゾート地で、夏には地元住民より行楽客の方が多くなる。ホテルに集合住宅、貸家がいくつもある。ロシアの攻撃が始まった後、ウクライナ市民の最大五〇〇〇人がここへ移った。彼らはブルガリア当局から臨時保護資格を与えられた。町を散策し、知り合いになり、それからだんだんと、ここにはロシア市民も数多く住んでいることがわかってきた。今は彼らは知り合うにももっと慎重になっている。一部のウクライナ人は出会ったロシア人と連絡を取り合っているが、大半はロシア人に近寄らないようにしている。

子どもを連れてポモリエに来たウクライナの母親たちが、友だちを作るのは一番早かった。子ども向けの講座やテーマ別のグループ——お絵かき教室やブルガリア語講座などが続々と生まれた。子どものいない大人の避難民は退屈することが多く、まだウクライナにいる親族に定期的に電話をし、いつ帰ったらいいか確認している。

古い友人で哲学教授のスヴェトラーナはそこにいる。彼女は定期的に私にメールをしてきて、家に帰っても安全だろうかと訊ねる。二日前、帰宅を思い留まるよう、これで四度めとなる返事をした。それ以外のアドバイスをするリスクはあえて冒さない。戦争はいつキーウに戻ってもおかしくはない——再びロシアのミサイルが居住用ビルに当たって、さらに死者が出ないとも限らない。あるいはロシア軍の襲撃という形で戦闘が戻ってくるとか、ベラルーシ軍による侵攻という形もあり得る。現在ベラルーシ軍はウクライナとの国境で大規模な機動演習を行なっている。戦争終結はまだ遠い先だ。多くのキーウ住民が戻ってはいるが、まだ戻ってない人の方が多く、ときどき自宅の様子を見に行ったり、必要なものを取りに行ったりするだけだ。私の妻のエリザベスも最近キーウに行き、自宅を訪れ、友人たちとばったり出会った。妻は冬服を置き、夏服を取ってきた。私たちのアパートメントは所持品と、一族の写真コレクションなどの物質的記憶の保管庫と化している。

友人のスヴェトラーナは運が良くて、知り合ったウクライナ人女性はポモリエ在住数年で、しかもロシア語の本を持っていた。その女性は心理学者で、蔵書は心理学が主だ。スヴェトラーナは現在、人間の心理を勉強中。休憩時間には風景を記録しておこうと水彩画を描く。中でも一番好きなのが、ポモリエの日没だ。一回でも見逃さないように、数えきれない写真を撮り、私を含めた友人たちに送っている。彼女は日没の水彩画を仕上げたいと思っている。

またスヴェトラーナは、レバノン系アメリカ人のエッセイスト、ナシーム・タレブを知り、その著書『ブラック・スワン――不確実性とリスクの本質』に惚れこんだ。私は彼女がうらやましくてならない。タレブは、複雑で悲劇的な出来事や状況に対して最もわかりやすい説明を見つけるという人間の習性について書いている。スヴェトラーナの高齢の両親は戦争前に亡くなった。二月二三日、侵攻が始まる前日に、彼女は父親の遺灰を入れた壺を母親の墓におさめた。それはあたかも、自分の以前の生活に――高齢の両親の介護をした一〇年間に――最後の別れを告げているようだった。そのまさに翌日の二月二四日に、侵攻が始まった。彼女は今も、両親の死と、ウクライナに対するロシアの破壊的な戦争の始まりとのつながりを見つけようとしている。そんなつながりを見出すのに、タレブが役立ってくれるだろうと私は思う。少なくとも彼の本は、インターネットのニュースとキーウの自宅を恋しく思う気持ちから、彼女の心をそらしてくれるのに役立ってくれるだろう。

二〇二二年五月二三日
ロシアのシャーマン対ウクライナのお守り

ハルキウ州で、ウクライナ軍がロシア軍をロシア国境近くまで追いやった。ロシア軍はもう、一〇〇万人都市のハルキウ中心部を砲撃することはできないが、まだその郊外と最北部への砲撃は可能だ。ハルキウの住民は今までよりも頻繁に外に出るようになったが、そのときに目にするものは破壊された家屋や焼け焦げた車であり、耐え難い思いをしているに違いない。住民たちは市内の公益事業を再開しようとしており、戦争開始以来不通になっていた地下鉄も近いうちに復旧させるとまで断言している。まだ数千人が地下鉄の駅で暮らしていて、この間ずっと、ロシアの爆弾とミサイルから身を守る防空壕にしていたのも事実である。現在は設備の整ったホステルへの無料宿泊が提供されているが、今のところハルキウの住民たちは、急いで地上に出ようとはしていない。一部の人たちは、開けた場所に恐怖感を示している。地下鉄駅暮らしの人々にホステルへの移動を説得し始めた初日、そうすることに同意したのはわずか三三人だった。

車両を再び地下トンネルに走らせる前に、懐中電灯を手にした数十人のボランティアが送り込まれ、迷い込んだ動物がいないか確認する作業をした。戦闘中、多くの猫と何匹かの犬が、飼い主と共にプラットフォームにいたものの、はぐれて行方不明になった。飼い主の多くは、逃げ出してトンネル内で迷子にならないようにと飼い猫にリードをつけていたにもかかわらず、である。この行方不明のペットたちは皆、地下鉄が再開する前に捕まえなくてはならない。

ハルキウ市街では、市電の音が再び聞こえるようになった。長らく聞こえるものといえば空襲警報と爆発音、砲声ばかりだったが、何も聞こえてこない中で鳴る市電の穏やかなベルの音は、天国のような響きに違いない。

天国と地獄は、この三か月にわたって、ウクライナ人の心の中に現実のものとして形をなした。地獄はマリウポリ、ブチャ、ホストーメリ、ウォールゼリ――およびその他多くの破壊された都市、町、村だ。天国は、これらの都市と村の、戦争が始まる前の姿だ。地獄は今、地図上に実在する場所であり、その首都もちゃんとある。モスクワだ。地獄と国境を接している国はこのうえなく不運である。多くの人がこう考える限りは、その認識は彼らの間で最強のものであり続ける。

ウクライナでは、ガソリンがついに麻薬のようになった。嗅いだり血管に注射したりはしないが、麻薬のように匿名で、正体を隠した「囲いの中のシステム」で取引される。ガソリンを買うには、まず伝言役を介して匿名の売人に接触する必要がある。送金先が通知され、手続きが完了すると、ガソリン缶がどこに隠されているかが伝えられる。契約上、その場所は買い手のいる場所から一キロメートル以内とされている。こうした売人の半数は詐欺師で、売るはずのものを渡さないが、車の持ち主はこんな取引に手を出すしかない。車のガソリンタンクをいっぱいにできるのなら、彼らは何だってするのだ。

こういう伝言役を介した麻薬取引のシステムは、ずっと昔に明るみになった。この慣習は続いているが、麻薬の需要は落ち込んだ。麻薬常習者も他の多くの人と同じく難民になり、今は他の国で麻薬を探しているに違いない。

警察が最近、軍と避難民への募金を騙った詐欺師数名を逮捕したと発表した。こんな詐欺が横行しているわけではないが、今では数万人にのぼる本物の活動家やボランティアは、この詐欺行為のせいで非常に神経質になっている。純粋に軍への協力や避難民の支援をしようとしている人たちは、自分の活動には友人や知人に加わってもらい、Facebookに活動報告や領収書を掲載して、募金で集めた資金の使途を明らかにしている。信用に足る活動家たちは成果も大きい。ウージュホロドの作家アンドリーイ・リューブカが、Facebookで中古のピックアップトラックを購入するための募金活動をしているのがその一例だ。この車両は前線で非常に需要が高い。アンドリーイはウクライナでとても人気があり、これを一台購入する資金を集めようとFacebookで呼びかけたところ、二日以内に二台分が買える資金が集まった。

購入を済ませたアンドリーイは、友人と共にこの車両を運転して東部の前線に向かった。ウージュホロドからドンバスまで片道およそ一四〇〇キロメートル。途中、彼はたくさんのことを知った。ドンバスからの帰りは、西へ行く車にヒッチハイクした。この最初の納車以来、彼は軍に届ける前に車両が良好な状態であることを確認し、ときにはタイヤ交換までする。このルートには検問所がたくさんあり、そこでウクライナ軍は、戦闘地帯から出て行く人全員に入念な検査をして、彼らが地雷や武器といった危険な土産物を運んでいないか確認する。

アンドリーイは既に車両移送のプロと化している。現在彼は入念に修理と点検を施したピックアップトラック四台と、人道支援物資と医薬品をぎっしり詰め込んだミニバス一台を車列にして移送している。各車両に運転手がふたりずつ乗っているので、ノンストップで向かうことができる。「ガソリンと軽油をどこで給油するのかは聞かないでくれよ！」とアンドリーイは笑顔で言った。その言葉から、彼の最も売れている本が『カーバイド』という犯罪小説で、ウクライナ国境地域の密輸業者の人生を描いた話なのを思い出す。車両と人道支援物資を軍に引き渡したら、アンドリーイと仲間のボランティアたちは全員、空のミニバスに乗ってウージュホロドに戻ってくる。

人道支援物資やその他支援物資を載せて前線に向かう車の流れは絶えることなく、勢いも猛烈だ。誰もがノンストップで運転しようとし、休憩のために道を外れようとしない。道端に地雷があるかもしれないので、車を路肩に寄せるのは危険だ。積み荷にはウクライナ兵への手編みの靴下やその他の慰問品が入っていて、様々なお守りも同様だ。その中で多いのが「お守り」という意味のオベリーフと呼ばれる柔らかい、手作りの魔除け人形である。ジトーミルの学校教師イリーナ・ラヂュチュークは、布切れからウサギ戦士を作っている。小さくて、ほとんど重さのない人形だ。このウサギ人形が兵士たちの命を守ってくれると、イリーナは心から信じている。

私が二〇一五年とその後にドンバスの戦闘地帯へ行ったとき、兵士たちのポケットから小さな人形が顔を出しているのをしばしば目にした。一番多かったのは、兵士自身の子どもからの贈り物だった。兵士たちはいつもそれを持ち歩いていた。今、兵士のリュックやポケットから顔を出している人形を目にしたら、それがどこから来たものかは、それほどはっきりとはわからないだろう。いつも家族を想っていてね、と娘から手渡されたものかもしれない。あるいは見ず知らずの女性から、ウクライナの兵士を守るために自分にできることとして人形作りを選んだ女性から、送られたものかもしれない。

実際には、異教信仰はキリスト教導入後も消えなかったわけだ。それは白魔女や、ウクライナのザカルパッチャでモリファールと呼ばれる全知の魔法使いという形で残っている。このモリファールたちに助けを求めるのは、たいていは素朴で、あまり教育のない人々である。つまり、モリファールは非常に難しい質問に答える必要はないということだ。さらに、誰もモリファールに政治について訊ねないし、当局も協力を依頼することはない。ロシアでは事情が全く異なる。モリファールはいないが、多くのシャーマンがいて、予言をしたり、難しい質問に答えたりするだけでなく、政治活動にも医療行為にも携わる。一番有名なロシアのシャーマンは、アレクサンドル・ガーブィシェフで、現在ノヴォシビルスク精神病院にいる。二〇一九年に、彼はプーチンをクレムリンから追い払うのを目的とした、ヤクーツクからモスクワまでの徒歩旅行を計画し始めた。

ガーブィシェフによれば、プーチンは自然が嫌う悪魔だそうだ。彼が現れるところには、大洪水が起こるはずだ。シャーマンだけが悪魔と対峙できる。ガーブィシェフはシャーマン戦士を自称している。彼は自らの使命を、国内に民主主義と調和を、可能なら平和的手段で、必要なら武力で取り戻すことだと考えている。

彼はこの作戦を二度開始し、どちらのときも同じ志の人々が彼の周りに集まった。ブリヤート共和国では、彼の考えに好感を持った住民たちが彼に赤いジグリ車をプレゼントしたが、すぐに警察に没収された。もちろん彼のモスクワ到着は許されなかった。数回逮捕され、医学的検査が行なわれた後、彼は重篤な精神病であると宣告され、閉鎖型精神病院に隔離されてしまった。このように、一九七〇年代のソ連で広まっていた懲罰的精神医学がロシアで再登場したのである。

ロシアでのシャーマンの役割は、近年かなり大きくなっている。二〇一九年、イルクーツクのシャーマンたちが、ロシアのシャーマン副代表アルトゥール・ツィービコフの指導のもと、「ロシアとロシア国民を励ます儀式」をとり行なったという話がロシア全国に広まった。この儀式の間、五頭のラクダが生贄として焼かれた。こんな儀式が前回とり行なわれたのは、四〇〇年前のことである。このシャーマンたちは動物虐待だと非難され、刑罰が科されるものと人々は思っていたが、動物虐待ではなく衛生基準違反で最低限の罰金だけで釈放された。この告訴内容は、ラクダを適切な獣医師による検査を受けさせずに別の地域から連れてきたことだった。

ロシア国防相セルゲイ・ショイグの経歴は、シベリアのシャーマニズムにもウクライナにも関係する。彼はモンゴルとの国境にあるトゥヴァ共和国で生まれた。彼の母親はウクライナの出身で、一九六〇年にショイグはルハーンシクのウクライナ正教会で洗礼を受けた。二〇〇九年からショイグがロシア地理学会の会長であるのは、おそらく当然なのだろう。ウラジーミル・プーチンにシベリア愛を吹き込んだのは彼だった。ここ一〇年、ショイグとプーチンは、シベリアとバイカル湖その他シャーマニズムがごく普通に実践されている地域へ定期的に飛行機で出かけている。そこで対ウクライナ戦争で戦っているロシア軍を励ますための儀式が行なわれたかどうかは不明だ。それでもやはり、ロシア最高位のシャーマン、カラ＝オール・ドゥプチュン＝オールをはじめとするシャーマンの大半が、プーチン大統領の支持者であるのは事実だ。ロシア最高位のシャーマンもトゥヴァ共和国在住である。ちなみに、ショイグの生まれ故郷チャダーンには、彼にちなんだ名前の通りがある。さらには、トゥヴァ共和国シャゴナール市の中央通りが「ショイグ将軍街」だ。

ウクライナで死んだロシア兵の中には、トゥヴァの隣のブリヤート共和国とその他のシベリアの自治共和国出身者がたくさんいる。地元のシャーマンたちは、祈りで守ってあげると確約して戦争に行くように勧めたのだろうか。それとも貧困が理由で入隊したのだろうか。こうした問いに答えるのはまだ難しいが、シャーマンたちはおそらく「軍事的勝利を確実にする」ための儀式をとり行なっているのだろう。今のところ、そうした儀式は大して役に立っていないようだ。

ウクライナのお守り人形に魔術的な力があるとは思わないが、愛をこめて作られていることに疑いはない。だからこそ、それはウクライナ兵の心を温めるのだ。ジトーミルのあの教師が前線にいるウクライナ兵たちにどれだけのウサギを送ったか、あるいは送るつもりなのかは知らないが、この戦争の結果はウサギやシャーマン次第ということにはならない。この戦争の結果は、ウクライナの同盟国が約束した支援のうち何が実際に提供されるかによる。ウクライナ軍が、ロシアに占領された地域を解放するために反攻を仕掛けることができないという事実から判断すると、この支援は今のところはまだ充分ではない。

二〇二二年五月二五日
ウクライナの勝利を恐れるのは誰か?

明日何が起こるかわからない。正直言って、この未来への確実性のなさがほとんど耐え難い。だが、私の家族の未来が、全ウクライナ人とウクライナ自体の未来が、何と誰にかかっているかはわかっている。同時に、我々の未来がかかっている人物たち、この戦争の結果が大きくかかっている人物たちがウクライナの勝利に充分な興味を持っていないかもしれないと私は理解している。彼らは、ウクライナの独立をさらに確実なものとする手段となる、占領された領土の返還にはコミットしないかもしれない。しかし、そうすることで、彼らは自分たちの安全と繁栄は確実なものにするだろう。

この三か月間毎日、いや実際はほぼ毎時間、私はウクライナのオンライン配信ニュースを読んだり、読み返したりを続けてきた。CNNやロイターも読むが、頻度はずっと少ない。私は前向きなニュースが欲しい。私に元気と希望をくれるニュースが必要だ。一番恐れていることは、自分が楽観主義の感覚を失うことだ。ウクライナの配信ニュースには、前線からの報道に関して、国際的な通信社の見出しよりもずっと前向きなものが出ている。ウクライナのニュースのほぼ四分の一が、同盟国から提供される軍事支援についての報告に割かれている。

この三か月間、私は毎日、この国が、あの国が現代兵器を提供してくれたとか、提供してくれる予定だというニュースを読んできた。何度か、ウクライナに軍用機が届けられるとの約束がなされていた——もちろん現代のものではなく、古いソヴィエト時代の航空機で、元社会主義国の飛行場や空軍基地にまだ駐機しているものだ——が、約束はされたものの、まだ届けられていない。一度何かが引き渡されたが、それはウクライナの航空機用補給部品だとわかった。

私の本を出版しているオレクサンドル・クラソヴィーツィキイは、ハルキウに住んでいる。彼は毎日、ロシアのミサイルと砲弾がハルキウ周辺で爆発するのを耳にしている。彼もオンライン配信ニュースを読んでいて、最近のハンガリーの外交措置についての記事に、次第に怒りを募らせている——ハンガリーはロシアに対する制裁を支持せず、自国の領土を通過してウクライナへの軍事支援物資を輸送することも禁じている。「ヨーロッパの武器がここに到着するまで、奴らは毎日爆撃を続けるだろう」と彼は言う。「ちゃんとしたものをハンガリー経由で届けてもらえたら、ハルキウからロシアの砲兵隊を追い出せたのに!」オレクサンドルの家はまだ無事だが、数日前ロシアのロケット弾が爆発したのは、わずか二〇〇メートル先だった。

今日は、オンラインニュースで、古いミグ戦闘機のウクライナへの移送に関するポーランドとの交渉はまだ続けられているという記事を読んだ。この三か月間、両国はだらだらと議論を続けてきた。外国からウクライナへの武器の引き渡しについて、似たような交渉が何十も、結果が見えぬまま続けられているのだろうと想像する。

一方リトアニアは、装甲歩兵戦闘車とトラックを再びウクライナへ送ってくれた。リトアニアはほぼ毎日ウクライナに武器を送ってくれていて、エストニアもそうだ。ポーランドとスロヴァキアからも支援が来る。もちろん、一番多い支援はイギリスとアメリカからだ。だが、ドイツ、フランスその他のヨーロッパ各国からはどんな軍事支援が来るのか定かではない。こういう国々はこっそりと武器を提供し、新聞でも報道されないのだろうか。戦時中は何でも可能だ。起こっていることの多くが「軍事機密」で包み隠されていることは理解している。

この戦争が始まった当初、ドイツはウクライナに、武器の代わりに兵士用のヘルメット五〇〇〇個を提供すると約束したことで、ウクライナ国内で反ドイツ感情が急激に高まった。私が覚えている限りでは、その約束の期日からひと月経ってもヘルメットは届いていなかった。同時にドイツは、ロシアを刺激しないように、ウクライナには武器を供給しないと断言した。今ではほぼ毎日新聞紙上に、ドイツ防衛大臣クリスティーネ・ランブレヒトかオラフ・ショルツ首相かの辛辣な反プーチンの見解が出ている。だが今のところ、軍事装備がウクライナに届いたという具体的な記事はまだ見ていない。私が目にしたのは、ウクライナがドイツのメーカーに武器を注文することをドイツ政府が許可したこと、武器は夏の終わりまでに生産・納品が可能となること、が書かれた記事だった。

四月二三日、ドイツ企業ラインメタルは、マルダー歩兵戦闘車を修理してウクライナに出荷する許可を政府に求めた。最初の一〇〇台は六週間以内に修理可能で、残りは一五か月かかるという。その修理を行なうことを認める許可はまだ出ていない。これはつまり、最初の一〇〇台さえウクライナに出荷されていないということだ。この戦闘車は、東部戦線でウクライナの領土を守るために使われていないということだ。ようやく届いたとしても、この車両には弾薬の補給に問題が残る。このマルダー用の弾薬を製造しているのはスイスで、だが中立国という立場上、ドイツがウクライナにこの弾薬を提供するのをスイスは許可しない。同様に、ドイツ国内にあるイスラエル企業傘下の工場で生産された対戦車ミサイルのスパイクを、ドイツがウクライナに販売したり提供したりするのをイスラエルは禁じている。ロシアがシリアでイスラエルに報復するかもしれないと恐れているのだ。

ドイツ国内の反戦感情は、反ウクライナ感情につながってしまうかもしれない。ドイツの新聞社は既に、ウクライナへの重火器提供をしないよう求める「ドイツ知識人たち」からの公開書簡を少なくとも二通掲載した。この書簡が出たのは、「ウクライナでのロシア軍の特別軍事作戦」を支持する、ロシアの作家と文化人数百名が署名した公開書簡の公表後のことだ。サンクトペテルブルク大学の教員と学生は、ウクライナにおけるプーチンの政策を支持する別の公開書簡を公表した。ウクライナの知識人の一部は、ドイツとロシアのこの公開書簡につながりがあると見ていて、そのドイツ知識人たちの公開書簡の裏にロシアがいるに違いないという判断もしている。これは典型的なロシアの策略であり、ロシアは間違いなく、ドイツによるウクライナへのあらゆる軍事支援を阻止することに関心を抱いている。在ベルリンのウクライナ大使がTwitterで、ドイツの軍事支援を、ライフルの弾丸ひとつをセロハンテープで殻に留めたカタツムリにたとえた。ドイツ政治家たちの声高な反プーチン発言も、具体的な軍事支援の欠如の埋め合わせにはならない。ああいう発言は全く外面が良いだけだ。「我々の心はあなた方と共にあります。あなた方が正しいのはわかっていますが、我々は自国のことをじっくりと考える必要がありますし、ロシアを怒らせたくもないのです」

クリミア併合とドンバス戦争勃発の後に、〈ノルドストリーム2〉というロシアとのガス・パイプライン共同事業をドイツが継続したとき、自国のことしか考えていなかったのは明らかだ。ドイツとその他ヨーロッパ諸国は、ロシアの天然ガスを購入するためにロシア通貨ルーブルを買う覚悟をしているので、それによってロシア国内でルーブルを強めることになり、かつそれによってロシア経済を支えることにもなり、国際制裁によって与えたロシア経済へのダメージを部分的に相殺してしまう。最終的にこれが、ウクライナ攻撃のためのロシアの資金調達継続に一役買っているのだ。ヨーロッパは今後、ロシアに対してどれだけ譲歩するつもりなのだろうか。それも私にはわからないが、ヨーロッパはきっとどこかの時点で、ウクライナにロシアへの譲歩を要求するだろう。

ヨーロッパ、そして合衆国でも、領土喪失を受け入れ、プーチンとの交渉の席につくようウクライナに求める声がだんだん頻繁に聞こえるようになっている。最初は、その声はおおかた、無名の政治学者や自称「専門家」によるものだった。今では、シルヴィオ・ベルルスコーニやヘンリー・キッシンジャーといった元政治家も同じメッセージを発しているのが耳に入る。似たような言葉が現職のヨーロッパ諸国の首脳の口から発せられたら、実利的な計算が勝ちをおさめ、民主主義世界がウクライナを裏切ったと言って差し支えないだろう。「ヘンリー・キッシンジャーとシルヴィオ・ベルルスコーニの発言は、相互に関連している」ウクライナ人ビジネスマンのスタニスラフ・ヴァレンコは言う。「あれは、合衆国とヨーロッパで親ロシア派が計画するロビー活動の一部です。ヨーロッパの政治家たちは秘かに親ロシア派なのです。なぜなら彼らは、ウクライナがロシア連邦に勝つようなことが起こったら、世界秩序が変わってしまうと恐れているからです」この意見には、著名なウクライナ人歴史家でジャーナリストのダニーロ・ヤネーウシキイも同意している。「これは西側諸国の共同体をウクライナ問題で分裂させるあからさまな試みです。西側共同体は既にふたつの連合に分裂しています。一方は『プーチンの面目を保つ』ために戦っている、パリ・ベルリン・ローマ・ブダペスト・ニコシアのグループ。二番めは完全にウクライナの味方で、ワシントン・オタワ・ロンドン・ワルシャワ・ヴィリニュスのグループです」

後者の連合は現在、ドイツのラムシュタイン空軍基地で、ウクライナとその軍にとって有望となるであろう決定を下すための努力を続けている。「一部のヨーロッパの政治家は、感情面と汚職でロシアに縛られている。彼らは、ロシアに害を与える決断をできる限り先送りするでしょう」ウクライナ商工会議所会長のヘンナーディィ・チージコウは言う。「そのほかに、その大きさゆえ、先天的にロシア連邦を恐がっている人もいます。彼らはいまだに、ロシアは無敵であり、プーチンを怒らせない方がいいと信じて疑いません。もしウクライナがロシア連邦の大きさを恐がるというのなら、もうとっくに占領されていますよ!」

私は、この戦争を終わらせるためにプーチンと取引することに賛成だとする人物を一生懸命探したが、見つからなかった。ジトーミル州の田舎にある、私たちの夏の家の隣人で引退生活をしているニーナ・ヤンチュークは、プーチンと何らかの合意が得られた方がいいと思うかと私が訊ねたとき、例によって喧嘩腰の口ぶりで言った。「まさか、プーチンと交渉なんてあり得ない! 最後の最後まで戦うしかないでしょ! あんな残虐行為の後で、あいつと話すなんてできるわけないじゃない。おまけにあいつはペテン師だし! 一体何度みんなを騙したっていうのよ!」ウクライナ人たちのこんな声は、ベルルスコーニやキッシンジャーの声とは全く対照的だ!

もしあなたがこれを読んでいるときまでに、ルハーンシク州がシェヴェロドネーツィク市ごと完全にロシアに占領されていたとしたら、ドイツはロシアがこの地域を掌握するのを効果的に手助けしたことになるだろう。それと同じことは、ドネーツィク州内最後のウクライナ支配地域でも起こるだろう。

クリミアとヘルソンおよびその周辺地域では、ロシアは既に住民にパスポートを配布している。クリミアからオデーサとミコラーイウへの攻勢をさらに強めるために、ロシア軍の増援隊が続々と到着している。新たなロシアの大隊戦術群は、チェルニーヒウ近くのウクライナ国境に集結しており、キーウへの新たな作戦準備ということかもしれない。こういうことが起こるのもすべて、ウクライナ軍に充分な武器がないからだ。この状況がロシア軍に、新たな攻撃の準備をする時間と機会を与える。結果として、さらに多くの都市と村が破壊され、ウクライナ軍と市民に新たな犠牲者が生じてしまうことになる。

昨晩と今朝、ウクライナのオンラインニュースを読んでいたとき、大統領府の「公式ブロガー」アレクセイ・アレストーヴィチの発表に、初めて前よりも慎重な調子で、悪いニュースを認めていることに気づいた。この三か月、彼はウクライナの人々に日に数回、前線ではすべてがうまくいっていて、同盟国が提供してくれた武器でロシア軍をいかに撃退するつもりかを伝え続けてきた。彼は今、この楽観主義をいくらか失ったようだ。彼は、これからひと月は激しい戦闘が続き、領土をさらに失う可能性がある、と今は言っている。もちろん、彼は続けて、後で同盟国が武器を提供してくれたら、我々は領土をすべて奪還し、クリミアさえも取り戻すと請け合う。NATO加盟国がプーチンを怒らせないこと、航空機と戦車をウクライナに供給しないことで合意したのを知っているので、アレストーヴィチの約束が実現するという確信は持てない。

私はウクライナの未来にも確信が持てない。なぜなら、ウクライナへの武器供給について決断がなされるとき、その未来はヨーロッパ諸国の政治的・経済的利益と天秤にかけられるからだ。ギリシャは航空機一機分のカラシニコフ突撃銃と、別の便では携行式の、肩撃式ミサイルシステムをウクライナに提供するという、象徴的な支援を果たしてくれたが、そんなギリシャなどの国でさえも、言葉を濁す危険がある。ある社会学的調査では、ギリシャ人の六二パーセントがウクライナへの武器供給に反対しているという。まもなくギリシャの政治家たちも、あたかも避けられないことであるかのように、ウクライナは抵抗をやめ、さらなる領土併合を受け入れなくてはならないと言い出すのではないかと私は心配している。

同時に、ウクライナ国内の社会学的分析で、ウクライナ人の八〇パーセント以上が自国の領土喪失は断固として受け入れず、プーチン在任中に平和条約を締結する気は全くないと心に決めている、という報告が出ている。ギリシャとウクライナは全然違う歴史を持つが、マリウポリで民族的にギリシャ人のウクライナ人が多数殺害された後では、ギリシャは反対姿勢を強めるかもしれないと私は期待していた。だがそうはならなかった。

その間にも、この戦争に勝つというウクライナ人の心はまだ揺るがない。ハルキウの近くで、品質保持期限をとっくに過ぎた古いソヴィエト製の銃を用いて、彼らはロシア軍を退却させることができている。

二〇二二年五月二八日
ジントニックのトニック抜き

ソ連時代から、行列というのは庶民の「通信社」のような役割を果たしてきた。肉を買うためでも安いじゃがいもを買うためでも、人々は列に並んでいる間にニュースや噂、意見を交換し合う。私がさんざん恋しがっているラーザリウカ村では、ほとんど行列ができない。移動販売車が来て、他よりもちょっと安い商品があるときに、短い行列が道路沿いにできる程度。ところがこの二週間、毎週金曜日に新たな行列がお目見えした。人々が並ぶのは、隣のヤストルベーニカ村からやってくる、トレイラーを引いたラーダ車の前。ヤストルベーニカ村の住民たちは豚をたくさん飼っていて、週に一度、新鮮な肉とラードをラーザリウカに持ってくる。

村の隣人ニーナは、今日私が電話したときにこの列に並んでいた。彼女の前に九人いるという。後ろに何人いるかは訊かなかった。「夜は寒いんだ」彼女は不満げに言った。「庭は生えてないんだよ。キバナスズシロとラディッシュとディルだけは芽を出した。それから、塩が店にないんだよね！」我が家に行って塩を取ってきては、とニーナに勧めた。間違いなくキッチンに一キログラムの袋があるはずだ。「いや、うちも塩は地下食糧庫にいっぱいあるんだけど」と彼女は言った。

確かに、ウクライナの農民が基本的な食糧品の不足に何の備えもしていないというのはほぼあり得ない。どの家でも、塩、砂糖、小麦粉の在庫はある。戦争中の今、こうした在庫は平時よりもずっと多くなっている。

ラーザリウカの生活はちょっと落ち着いてきた。ウクライナ東部からの避難民は、ほぼ全員いなくなった。ハルキウからの人々もそうで、町への砲撃が続いているにもかかわらず、彼らは帰宅した。ドンバス地域に残っている住民は全員、ゆっくりと西へ移動し、既にヨーロッパへ脱出したおよそ六〇〇万人のウクライナ人たちの後を追っている。

オンラインでコミュニケーションがとれるおかげで、ラーザリウカ村や近くの小さな町ブルシーリウに今自分がいるように感じることがたびたびある。Facebook上の、ブルシーリウの生活に密着したグループに複数登録している。Viberでは、村のグループチャットに参加しているし、ブーケパロスという名の村の店のチャットにも参加している。この店のオーナーは定期的に、出来たてのソーセージやヨーグルトの納品の写真を投稿する。誰かが質問を書き込む。「タバコはありますか。焼きたてのパンはありますか」店主は即答する。私はコミュニティや隣人のこのニュースを糧とし、たとえ八〇〇キロメートル離れてはいても、彼らをとても身近に感じている。

塩不足については、それほど心配はしていない。前線はヨーロッパ最大の塩の産出地であるドンバスのアルテムシーリ製塩所に近づいている。この製塩所はロシアの砲撃を受け、現在は製塩を停止しているが、トルコとポーランドがいち早く、塩の支援に取りかかってくれている。この二か国からの塩は、ドイツがウクライナに約束した重火器よりもずっと早く届くだろう。

今後何が不足のままで、何がそうでなくなるかを予測するのは難しい。私が数日前に車でウクライナに戻ったとき、ロシアのミサイル攻撃で燃料貯蔵施設がすべて破壊された後のことなので、販売中のガソリンはまだないだろうと予想し、国境を越える前に満タンにしておいた。ところがうれしい驚きで、ウージュホロドのガソリンスタンドに行列は見当たらなかった。どうやらガソリンと軽油が近隣諸国から届いたらしい。キーウでも、一度に二〇リットルしか買えないとはいえ、ガソリンを求める行列は短くなった。

だが、品不足は続く。戻って最初にしたかったのは、ジントニックを飲んでくつろぐことだった。ここで私は猛烈な痛手を受けた。国境と今住んでいる場所との間で、数軒のスーパーに立ち寄ったが、トニックウォーターがどこにもなかった。この不足は全国規模なのかと心配になり、キーウにいる出版社の友人に電話をして、近くの店を確認してほしいと頼んだ。案の定、あちらにもトニックウォーターはなかった。今住んでいるアパートメントにある、封を開けたジンのボトルは、意味がなくなってしまった。

夜になったら飲み物と本を用意して腰を下ろすのが、私の夏の変わらない習慣だった。この三か月間、私は読書のしかたを忘れてしまっていた。これが一時的な現象であってほしい。ウクライナの書籍業界の動向は、注視し続けている。この業界も持ちこたえるのに苦労している。ロシアの砲弾とミサイルが何十もの図書館、書店、印刷所を破壊した。故人の作家の家まで標的になった。私が好きなウクライナ人作家・哲学者のフリホーリイ・スコウォロダー（一七二二―一七九四）が住んでいた家の記念館は、一発のミサイルで破壊された。ロシアの高性能ミサイルシステムだとすれば、これが誤爆だったはずはなかろう。五か国語で詩と評論を書き、慣習に従わない人だったスコウォロダーは、人生の大半を費やして国内を歩き、書き、教えた。彼は、宮廷哲学者として迎えるというエカチェリーナ二世からの誘いを断った。最もよく引用される彼の言葉のひとつをわかりやすく言い換えれば、「世界は私を捕まえようとしたが、捕まえられなかった」。

古典的な進軍方法としては、砲撃の後に普通は歩兵攻撃が続く。ウクライナの本と文学全般に対するロシアの攻撃も、これと似た二段階戦術がとられている。ロシアが今、権力をふるっているウクライナ内の占領地域では、多くの図書館は砲撃によって破壊されることはなかった。最近ウラジーミル・レーニンの妻の名にちなんでナジェージュダ・クルプスカヤと改名されたドネーツィク図書館の「司書たち」が今、新たに占領された地域に残る図書館に派遣され、その全蔵書を確認し、パルプに溶かすべきいわゆる「過激派」の作品を選ぶ作業をしている。

実際にこれは、一九九一年以降の独立国ウクライナで出版された書籍はいずれも押収され、破棄されるということであり、ドネーツィクで育ち、ゴルバチョフの時代にソヴィエトの刑務所で亡くなったウクライナ人詩人ワシーリ・ストゥースの本も例外ではない。ウクライナの図書館にも膨大にあるソヴィエトの本は、残ることになるだろう。これらの図書館に、ロシアで出版された本が「補充」されるのは疑いようがない。たいていは、エドゥアルド・リモノフの『キーウ壊滅』、アナトーリイ・ヴァーセルマンの『ウクライナとそれ以外のロシア』、さらにはマリーヌ・ルペンの『プーチンを仰ぎ見て』といった反ウクライナの主張満載の本になるだろう。

ウクライナ文化省は、ウクライナ書籍協会と共に反攻に出ている。この協会の会長オレクサンドラ・

コワーリは既に、ウクライナ国内の非占領地域の図書館にある推定一億冊のソヴィエト本について声明を出し、これらの本を図書館の蔵書から排除し、リサイクルに回すべきだとしている。現在、ウクライナ国内の深刻な紙不足が、新しい本の出版の妨げになっていることを鑑みれば、一億冊のソヴィエト本のリサイクルは、理論上は新しいウクライナ語版の本数百万冊分の印刷を促進することになる。だがこれはあくまでも、戦争が終わって、より喫緊な問題が解決されたらの話である。オレクサンドラ・コワーリはこうも言った。ロシアの優位性自認とメシアニズムのイデオロギーが出現した時期の古典的作家の影響を学生たちが学べるように、ドストエフスキーとプーシキンの作品は大学の図書館だけには置かれるものとする、と。私は一度ならず、ロシアは集団的ラスコーリニコフ（『罪と罰』の主人公）であるとする考えを聞いたことがある。それ以上に頻繁に耳にしたのは、今のロシアは集団的プーチンだという意見である。

スーミ州とチェルニーヒウ州内全域にブービートラップをまき散らした者たちをどう表現するかについて、ウクライナ人は議論していない。大人も子どももブービートラップのせいで命を落としている。この爆弾を仕掛けたのは集団的プーチンだと言う人がいるかもしれないが、集団的ラスコーリニコフ、あるいは集団的ドストエフスキーというのも容易に思い浮かぶだろう。他国の領土に地雷をまくことは苦しみをまくこと、災いをまくことと同じことだ。苦しみへの崇拝はロシア文学に常に存在してきたが、今だけはロシアはウクライナとその国民が苦しむことを望んでいる。

このブービートラップ「花びら地雷」は、一般に「バタフライ地雷」と呼ばれている。様々な色をしていて、形が蝶に似ている。子どもならこんな「おもちゃ」を地面から拾い上げたくなるだろう。

バタフライ地雷は既に多くの子どもたちから腕や脚を奪い、多くの命も奪っている。ソヴィエト軍が、アフガニスタンの市民に対してこの地雷を使った。現在、ロシアとの国境地域のウクライナ住民にとって、これは甚大な問題となっている。そのため、地雷解体作業コースに追加登録する人を緊急に募集していて、このコースでは新規受講生に、こうしたバタフライ地雷やその他ロシアの侵略者からの爆発物「プレゼント」の処理のしかたを教える。様々な職業を持つボランティアたちがこのコースに参加している。例えばウクライナ北部のスーミ市に近いロムニー地区では、多くの農場主と農業従事者が将来の地雷除去作業員である。彼らにとって、ロシアの地雷と砲弾の無力化は重要だ。彼らの生命がそれにかかっている。

軍事専門家たちによれば、最も控えめな予測で、終戦後にウクライナから地雷と不発弾をすべて除去するには、少なくとも五年から七年かかるとのことだ。第一次世界大戦の影響について理解している範囲で考えれば、実際はもっとずっと長くかかるだろう。北フランスのヴィミー村の近くでは、今でもときどき地雷や不発弾が見つかる。気づかれないまま一〇〇年以上、地中に埋もれていたのだ。現在の攻撃規模からすれば、数年以内にすべてが除去されると考えるのは全く現実的ではない。

地雷と本について考えたことで、本は地雷になり得るとの思いに行き着いた。それは爆発して、すべての調和を吹き飛ばし、殺人と憎しみの理由となる。偶然に地雷となった本もあれば、武器として書かれた本もある。そんな文学地雷がウクライナに対抗してたくさん書かれた。反ウクライナ小説とその著者という独立した分類が既に出来上がっていて、それが「反ウクライナ軍事SF作家」だ。このジャンルを代表する最も著名な人は、ドネーツィク出身の退役将校フョードル・ベレジンで、いわゆる「ドネーツィク人民共和国」で国防次官まで務めた人物だ。その他セルゲイ・ルキヤネンコ、ヴィークトル・ポベレージュヌィフ、アルチョーム・ルィバコーフといったSF作家たちも、二〇年以上もこの対ウクライナ「文学」戦争に携わってきた。

ウクライナとNATO諸国相手の戦争が本から現実に移行したからには、これらの本はある程度人気が落ちるだろうと推測する。結局、今では想像の世界の何かをYouTubeで見ることができるのだ。彼らのファンタジーは、少なくとも部分的に具体化している。「部分的に」と私が言うのは、こうしたすべての小説の中では、ロシアが勝ち、ウクライナは即座に、圧倒的な負けを喫する。現実は、ある程度違うと判明している。

二〇二二年六月一二日　ウクライナのお姫様と「善きロシア人たち」

二日前、ついに私はTikTokに登録することにした。Facebookの私の友だちの間で、このプラットフォームの投稿を頻繁に議論の対象にするようになったから、というのが一部の理由だが、大方は、テチャーナ・チューバルという名前の若い女性のせいである。テチャーナは二三歳、ブロンドで身長一六〇センチメートル。離婚して、ふたりの小さな子どもを抱えている。もしもうひとつの事実がなければ、今挙げたことはいずれも問題にならない——彼女は自走砲、つまり戦車のような装甲車両の車長で、四人の男性の部下を率いている。彼女は巧みにも爪を黄色と青に塗り、「Princeska_13」のハンドルネームでTikTokのアカウントを持っている。

彼女はTikTokを使って、戦車と自走砲の違いを説明したり、自身の戦闘車両を「ピンク・カモフラージュ」に塗装する夢を語ったりした。私には、ピンク・カモフラージュが功を奏しそうなのは、ピンク色のバラ畑の中で停車しているとき、という条件しか思い浮かばない。にもかかわらず、彼女の上官は部分的にはその夢の実現を認めた。戦闘車両の内側をピンクに塗装する許可が下りたのだ。テチャーナは既に、この作業のためのペンキを購入した。彼女の部下の男性四人はこれをどう思うだろうか。彼らが抗議しないといいなと思う。TikTokのフォロワーが何十万人といる精力的な車長の部下でいることは、名誉も責任も伴う。

テチャーナは、男性たちから愛しているというメッセージを数多くもらっている、と記者たちに認めた。そういう男性たちは今、家にいるのか、それとも前線にいるのだろうか。いずれにせよ、もしも彼女から結婚の承諾が得られたとしても、常にPrinceska_13の方が立場が上であることを、おそらく彼らは承知しているだろう。

ロシアのTikTokでは、チェチェン共和国首長のラムザン・カディロフが一番の有力者で、数百万人のフォロワーがいる。彼の投稿は相も変わらず、ウクライナとプーチンの敵たちへの脅しだ。彼の動画に数百万の「いいね」がつく。どうやらロシア人というのは、他者を恐がらせようとする人物を賞賛するようだ。

世界中のソーシャル・ネットワークが戦場と化して長らく経つ。ウクライナとロシアのソーシャル・メディアでの戦闘は、ウクライナ東部と南部でのリアルな世界で展開している戦闘を補完している。最も激しいリアルな戦闘は、現在シェヴェロドネーツィクで起こっている。二週間ずっと、ロシア軍がこの都市を制圧しようとしてきたが、成功していない。両軍ともどれだけの損失があったか定かではないが、マリウポリのケースのように、シェヴェロドネーツィク市は現在、破壊されたが包囲には抵抗していて、ウクライナ兵士の勇気を示すもうひとつのシンボルとなっている。ウクライナ公式情報発信局は、ウクライナの部隊がこの都市の半分をロシアから奪還し、全部を奪還するのもまもなくだと報告した。しかし、最も有名な、そしておそらく最も独立したウクライナ人ジャーナリストのユーリイ・ブトゥーソウは、定期的に前線に赴き、ウクライナ兵と共に時間を過ごしているのだが、嘘はつくなと当局に要求している。彼の報告では、ウクライナ軍は、防衛を続けている場所から市内の工業地域まで押し戻されたそうだ。「状況は決して、ウクライナ軍優勢に変わったわけではない」と彼は言った。

ブトゥーソウが政権と言い争うのはこれが初めてではない。戦前の二〇二一年一一月、ある記者会見で、彼は大統領の側近がウクライナの複数の特殊作戦を故意に混乱させたと非難し、ゼレンスキー大統領と小競り合いになった。今回は、このジャーナリストが、戦闘状況に関する当局の発表が誠実さを欠いたものである、と発言した後で、ゼレンスキーの「国民の僕」党員で代議士のマルヤーナ・ベズーフラがブトゥーソウを叱りつけ、ウクライナの諜報機関たる保安庁に、「このジャーナリストの対策」をするよう大っぴらに要求した。彼女は、ブトゥーソウがウクライナの情勢を敵に暴露したと非難した。市民社会ははっきりとブトゥーソウ擁護に回った。結果として、ベズーフラは自ら前線に赴き、指揮官のひとりを訪ねることにした。政治家が前線にいる自分の写真をFacebookやInstagramに投稿するのは普通だが、今回、迷彩服姿のベズーフラ議員の写真をジャーナリストたちに送ったのは、何もわかっていないくせに彼女が軍事問題に口出ししようとしたとして批判し、激怒した将校たちだった。

先週の土曜の朝早く、妻と私は電話の音で目が覚めた。ロンドンからキーウに来ている娘が、初めてミサイルの爆発音を聞いたと言った。五発のロシアのミサイルがドニプロ川左岸に着弾し、首都住民は世界のはかなさを思い知らされた。この爆発は、一部のキーウ住民には街からの脱出を考えるきっかけになるかもしれないが、首都に戻る人の数は増え続けている。劇場と映画館は既に営業を再開している。ジムとプールさえ再開した。レストランとカフェは再び客でいっぱいになっている。ドニプロ川の中州のリゾートアイランド〈キーウ・ハイドロパーク〉の水辺には、川遊びする人たちが戻ってきている。ここは首都の日帰りの行楽地として人気のスポットである。「ケバブ・アイランド」というあだ名がついているのは、夏の間、ケバブのにおいが充満しているから。今年、この島は例年ほど混んでいないが、にもかかわらずピクニックやお祝いをする場所として人気は衰えず、ときには花火大会もある。

戦時中は、花火は人を喜ばせるより恐がらせる可能性が高いので、戦争終結まで花火の禁止を求める嘆願書が、ゼレンスキー大統領のデスクに届いている。最近、多種多様な嘆願書が大統領府の公式ウェブサイトに登録されている。大統領は、二万五〇〇〇人以上の市民が署名した嘆願書には対応しなければならない義務があるが、最近の嘆願書の大半は、署名数がかなり少ない。ウクライナの人たちは、大統領府のウェブサイトよりも前線のニュースの方に関心を持っている。現時点で、最も人気《にんき》のない嘆願書の中に、「キリル文字からラテン・アルファベットへの移行を求める嘆願書」と「国歌変更を求める嘆願書」がある。これよりも、ウクライナ領土へのロシア市民入国の完全禁止を求める嘆願書の方が署名数は多いが、大差はない。ベラルーシ共和国との国交断絶を求める嘆願書も、あまり署名が集まっていない。にもかかわらず、こういう話題とそれに似た件がFacebook上で熱い議論を引き起こす。現在は、「善きロシア人」をめぐって熱のこもった論争が展開されている。

寛容なウクライナ人の理解では、「善きロシア人」とはプーチンを支持せず、ウクライナでの戦争に反対しているロシア人のことだ。この定義だと、多数の著名な「善きロシア人」を特定するのは簡単ではない。そうであっても、一部のウクライナ人は、この善きロシア人の定義に当てはまりそうな人でさえもそう認めたがらない。最近、こうした「善きロシア人」ふたりがウクライナに来るということで注目を集めた。そのうちのひとりは有名なロシア人テレビジャーナリストのアレクサンドル・ネヴゾーロフで、彼は長年ロシアの帝国主義政策を支持し、一九九〇年にヴィリニュスのテレビ塔の近くでデモをしていた市民を殺害したソヴィエト警察の行為を支持するドキュメンタリー映画まで作ったことがあった。近頃彼は、プーチンと対ウクライナ戦争を批判するようになった。ネヴゾーロフは最近ロシアから出国し、ウクライナ国籍の取得を求めている。以前は、既にウクライナのパスポートが与えられたと匂わす報道が複数あったが、抗議が殺到し、国籍取得の手続きはまだ完了していないと政府代表が発言した。ネヴゾーロフへのパスポート支給に対して最も声高に抗議したのは、ロシア市民たちだった。多くが後にウクライナ国籍の取得申請をしたが、彼らのうちでウクライナのパスポートを受け取った人はまだごくわずかしかいない。

二番めの「善きロシア人」もジャーナリストで、名をマリーナ・オフシャンニコワという。二〇〇〇年から彼女はロシア国営テレビに編集者として勤務していたが、それも戦争開始時に、有名な話だが、反戦のビラを持ってオンエア中に登場したときまでだった。その後彼女はロシアから出国して、ドイツで就職した。彼女はウクライナで記者会見を開こうとし、またキーウ国立大学の学生と会合を持とうとした。どちらのイベントも、憤慨したウクライナ人たちによる抗議の末に中止になった。抗議した人たちは、オフシャンニコワが最近のヨーロッパでのインタビューで、ロシアの普通の人々の生活が困難になるので、制裁の解除を求める主張をしたことを指摘した。

普通のロシア人に害を及ぼす制裁については、最近、カンヌ映画祭の記者会見で「善きロシア人」たる映画監督のキリル・セレーブレンニコフが話題にした。なんと彼は後にさらに踏み込んで、オリガルヒのロマン・アブラモヴィッチとウラジスラフ・スルコフに対する制裁の解除を求めた。後者は数年前までプーチンの大統領府で働いていて、ロシア大統領の反ウクライナ政策を裏打ちするイデオロギーに大いに責任がある人物だ。

オフシャンニコワは親ウクライナの立場を証明するために、自分はウクライナ人だとして、名字をウクライナ人である母親の姓のトカチュークに変更すると約束している。彼女はまもなく、ゼレンスキー大統領にウクライナ国籍を求めるのではないだろうか。いずれにせよ、彼女はFacebook上で、ゼレンスキー大統領に「ロシアから出国するのを手助けしてくださったこと」を感謝した。今までのところウクライナの人々に、この脱出作戦がどう展開されたのか説明がない。ぜひとも知りたいものである。西側諸国では、ゼレンスキー大統領は既にジェームズ・ボンドのイメージを帯びている。戦後、モスクワでウクライナ戦争反対を唱えたジャーナリストの大胆な救出劇を扱った、手に汗握るアクション映画が作られるかもしれない。

「善きロシア人」という問題は、複雑かつ曖昧である。生粋の善きロシア人の中に、重要な作家や道徳的権威がいる。スイス在住のミハイル・シーシキンやベルリン在住のウラジーミル・ソローキンがそうだ。ソローキンは、プーチンの青年活動組織「ナーシ」のメンバーたちが、彼の本を赤の広場で焼却した事件をよく覚えている。どういうわけかこのふたりの作家が「善きロシア人」の文脈で名が挙がることは稀だが、かえってそれは幸いだ。今日《こんにち》、多くのウクライナ人が善きロシア人などいないと信じている。プーチンに反対する人たちでさえ、クリミアをウクライナの一部だとは認めないことで、ロシアの帝国主義に加担し続けているのも珍しくない。多くのロシア人リベラルは、あくまでもロシアでリベラルだとみなされているに過ぎないようだ。彼らはヨーロッパでは決してそうだと言われないだろう。

ウクライナ人の間で、まもなく新たな論争が始まるだろう。それは、「善きベラルーシ人」問題だ。最近、この攻撃的な北の隣国に関する多くの報告が、ウクライナの新聞紙上に出てくるようになった。これらの記事は、ロシア軍で戦うベラルーシ人将校のことや、ベラルーシの領土から発射されたミサイルがウクライナの都市に着弾したこと、ロシアの爆撃中隊が利用しているベラルーシの飛行場、そしてもちろん、以前はベラルーシの格納庫で保管されていた元ソヴィエト軍装備がロシア軍に引き渡されたことなどだ。しかし今までのところ、ベラルーシとの国交断絶を求める嘆願書は、わずか一〇八五人分の署名しか集まっていない。とはいえこの署名活動の締切まで、あと八〇日以上はある。戦争中の八〇日は長い。特に毎日新たな懸念が生じる時期には。

砲兵隊将校のテチャーナ・チューバルのアカウントをフォローするためにTikTokの登録を済ませた私は、彼女のことも心配になってきた。彼女には砲撃戦のたびに勝利して登場してほしいし、自走砲を一面ピンクに塗装するという彼女の目標を喜んで支持したい——もちろん、戦争終結後のことではあるが。これが彼女への最大の褒賞であるだけでなく、彼女のTikTokフォロワー全員にとってさらなる喜びとなるだろう。

二〇二二年六月一四日
戦争を売り物に

ウクライナの戦争は長引き、膠着段階に入った。ヨーロッパはもうこれに慣れてしまったが、米国は違う。彼らには、戦争に慣れるのはすこぶる危険なことだとの理解がある。英国、ノルウェー、リトアニア、ポーランドと共に、積極的にウクライナに武器支援をしてくれている。それができるだけ早くロシアを交渉に応じさせる手段だと見ているのだ。反対にドイツ、フランス、イタリアは、この戦争でウクライナが強くなるのを恐がっている。武器の供給を遅らせ、あるいは重火器の提供を拒否することまでして、戦争終結を早めようと目論んでいる。この三か国は、ロシアは予定していた領土の全部を占領したら、攻撃を終えてウクライナを交渉の場に呼び、その首脳部に既成事実を突きつけるものと考えているようだ。そんな状況では、ロシアが発するメッセージは「占領した地域の併合を認めろ、さもなくばもっと併合するぞ」となろう。

ロシアには自身の計画がある。これには、ウクライナという国家全体の解体も含まれている。この計画は、「ロシアがウクライナ問題ですべきこと」と題した記事で発表された。記事の署名はロシアの政治戦略家チモフェイ・セルゲイツェフで、ロシアの新たな侵攻が始まった五週間後の今年四月三日に、ロシア国営通信社RIAノーボスチに掲載された。

一方ザカルパッチャでは、今のところ戦争の影響はわずかである。国内避難民の膨大な流入だけが例外で、「街角入隊」という積極的な活動も始まった。ウクライナ軍の新兵募集係の将校たちは、国内避難民が宿泊しているホテルやホステルその他施設への訪問を開始した。軍当局者は徴兵年齢の男性に対し、緊急軍事招集について詳述し、最寄りの軍登録事務所へ行って兵役登録をするよう要求している。このやり方で登録することは、必ずしも直ちに入隊し前線に送られることを意味するわけではないが、それへの第一歩であることは間違いない。

この募兵プロセスは、ウクライナ当局が初めて軍の概算死者数を約一万人と発表した後に強化された。ゼレンスキー大統領は最近のインタビューで、ウクライナ軍は毎日最大一〇〇人の死者と、最大五〇〇人の負傷者を出しているとも認めた。男性の国内避難民の多くが、兵役登録を避けるために軍の新兵募集将校から隠れようとしているのは、驚きではないだろう。

戦争が始まってから四か月めになり、ウクライナ社会では、闘志を維持するのは交戦開始当初ほど簡単ではない。前線でロシア軍から加えられる圧迫は過酷である。彼らが保有する大砲はウクライナ側の一五倍から二〇倍で、兵士数はさらにそれを上回る。それにもかかわらず、南部や東部の前線に劇的な変化は生じていないのだ。

「西部戦線」、すなわちヨーロッパ内部における戦争のナラティヴでは、ウクライナは既にロシアを打ち負かしている。ウクライナの国旗が、ほぼすべてのヨーロッパの都市や町の中心に掲げられている。ときどき、ウクライナ国旗がEU加盟国の国旗と並んで掲げられていることもある。これを大半のウクライナ人はとてもうれしく思い、元気づけられてもいる。私もそうだ。しかしこれには別の意味もあると私は見ており、その意味はたぶん、まだあまり明確になってはいない。ヨーロッパのリーダーたちがウクライナに向かって、こう言い出すときが来るだろう。「つまりはですね、私たちはもうあなたの支援はできないということです！　南部と東部のロシア併合に合意しなさい。そうすれば代わりに、ウクライナとして残る国のEU加盟を認めましょう」こんな万一の可能性を予見するにあたり、ウクライナ人にとって重要な疑問は、このときウクライナとして残るのは何か、である。オデーサは残るか。ハルキウは残るか。ヨーロッパの地政学は見事なシニシズムのなせる業だが、多くの人はそんなやり方がシニカルだとも思わないだろう。逆に彼らは、「いいかい、EUは君をロシアから救ったんだぞ！」と言うだろう。

おそらくこんなシナリオを考えるには、あまりにも早すぎるだろう。特に、米国と英国が今も飽くことなくウクライナを助けてくれているうちは。ただ、戦争開始から三か月が経ち、バイデン大統領でさえも、ゼレンスキー大統領にはロシアの攻撃は確実にあると警告したのだが、聞こうともしなかった、と憚りなく過去を振り返って公言したのだ。にもかかわらず、「タイム」誌によれば、ゼレンスキー大統領は現在、世界で最も影響力ある人物のひとりで、それに並ぶのはもちろん、バイデン大統領である。ウクライナも、今は単によく知られた国というどころの話ではない。ウクライナがどこにあり、どこの国と交戦状態にあるのか知らない大人は、今や世界でも少数に違いない。

ウクライナは引き続き、世界のメディアでさんざん取り上げられている。ウクライナの難民は今もヨーロッパの人々に助けてもらっている。ウクライナに同情する人々は、ウクライナを、とても危険な森で道に迷った子どもとみなしている。ウクライナの現代アートの中には、このイメージを強化しているものがある。今年、英国で開催されたチェーンソーアートの国際競技会で、ザカルパッチャの彫刻家ミコーラ・フレーバが大賞をとった。彼が木材カービングで表現したのは、ウクライナ・ポーランド国境で迷子になった五歳のウクライナ難民の少年が泣いている姿である。この少年の写真は、世界中の多くの新聞に掲載された。今では彼の肖像は、彫刻に写し取られている。

この戦争は、大ヒットとなって成功した作品のように、商品化の可能性がある。もちろん、映画『シュレック』をめぐる商品化と戦争をめぐるそれとを比べるのは穏やかでない。にもかかわらず、同じ経済的・商業的法則が当てはまる。ウクライナはこの戦争のおかげで、自分より大きく、武装も優れた侵略者への勇敢な抵抗のおかげで有名になった。ウクライナは悪魔の軍勢に対する抵抗のシンボル、真実と正義のための苦闘のシンボルになっている。だからこそ世界中の何千もの都市が、その中央広場にウクライナ国旗を掲げているのだ。だからこそ多くの国々の一般市民がウクライナ国旗を買い求め、自宅のベランダや窓に掲げるようになったのだ。こういう国旗は生産が非常に集中しているに違いない。とにかく需要が急激に増加したのだ。あの旗は中国で製造・縫製されているのだろうか。きっとそうだ、中国は需要の急変への対応がとても上手である。そうであっても、旗の製造業者は実店舗とオンラインショップの需要についていけそうもない。ひと月前、デトロイトとワシントンの住民数名が私に愚痴をこぼしたことには、アメリカでウクライナ国旗を買うためには、申し込んでから二週間待たなければならなかったそうだ。

私はフランスからちょうど帰国したばかりだが、そのフランスでは別の問題が浮上していた。これはウクライナのガイドブックが不足していることと関係している。いや、ウクライナへの旅行客は増えていない。フランスからウクライナへの旅行客は、現在は皆無に違いない。しかし戦争が始まった後、フランス人は書店に走り、ウクライナのガイドブックをすべて買い尽くした。というのも、彼らはこの国について知りたいと思ったが、他にフランス語で出ている本がなかったのだ。しかも、たくさんのガイドブックがあったわけでもなかった。クリミアと部分的に占領されたドンバス地域という厄介な問題を扱わないようにするために、フランスの出版社は二〇一四年以降、ウクライナの新しいガイドブックを一冊も作らなかった。今のところ、そんな事情を抱えたガイドブックの刊行を検討する出版社は、世界中にひとつもないだろう。古いガイドブックがすべて買い尽くされると、関心を持ったフランス人は、次にウクライナの地図を買い漁った。だからもう今は、ガイドブックも地図もない。そして出版社も、ウクライナの国境がかなりの間は変わらないという保証がもらえるまでは、この全面的な不足に対処しそうにない。そして、いつになったらそんな保証がもらえるかなんて、一体誰にわかるのか。隣国がウクライナを破壊して占領した地域すべての名前を変えると宣言し、地図上からウクライナという名前をなくそうとしているというのに。

だがウクライナが消えることはない。歴史の教科書からも、地図からも、ヨーロッパと世界の地政学からも。ウクライナは生き残る。なぜなら何よりもまず、数十万のウクライナ人が自国のために戦い、世界中の数億の人々がこの国を応援し、心配してくれているからだ。

数日前、西ウクライナの都市リーウネの中央広場で、数百人の市民が跪いていた。この戦争で亡くなった兵士たちへの、彼らなりの別れの挨拶なのだ。今回は、リーウネ地域防衛大隊副司令官ミコーラ・サウチューク大尉がこの地に埋葬された。彼は、この大隊初の犠牲者だった。同時に、見物人のいないリーウネの中央公園では一台の掘削機が作業していた。その場所では、銅像の台座が破壊され、一九二〇年のリーウネの戦いで二三歳にして戦死した伝説の赤軍兵士アレコ・ドゥンディチの骨が掘り出されて、この墓から取り除かれた。二メートルの深さで発見された遺骨は、回収されて黒いビニール袋に入れられた。その袋は安い木製の棺におさめられ、市営墓地へ運ばれて埋葬し直された。

これはボリシェヴィキのアレコ・ドゥンディチの四度めとなる改葬である。最初の埋葬は、一九二〇年七月八日にポーランド軍との戦闘で彼が死んだ五日後に行なわれた。そのすぐ後に、リーウネは再びポーランド軍に占拠された。ポーランドは一九二七年に、アレコ・ドゥンディチの亡骸をおさめた棺を掘り返し、市営墓地に改葬した。リーウネは一九三九年までポーランド領だった。第二次世界大戦後、再びソヴィエトがリーウネにやってきて、この伝説のボリシェヴィキ騎兵の亡骸をもう一度中央公園に改葬し、その場所の印に新しい銅像を建てた。そして今、アレコ・ドゥンディチの死から約一〇二年後に、彼の遺骨はさらにもう一度移動させられたのだ。

アレコ・ドゥンディチはイサアク・バーベリの短篇とアレクセイ・トルストイの小説で英雄になった。映画が作られ、芝居にもなった。彼はセルビア人だと自称していたが、両親はカトリックのクロアチア人だった。第一次世界大戦中にロシア帝国軍に捕まり、逃亡してボリシェヴィキのオデーサ分遣隊に加わった。読み書きができなかったものの、ボリシェヴィキ騎兵隊の部隊長で最も伝説的な人物のひとりになった。鞍にまたがったまま敵をサーベルで斬り倒す腕前で有名だった。もしロシア軍がリーウネに舞い戻るとしたら、アレコ・ドゥンディチの五度めの改葬が行なわれることになるのは間違いないし、その場合再び中央公園に戻る可能性が高い。私はそうならないよう願うし、信じてもいる。

ボリシェヴィキのドゥンディチが今回改葬されたのは、リーウネ住民が要求したからだ。ここの住民は、国内のその他多くの都市住民よりも脱共産主義化のプロセスに積極的に関与してきた。この実践主義は、リーウネの並外れた動乱の過去によって説明可能だろうし、現在のロシアによる侵略開始初日から、リーウネの男女の多くがその新たな前線で戦っているという事実にもおそらく表れているのだろう。

アレコ・ドゥンディチの肖像が、ソヴィエトのプロパガンダ商品に使われていた時代があった。コレクターたちは彼の絵の切手を購入したし、彼の肖像画のポストカードや小さな胸像まで販売されていた。今となってはすべてがずっと昔のことだが、ドゥンディチを記念した品は、特にソヴィエトの記念品収集家の間でまだ価値があるのではないだろうか。

ウクライナでは、この戦争を商品化したものの中で最も売れた例は、今までのところロシア巡洋艦「モスクワ」の沈没を記念した切手である。ウクライナ郵便はこの記念切手を一〇〇万枚売り上げ、その売上金の一部をウクライナ軍支援のために送金した。戦死したウクライナ兵を偲ぶ記念切手はまだない。だが玩具店では、「パトロン（実包）」と呼ばれる子ども用の犬のぬいぐるみが大ヒットしている。パトロンという名の本物の犬が、現時点ではウクライナで最も有名な動物だ。この雄犬は、ウクライナの工兵がロシア軍の地雷や不発弾を見つける手伝いをしている。いつの日かパトロンを題材にした映画が作られるかもしれないし、きっと本も書かれるだろう。現在でも、ウクライナの子どもたちは皆彼の話を知っていて、彼を愛し、この英雄犬のふわふわな身代わりを欲しがっている。子どもたちはパトロンのInstagram（@ua.patron）もフォローしている。ここで彼は子どもたちに、もし爆発物に遭遇してしまったらどうやって身を守るかを教えている。

二〇二二年六月二八日
誰もが血液を探している

クレメンチューク市が血液を探している。居心地のいい小さな町だったこの土地で、大量の爆薬を積んだロシアのミサイルが大きな複合ショッピングセンターを粉々に吹き飛ばした。そこではおよそ一〇〇〇人の人々が午後を過ごしていた。死者の正確な人数はまだわかっていないが、数百名が爆発の中心にいた。一部の人は、何の痕跡もない。警察は、行方不明者について、その日の夜に帰宅しなかった人たちについて数十件の証言をとった。負傷者の数はわかっている。その人たちが皆血液を必要としている。生き残った人たちは、腕や脚をなくしたまま取り残されていた。

クレメンチュークは、このロシアの戦争犯罪を非常に長い間忘れないだろう。きっと決して忘れないだろうし、このテロ攻撃の犠牲者のモニュメントも建てられるだろう。都市はその悲劇を記憶し、追悼記念日を設定する。六月二七日はクレメンチュークの追悼の日となるだろう。市民は破壊されたショッピングセンターの跡地に足を運び、出来事を思い出し、ロシアのミサイルについて考えるだろう。この悲劇は、献血運動の新たな刺激となった。現在、血液が必要とされているのはウクライナのいたるところ、ロシアのミサイルと砲弾が爆発するところはどこでも、負傷兵が前線から送られてくるところはどこでも、である。

リヴィウでは、ロシア人作家アントン・チェーホフにちなんだ名前の通りに建つ軍病院と、ロシア人作家レフ・トルストイにちなんだ名前の通りにある地域病院で血液が待たれている。ウクライナ中で血液を探す作業が続けられている一方、キーウのピョートル・チャイコフスキー音楽院の教授会が会議を開き、学校名をウクライナ人作曲家ミコーラ・リーセンコに変更すべきかどうか話し合った。ちなみにリーセンコとチャイコフスキーは友人同士だった。教授会は校名変更をしないと決定した。この学校は、今後もピョートル・チャイコフスキーにちなんだ名前のままになる。

ウクライナの若者とウクライナ当局は、他国にロシア文化をボイコットするよう精力的に要求しているが、年配のウクライナ人の多くは保守的で、そこまでやりたがらず、ロシア文化の全面的ボイコットには静かに反対している。私たちのオペラ好きな友人は、キーウ・オペラ・ハウスでもう二度と「エヴゲーニイ・オネーギン」が聴けないと思い、涙を流した。

オデーサの有名な詩人ボリス・ヘルソーンシキイは最近、ロシアの詩人兼人権活動家であってプーチン批判で有名なセルゲイ・ガンドレーフスキイと共に文学の夕べに登壇した。このあまり注目されなかったイベントに、一部のウクライナ知識人が激高し、ヘルソーンシキイ憎しの波を引き起こした。彼は、現在はロシア語とウクライナ語で詩作を行なっているが、最近まではロシア語だけを用いていた。

憎しみの波はウクライナを席捲し、ウクライナ人を内なる敵探しに駆り立てている。本物の内なる敵は多数存在する。誰かがウクライナ軍事訓練センターと、ベラルーシかロシア領内から発射されたミサイルで破壊されたロシア軍部と兵舎とを合成した写真を投稿した。インターネットで親ロシア派のプロパガンダを拡散している者もいる。同時にこれは次第に疑念を、そしてときに憎しみをも生む。憎しみがロシア語話者の作家や知識人に向けられることがあまりにも頻繁なので、彼らは今、ウクライナ語話者の同業者の三倍も愛国的であることを示さなくてはならない。たとえそれができたとしても、彼らが話し、考え、書くのがロシア語だからという理由で、この戦争が彼らのせいだと非難されなくなるわけではない。ロシア語話者のウクライナ人は、この国が戦争にほぼ慣れてしまったのと同じように、こんな絶え間ない非難に慣れすぎるほど慣れている。と言って、人々がもうミサイルの爆発に慣れたという意味ではないが、私たちは皆、この戦争が長い間続くだろうという考え方に慣れてしまったのだ。「専門家」たちは絶えず終戦の時期を挙げている。一部の専門家は九月と言っている。ゼレンスキー大統領は、この戦争は霜が降りる前に、冬の前に終わるだろうと述べている。他の政治家たちは、二〇二三年春の可能性が高いと考えている。

人々はあまりにも空襲警報に慣れすぎてしまい、どこか近くでロシアのミサイルが爆発し、防空壕へ逃げ込まなかった、あるいは逃げ込めなかった何人かが命を落とした後にようやく反応する。私自身、どんな言葉なら人々がもっと深刻に空襲警報を受け止めるようになるだろうかと考えている。私はこのことに気をもんでいるし、同様に犯罪界が戦争の存在に適応している形跡があることにも気をもんでいる。人道支援物資と軍に届けられるはずの防御装備までもが盗難に遭い、転売される事件が増加してきている。結果として、防弾チョッキやヘルメットを買って兵士たちに渡すボランティアは、盗品を買うリスクを冒すことになる。

数日前、ソヴィエトとロシアの航空機設計者トゥーポレフの名を冠した街路で、思いがけず空からドローンが落下した。ここは私が一五年間過ごし、兄と彼の妻が今も暮らしている場所だ。通行人がこのドローンに小包が付いているのを目にし、しかもそこに五万ドルが入っているとわかったのだ！発見者たちは警察に通報した。この場所から数百メートルのところに、ふたりの犯罪者が違法な通貨交換所を開設していたことが判明した。開いた窓から客がドルの包を渡すと、詐欺師たちがその金を袋に入れてドローンで共犯者たちに送る。一方、詐欺師たちはそのドルの代わりに何も客に渡さないまま、裏口から逃亡した。今回のケースでは、五万ドルはこのドローンには重すぎたことが幸いした。

犯罪者たちは逮捕された。疑いを持たなかった国内避難民のこの客は、自分のドルを取り戻すだろう。だがさらに多くの詐欺の恐れは残っている。ウクライナでは、一連の経済危機と銀行破産を経験した人々は、現金を自宅で保管する。何十万人もの難民が家を失った。その多くが自分の貯金をどうにか持って出て、今もどこへ行くにも肌身離さず持ち運んでいる。ときどき、車を買うとかもっと遠くへ行くとか、あるいは何か別の目的で、多額のドルをフリヴニャに換える必要が生じる。普通、ウクライナの人たちは自分のお金の大半をドルかユーロなど、信用ある通貨で蓄えている。そこに危険な要素が入り込む。彼らは一番いい交換レートを探すのだ。違法な両替業者は常に最高のレートを提示する。例えば二〇ドルとか一〇ユーロなどの少額を交換したいのなら、こういう場所は本物の両替所と変わらぬ役目を果たす。だが、大口の客が現れるや否や、犯罪者はその金を持って裏口から素早く姿を消す。あるいは逃走する前にドローンを使って現金を移動させれば、逮捕されても犯罪の証拠は見つからない。

この他に、どうしても外国に行きたい徴兵対象年齢の男性に対応する犯罪産業も生まれた。彼らは徴兵されるのが恐いので、入隊するには健康状態が悪すぎるとの偽の診断書か、学業を続けるために外国に戻る資格があるとする、外国の大学が発行したと偽った学生証明書を手に入れようとする。非合法で外国に出る別のやり方は、国境まで行って、密出国させる経験を積んだガイドを見つけることだ。もちろんここには、先にお金を騙し取る詐欺師の手に落ちる危険がある。ひとり当たり五〇〇〇〜二万ドルの費用を請求される。ひとたび金を渡すと、彼らは姿を消す。本当に国境の向こう側に連れて行く「まっとうな」ガイドもいる。ときどきガイドとその顧客が国境警備隊に捕まることがあるのも事実だ。どこからどう見ても、これは危険な賭けだ。偽の証明書を持って外国へ行くのは、常に宝くじのようなものである。非公式の見積もりによると、徴兵対象年齢男性のうち、最大で五〇万人がこの四か月間に出国する手段を見つけたという。彼らは戦いたくない男性たちだ。国会議員は、そういう男性たちに一か月の猶予を与えて帰国させ、もし帰国しないのならウクライナ国籍を剝奪するという内容の法案を提出した。この法案は賛同よりも批判が多く、無事廃案となった。

戦争に行きたくなくて動員を恐がるウクライナ人は、引き続き外国に出ようとするが、うまくいかないことが多い。先日、ポーランド・ウクライナ国境で、国境警備隊が列車から六人の若者を降ろした。彼らは外国の大学が発行したと偽った学生証明書を所持していた。そのときその場で、彼らは兵役登録をすべく軍登録事務所への出頭を命じられた。彼らはもう、兵役義務ありと登録されている。

軍登録事務所からの召喚状を届けることは、様々な法律と戦時規約の違反者に対する伝統的な処罰のようなものになっている。最近警察は、夜間外出禁止令にもかかわらず営業していたキーウのナイトクラブを検挙した。拘留された男性たちには全員、軍登録事務所への出頭召喚状が手渡された。実のところ、このナイトクラブ愛好家たち全員が、翌日軍登録事務所にこぞって行くかどうかは疑わしい。彼らの中には今頃、偽の証明書を拵える人物を探し出したか、国境を越える手伝いをするガイドを見つけたかした者がいるだろう。これが今のウクライナの現実である。戦争中の民主主義国家であれば、いずこも同じだろう。

ウクライナの捕虜の親族が声高に、そして大っぴらにロシアとウクライナ間の捕虜交換をできるだけ早く実現するよう要求する一方、もうひとつの手続きが静かに、衆目を集めずに進んでいる。死者交換のことだ。

この交換がどこで行なわれるか知らないが、きっと前線の近くのどこかだと思う。どこであろうとも、キーウの植物園近くのオランジェレーイナヤ通りにある遺体安置所に、フロントガラスに二〇〇の数字がついた一台の冷蔵トラックが定期的に到着する。この数字は、軍の専門用語で死者を意味する。随行する兵士は、戦死者の亡骸の一部が入った黒い遺体収容袋を運び、それをこの遺体安置所に置く。この遺骸に対応するのが病理解剖医たちだ。彼らの主な仕事は、その兵士の亡骸を親族に送り届けて埋葬ができるよう、身元の特定に努めることである。その戦死者にもしタトゥーがあれば、特定はかなりしやすい。この黒い袋には、常に兵士の遺体がおさめられているとは限らない。骨が数本、もしくは頭蓋骨だけのこともしばしばで、ときには骨の一部や破片だけということもある。戦闘中に行方不明になったことがわかっている兵士の親族は、亡くなった愛する者を当局が見つけ、特定しやすくするために、自らのＤＮＡを提出する。

遺体交換は一対一、つまり戦死したウクライナ兵ひとりにつき戦死したロシア兵ひとりで行なわれる。できるだけ多くの遺体を取り戻そうと、ロシアはごまかしをする。黒い袋に殺害された市民の遺体を入れるのだ。結果として、作業は仕分けから開始することになる。「市民」の遺骸も同様のプロセスを踏む。こちらの方が対応には時間がかかり、複雑になるのは、ロシア軍がどこからその遺骸を運んできたかがわからないからだ。この遺骸は遺体安置所の冷蔵室にしばらくの間保管され、別の地域の遺体安置所に送られて、行方不明となった親族の捜索が続けられている中でさらなる身元特定作業が行なわれる。多くの場合、この作業は不可能だ。特にそれが、ドンバス地域やザポリージャ州から運ばれた市民の遺体の身元特定をする場合には。

戦時行方不明者となったウクライナ人の血縁者DNAのデータベースは、たえず増え続けている。この月曜日にクレメンチュークの複合ショッピングセンターに着弾したロシアのミサイルの爆発の中心にいた人は全員、何の遺骸も、痕跡や破片さえなく消えうせてしまった。彼もしくは彼女は永遠に行方不明である。そうした人々がそこに何人いたのか、正確な人数はわからない。こういう場合、DNAも何の役にも立たない。

クレメンチュークの住民が負傷者のために献血をした一方で、地元当局は三日間の服喪を宣言した。普通、このような服喪の間は、エンターテイメントのイベントやコンサート、サーカスなどは即中止となる。しかし、クレメンチュークの住民が、事件からそう経っていないこの三日間に、どんな形であれ娯楽を計画するとはとても思えない。

きわめて合理的ながら、ロシア軍によってウクライナ市民が砲撃や虐殺に遭った数十の都市と町が、引き続いて服喪の期間を宣言するかもしれないが、それでも戦争のさなかに喪に服するというのは違和感がある。結局、服喪の期間が終わったら、生活はたいてい通常に戻る。テレビでは再びコメディが放映されるし、劇場とサーカスも再開する。戦争が始まって以来、ウクライナではテレビ局はひとつしかない――以前の全放送局に代わって新しい報道チャンネルがひとつ。そして、いくつかの都市では今も劇場に行くことは可能だが、空襲警報が鳴って上演が中断されない保証はない。

もちろん、何か力強い、感動的な演劇がこの戦争を中断できたら、あるいは完全に止めることさえできるなら、それに越したことはない。ああ、でも本物の戦争劇は止まらずに続いている。その監督にしてプロデューサーたるプーチンは、ウクライナ人の血ができるだけ多く流れることを望んでいる。ウクライナの個々人には、まだ何らかの選択肢がある――戦争に行くか、動員を避けようとするか、空襲警報が鳴ったら防空壕に逃げ込むか、無視を決め込むか。だがクレメンチュークの死者たちと、その他何百もの都市、町、村の死者たちには、もはや選択肢はひとつもないのだ。

二〇二二年七月五日
思いやりの力

夏の戦闘は、非常に暑い仕事だ。土埃と闘い、防弾チョッキとヘルメットを身につけ、重火器を操る。砲弾の激烈な一斉放射によって気温がさらに上がり、焼け焦げた火薬の粉が舞い、燃えている民家や木々や草叢から立ち上る埃や煙と大気中で混ざり合う。前線全体で言えば、今は接近戦はかなり少なくなっているが、数都市の市街戦は例外だ。シェヴェロドネーツィクとリシチャーンシクの激戦の後、ウクライナ軍は退却した。ルハーンシク州のほぼ全域がロシア軍に制圧されたので、戦闘はドネーツィク州西部の、まだウクライナ支配下にある地域へ移動するだろう。ウクライナ軍指揮官は、兵士の命を守るために部隊を引き揚げたが、できるだけ早く戻って、占領地域を解放するつもりだと言っている。この経緯を遠くから見守っていると、憂鬱な気分になることもある。幸いなことに、ウクライナ人の憂鬱は普通、それほど深刻ではない。気持ちが沈むと、ウクライナ人はひたすら念入りに調べて、前向きなニュースを見つけようとする。そしてそれをいつも見つけるのだ。

数日前、ウクライナの砲兵隊が、黒海のズミイーニイ島のロシア軍を撃退した。この島のロシア駐屯隊の残党は、武器をすべて残したまま二、三隻の小型艇に分乗して逃げていった。ロシア上層部は、ロシア軍がこの島から出て行ったのは、オデーサ州の港から小麦を出荷するウクライナの船舶を脅かすつもりはないことを示すためだ、と発表した。この発表の後、ロシアの爆撃機二機が、残されていた軍装備をすべて破壊し、ウクライナ軍に押収されるのを阻止した。現在この島はウクライナの支配下に戻った、というか、もっと正確には、もうロシアの支配下にはない。これは重要な成果である。ここにロシア軍がいる限り、ロシアのミサイルは黒海とウクライナの非常に広大なエリアを脅かす可能性があるからだ。とはいえ、この島はとても攻撃を受けやすいので、おそらく戦争が終わるまでは無人島のままだろう。ロシアの弾道ミサイルと軍用機には、容易すぎる標的なのだ。

二番めの良いニュースは文化の前線からのもので、ここでの戦いも非常に活発である。サンクトペテルブルクにある有名なエルミタージュ美術館のミハイル・ピオトローフスキイ館長が「ロシア新聞《ロシースカヤ・ガゼータ》」のロングインタビューで、ロシア文化の奨励はウクライナへの侵攻のような「特別作戦」と同種のものであると発言した。これは正確には良いニュースではないが、ロシアの人道犯罪を裁くハーグ裁判のまたひとつの証拠になる。ピオトローフスキイの「特別作戦」は、ユネスコが無形文化遺産として「ウクライナのボルシチ文化」を登録したと発表したことで、平手打ちを食わされたように見えた。このニュースを知った喜びは、ミハイル・ピオトローフスキイのインタビューが引き起こした怒りよりもずっと満足感を与えるものであったし、「ボルシチは我々のものだ！」はウクライナのメディア中で繰り返し唱えられた。こう世界に叫ぶウクライナ人の興奮度は、二〇一四年にロシア人が「クリミアは我々のものだ！」と叫んだときの興奮度に引けを取らない。ユネスコの発表文には、実際は「ボルシチ」ではなく「ウクライナのボルシチ料理の文化」とあるが、そんなの関係ない！ボルシチをめぐるウクライナとロシアの戦いは、長い間続いてきた。ポーランドが一度も参戦しなかったのは驚きである。ボルシチは、ポーランドの食の伝統でも重要な地位を占めているが、ただしポーランドのボルシチはウクライナのものとは異なっている。実際、「ポーランドのボルシチ」ではなく「ポーランドのバルシュチュ」だ。ポーランド人はシードルかアップルビネガーを使って作るが、これが大半のウクライナ人が怒る要因だ。いずれにせよ、ボルシチをめぐってはウクライナとポーランドの間に争いはなく、あるのはウクライナとロシアの間だけだ。

ロシア外務省広報官の、かの悪評高きマリア・ザハロワは、ロシアのボルシチを「ウクライナのナショナリストの侵害」から守るとの公式見解を繰り返し発信している。ユネスコの決定に私は喜んだ。こういう公式発表で「ウクライナ」と「ボルシチ」が言葉として結びついていることがとてもうれしい。ウクライナの前線にいる兵士たちが大喜びでボルシチを食べていること、全国のボランティアたちが主な材料（ビーツ、ハーブ、香辛料）を瓶詰めにして前線に送り、軍の調理場でより手早く用意できるようにしていることを、私は知っている。

立証されたデータで、ウクライナ人は少なくとも三〇〇通りのレシピでボルシチを作ると示されている。私の経験では、どの家庭にも独自のレシピがある。私にもボルシチのマイ・レシピがある。実は複数ある。私たちの旧友のタチヤーナには、一三通りのレシピがある。彼女のお気に入りは、酸味のあるりんご「アントーノフカ」をちょっと加えるレシピだ。彼女とその夫である九二歳の医学教授ワレンティーン・スースロフは、今はドイツのマインツにいる。先日、私はウクライナの状況に関するイベントでたまたま近くのフランクフルトにいたので、ふたりを訪ねることができた。

ワレンティーンとタチヤーナが今暮らしているのは、公園の近くの静かな通りだ。マインツのほぼど真ん中にある、ワレンティーンの元同僚のアルムート宅である。アルムート自身は八七歳で、今も車を運転し、様々な形でこの難民の客を手助けしている。彼女は、二階建ての自宅の一階部分を丸々ふたりに明け渡した。アルムートは今も木製の階段を上り下りする元気があるので、二階に生活の場を移した。ワレンティーンがマインツに到着すると、まずは入院して、さらなる切断手術を受けた。長くつらい旅のせいで、傷口がちゃんと治っていなかったからだ。ドイツの外科医たちのおかげで、彼は今は良くなって、一階を車椅子で動き回ることができる。毎日、タチヤーナとモルドヴァ出身のライアという介護士の助けを借りて、彼はフランス窓の高い敷居を乗り越えて庭に出る。その木陰で鳥のさえずりを背景に、ドイツ語で書かれた数巻本仕立ての古代文明に関する挿絵入り百科事典を読むのだ。私がマインツに到着した日には、彼は古代エトルリア人のことを勉強していた。

私たちの思いがけない再会を祝うために、タチヤーナは手早く昼食を用意した。そこにボルシチはなかった。「ウクライナのボルシチ料理の文化」では、準備に二、三時間必要だからだ。私たちの会話は、ボルシチのニュースではなく、古代エトルリアの文化の話から始まった。とはいえ、話題はすぐにウクライナの問題に転じた。ワレンティーンは、初めはドイツで死ぬよりほかないと思っていたが、最近キーウに戻ることをタチヤーナと共に考えるようになった、と認めた。ふたりの知人で、既に戻った人たちもいる。そのうちのひとりは、タチヤーナとワレンティーンのアパートメントへ行き、スーツケースに夏物の服を詰めてドイツへ送ることまでしてくれた。タチヤーナが頼んだものすべてが入っていたわけではなかったが、大事なのはその思いだと彼女は言う。今は、思いやり以上に最強のものはないと感じられることがある。他者のことを考え、できるなら手助けする。どんな場合でも、その他者のことを念頭においておく。

ドイツ国家からタチヤーナとワレンティーンに支給される支援金は、食費にしかならない。ふたりのホストであるアルムートにも、ウクライナ難民を受け入れることでドイツ政府から補償金が支給されることをふたりは喜んでいる。ワレンティーンとタチヤーナはキャッシュカードでウクライナの年金を引き出すこともできる。今のところそれで大丈夫だ。

何十万ものドイツ人の家庭が、今似たような状況にある。きっと常に気楽というわけではないだろうが、数年前に夫を亡くしたアルムートは、話をする誰かがいること、一緒にお茶を飲む相手がいることを喜んでいるように見える。ウクライナの戦争で、彼女の静かな家は人でいっぱいになっている。ちょうどヨーロッパ中がウクライナ人――子連れのウクライナ人女性と年金生活者たちでいっぱいになっているように。その多くは、どの国で自分が死ぬことになるのかわからない。難民女性の夫の多くは、夏の暑さの中で戦っているか、働いているか、もしくはウクライナの田舎でくつろいでいるということもあり得る。六〇歳以下の男性は今も外国に行くことはできない。国家公務員で、将来のウクライナ再建について話し合う国際会議に出席するために、スイスのルガーノへ行く必要がある人は別にして。

難民の中に医師はかなり大勢いる。二〇二〇年、ウクライナの医療従事者の九五パーセントは女性だったので、非常に多くの女性たちが出国した今は、ウクライナは医療分野に問題が生じていると思われるかもしれない。しかしながら、どうやら状況はなかなか良好のようだ。しかし、占領地域の医療問題はずっと深刻である。それどころか悲劇的な状況だ。マリウポリには医者が全くいない。街に残ったものを占拠した後、医療はロシア軍だけが担っていた。そこで占領行政部がロシアから医師を派遣するよう依頼した。直ちに五月の半ば、モスクワから一七名の医師が到着し、併合されたクリミアからも数名やってきた。プーチンの統一ロシア党員の下院議員ドミートリイ・フベゾフは、テレビ記者たちを引き連れて、薬品といくらかの医療装備持参でマリウポリに入った。彼の人道的使命に関する報告が、ロシア連邦内の主なテレビ局で放映された。数日後、モスクワの医師全員がいなくなった。彼らは、勤務するモスクワの病院から無給休暇を取ってマリウポリに手伝いに来ただけだと判明した。彼らと交代する新たなボランティアの医師は来ていない。それにこの街にはもう医薬品もない。マリウポリの以前の医師たちは、ウクライナ政府が支配する地域で既に職を得ている。そのうちのひとりが外科医のオレーフ・シェフチェンコで、私たちの家があるラーザリウカ村から遠くないジトーミル州のアンドルーシウカ町へ移ってきた。アンドルーシウカ病院も長らく医師不足に悩んできた。今ではほぼすべての求人が国内避難民コミュニティの医師で埋まった。シェフチェンコはアンドルーシウカで宿泊先を探してはいるものの、今も病院内で生活し、自分のオフィスで眠っている。彼はギリギリのタイミングで何とかマリウポリを脱出し、ガソリンを分けてくれたウクライナ軍にこのうえなく感謝している。

国内避難をした外科医やその他の医師が仕事を見つけるのは至極簡単だが、歯科医は大変な目に遭っている。ウクライナでは今までも、歯科業界は常に競争が多かった。現在はその競争がより熾烈になっている。同時に、新たに占領された地域には実質上歯科医師がいない。そこに残っている住民は、もし歯の治療が必要になったら、いわゆる「ドネーツィク人民共和国」か「ルハーンシク人民共和国」もしくはロシアにでも行かなければならない。そうするだけの移動手段とお金がある人に限られる。さらに、おびただしい数のロシア軍検問所に、ロシアとの国境や「分離主義勢力の共和国」との国境へ向かう占領地域の住民は阻まれる可能性がある。検問所の兵士たちは、車に乗った人物が本当に歯の治療を目的としているのか疑ってかかる。こいつらは、歯医者に行くふりをして、実際にはクレムリンに近づこうとしている「ウクライナ遊撃隊員」かもしれない。この戦争中新たに占領された地域で、歯痛のある人物とゆめゆめふたりきりになってはいけない。

興味深いことに、ロシアでも歯科分野で劇的な出来事が起こっている。最近、チェチェンのラムザン・カディロフ首長がロシア歯科医師協会から「歯学有功勲章」を贈られた。この授与式はチェチェンの首都グロズヌイで、「グロズヌイ歯科クリニック一号」の新築ビル開業式典中に行なわれた。このクリニックの新館には、最新鋭の歯科設備が導入された。この同じ式典中に、チェチェン首長は同国最上の褒章である「カディロフ勲章」をこの歯科クリニックの医院長ユヌス・ウマロフに授与した。これはすべて筋の通った話で、ロシアの歯科医師たちとラムザン・カディロフは今や友好関係および協力関係にあるのだ。カディロフはもう、歯の治療のためにモスクワやクラスノダールへ飛ぶ必要はなくなった。しかし、ロシアの歯科医たちは、チェチェンで暮らし、働いている者も含め、それほど楽観的ではない。歯の治療用の主な消耗品、歯科設備自体とその補給部品は、現在すべてロシアの侵攻のせいで制裁対象となっている。輸入品である充塡材や義歯の材料の、戦前の在庫分はもう尽きている。ロシア製の材料は品質が粗悪で、仮の充塡にしか使えない。総じて歯科医師は、自分の評判にかかわるリスクは冒したくないので、ロシア製の材料の購入を避ける。ロシアのメディアによると、中国と韓国がロシアの歯科材料市場への参入を狙っているそうだ。一方、ロシアの歯科系企業のバイヤーは、イスラエルに飛び、インプラントに必要な材料と充塡材をスーツケースに入れて持ち帰るようになった。結果として、歯科治療の費用は急騰し、さらに上昇し続けている。多くのロシア人にとって、歯の治療はもう手の届かないものになっている。だから、歯の治療がしたい占領地域に住むウクライナ人に、どんな希望があるというのか？　この状況の緩和を試みる策として、ロシア政府は「輸入代替」における別の解決策を採用している——言い換えれば、偽造品の流通だ。

最終的に、この不足はロシア兵の歯のコンディションにも影響を与えるだろう。何といっても、彼らはロシア国内の材料で治療を受けることになるのだから。しかし、ロシア兵にとって、わずか二週間後に取れてしまう歯の充塡材など、大した問題ではない。彼らの一番の難問は、充塡材が取れる日まで戦いを生きのびることだ。もし生き残れば、また別のを詰めればいい。

ウクライナでは、「歯の前線」ではすべてが良好である。充塡材はスイスとドイツの製品が入手可能だし、治療自体もヨーロッパやロシアのように高額ではない。ウクライナの兵士と民間人は、笑って歯を見せることができる。彼らは勝利を信じている。彼らは自分の医者を信じている。彼らはこの戦争の全戦線ですべてが良好であると信じている。軍事、文化、食、医療のすべてが。

二〇二二年七月一一日
戦争、車、そして夏

ウクライナで最も人気のある知事は、前線となっているミコラーイウ州の長で、明るい色の靴下をはき、ロシア語、ウクライナ語、フランス語、朝鮮語を話し、ビデオメッセージでは何度もジョークを言ってミコラーイウ州民を元気づけようとしている。ミコラーイウ州はほぼ毎晩、ロシアの大砲と弾道ミサイルによる爆撃を受けているのだ。

知事の名前はヴィターリイ・キム。朝鮮系ウクライナ人である。成功したビジネスマンで、ウォロディーミル・ゼレンスキーと同時期に政界入りし、ゼレンスキーの「国民の僕」党の党員である。

ロシアの最初期のミサイル攻撃がミコラーイウを襲い、役所の建物を知事室ごと破壊した。知事は当時そこにいなかったが、建物の崩壊で役所の職員三〇人以上が犠牲になり、知事の報道官もそのひとりだった。ヴィターリイ・キムは別の場所に知事室を置き、引き続きこの州を率いている――ますます騒がしさが強まる軍事作戦がつきもののこの州を。

最近、被害を受けた住居建造物とインフラの復旧作業計画に加えて、キム知事はウクライナ軍と「戦う」必要があった。ミコラーイウ州内には非常に多くの兵士がいて、キム知事はその大半とは何の問題もない。彼が懸念を抱いているのは、常習的に交通違反をし、州内の道路で事故を引き起こす軍の運転手たちだ。

明らかに、軍関係者が民間人には従わないのは常態化しているが、ヴィターリイ・キムは、軍のドライバーたちが不必要に交通違反をした場合はその車両を没収する、と軍隊式の断固たる口調で述べている。問題を起こしているのは戦車や兵員輸送車ではなく、軍の機動性を高め、軍事作戦をより効果的に展開できるよう、全国および海外の有志から寄贈された高速度ピックアップトラックなのだ。

軍人も民間人も共に、ドライバー全員が戦時下での車両運転の訓練を受ければ、事態は改善するだろう。通常の交通ルールが今も適用されているが、軍の車が猛スピードで走っていて、しかもナンバープレートなしで、あたかも何でもありだと警告するかのようにパッシングをしているのも珍しくない状況を目にしていると、交通ルールなど無効になったのだと考えても仕方ないだろう。

間違いなく、軍用車両が絡む交通事故件数が増加した結果として、政府は最近、軍ドライバーに、困難な極限状況で運転するための、プロのレーシングドライバーによる訓練を課す、との決定を下した。

実際は、多くの軍のドライバーは、既に高度な技能を有している。特に前線での運転経験がある場合はそうだ。前線では同乗者全員の生命がその車両のスピードと、素早くハンドルを切るドライバーの能力にかかっている。

この戦争では、交戦の大半は夜間に起こる。前線の軍のドライバーにとって安全の鉄則のひとつが、ヘッドライトをオフにすること。つまり、ドライバーは野原や凹凸の多い大地を横切り、道路をハイスピードで進むことができなければならないだけでなく、見えない中でも運転できなければならない。月夜なら少なくとも目先の障害物の形はわかるので、やりやすいかもしれない。だが夜空が雲に覆われていたら、直感と、自分の車のエンジン音と別の車のモーター音を判別する能力だけで進まないといけない。

前線沿いでは、野原を横切る夜間交通があまりにも激しいので、事故は頻発している。しかし日中でも前線からの行き来はやはり危険で、ロシアの砲撃があるだけでなく、ドライバーの興奮状態と、ソヴィエト時代に生産された古い軍用装備やトラックの性能不良という要因もあるからだ。

ここ数週間で最も悲劇的な車両事故のひとつが、ボランティアの救急車とタイヤがパンクした軍用トラックとの衝突だった。このバスは、戦闘地域からの避難中に負傷者の手当てをするための移動設備車に改造されたものだが、大破してしまった。不運なことに、死傷者が出た——オーストリアの女性救急救命医が亡くなり、ボランティア医療補助者三名と運転手が重傷を負った。

事故で大破した車は、普通は道路脇か野原に放置され、それが他の車にとって問題の原因となる。ミコラーイウ州では、交通事故車両の残骸はかなり早急に撤去される。この州の大半はウクライナの管轄で、キム知事のきめ細かい監督下にある。

前線の向こう側には外国産のピックアップトラックはない。制裁のせいで、ロシアのボランティアには手に入れることができないのだろうか。そうではないと思う。ロシアは今もインドと中国からは車を輸入できる。単に必要がないのだ。ソ連はロシア連邦に数万台の軍用車両を残した。あの広大な国のあらゆる場所から、これらの車両が定期的に列車に積まれてウクライナ方向に運ばれる。現在二〇〇〇キロメートル以上に及んでいる前線のロシア側の道路は、長期保管庫から出庫された古いソ連製軍用車両でいっぱいで、ソヴィエト軍用UAZ製ジープ数百台に、それを大幅に上回る台数の最新の全地形対応ジープがひしめいている。ロシア軍が使用しているもうひとつのタイプの車両があり──ウクライナ軍には該当のものはない──それが移動式火葬車だ。この非常に特殊な車両は道路上の障害物にはならないかもしれないが、ロシアの攻撃による犠牲者の正確な人数を隠滅するのに役立っている。

現時点では、ロシアの車市場はいくつかの問題に直面しているようだ。制裁が科されているため、ロシア人は車のディーラーで買うものがない。だからウラジーミル・プーチンは、ソヴィエトの車ブランド「モスクヴィーチ」の再生産を命じた。製造しやすくするために、ロシア政府は車の安全基準を緩和した。今や助手席のエアバッグの有無は任意になっている。エアバッグはロシアでは生産されていないので、その数を減らすのは非常に助かる。だがロシア人にとって、安全性は大事ではない。大事なのはホイールとちゃんと動くエンジンだ。ラーダやモスクヴィーチ、ヴォルガといったソ連／ロシアの一番人気のモデルは、エアバッグが付いていたことはなかったし、輸入車を買うだけの余裕のない人たちには、ダッシュボードにイコンをくっつけて代用とする。ロシア軍にはまだ充分なホイールとエンジンがあるし、イコンの供給は無限だ。

ウクライナで最も有名な知事が軍のドライバーたちと「戦って」いる間、スコットランドの慈善団体「シヴォーン・トラスト」が派遣するピザのトラックが、この地域に到着した。ボランティアの国際チームが、前線近くで避難せずに家でじっとしていると決めた住民たちのために、ピザ・パーティを企画している。先週、この機動作戦はミコラーイウ州の数千人の住民に、焼きたてのピザをふるまった。

現在はウクライナ国内に五台のピザ・トラックがあり、一台ずつボランティア・チームがついている。シヴォーン・トラストはそれを支援するために冷蔵トラックも送った。これは、ウクライナ国境に近いポーランドの町メディカに専用に建てた倉庫から、材料をピザ・トラックに運ぶ役割をしている。戦争終結までウクライナでピザ・トラックの出動を続ける計画になっている。

戦闘と隣り合わせのウクライナ人にとっても、国内避難民にとっても、作りたてのピザがすぐ近くに届くというのは、非常に特別なことだ——夏の時期をより楽しくしてくれるものだ。

ミコラーイウの住民は常に、自分たちはとても運がいいと思っていた。何といっても近くには黒海と、その有名なリゾート、そして砂浜があるし、広々とした南ブーフ川もあって、その両岸にも別の人気行楽地があるからだ。

　ここのところ太陽が熱く照りつけている。ドンバスの前線沿いの、ミコラーイウとヘルソンの州境で、オデーサ州とキーウ同様、南部戦線は今、去っていく。どこもかしこも暑い。夏は盛りだが、今年は誰も、海辺近くに住む人たちをうらやむことはない。

　オデーサ州ではビーチに行くのは公に禁止されている。すべてのビーチが閉鎖され、多くの場所が有刺鉄線のフェンスで入れないようにしてある。少なくとも二発のロシア軍の機雷がオデーサの海辺近くで爆発し、その破片で行楽客が死傷した。同じような事故はロシア軍が占領した地域でも発生しているが、その地域での占領軍当局による遊泳禁止は出されていない。破壊し尽くされたマリウポリのビーチから、今も人々は海に泳ぎに行く。機雷や砲撃で海水浴客が何人か死んでいるというのに。

　マリウポリのビーチに沿って、ロシア軍の艦艇が海岸線をたえずパトロールしている。武装したロシアの巡回兵は、自動小銃を手にビーチを歩き、戦時にもかかわらず南ウクライナの太陽で日焼けしようとしている人たちの身分証明書を確認している。

　最近、一隻の船が、ノヴォロシーイスクから来た軍艦を伴い、マリウポリの海岸をゆっくりと厳かに通り過ぎた。どちらの船にもロシア正教の司祭が乗っていた。イコンを掲げ、祈禱をしながらのこの戦時の「行進」は、モスクワの軍事テレビ局「ズヴェズダ」（星）が企画したものだ。おそらくロシアの信者に、神はロシア軍をお助けになっていると示したかったのだろう。このテレビ局の記者たちは、ビーチで日光浴を楽しんでいる数名の人たちの場面も挟み込んだ。確かに、海辺で憩う人々の光景は常に穏やかな気分にさせ、安定と平和の思いを喚起しがちである。

ミコラーイウでは、市民の大半が今では南ブーフ川の岸辺で安全に憩うことができる。こちらの方が静かだし、爆発物を踏む危険性も少ない。

キーウの岸辺も人でいっぱいだ。地雷解体作業者が徹底的にすべて確認したので、地雷はない。市の公衆衛生局は、キーウのすべての岸辺に防ダニ処理を施したとも発表した。だから、今心配すべきはロシアのミサイルだけだ。

戦争中にもかかわらず、多くのウクライナ人家族は今も海辺でくつろぎたいと思っている。黒海でないなら、地中海かエーゲ海で。旅行業者は営業中で、外国旅行には、戦争による価格高騰がまだ及んでいない。実際、どちらかといえば今はちょっと安いくらいで、特にバスで行く気がある場合は安上がりだ。ブルガリア側の黒海リゾートで一週間という旅行なら、バス代を含めて料金はひとり二〇〇ドルから。もしエジプトやトルコ、イタリアに行きたいのなら、たぶんモルドヴァのキシナウから飛ばないといけないだろう。モルドヴァ最大の空港が、戦争前よりも相当利用客が増えているのは、ウクライナへの玄関口のひとつになっているからだ。ウクライナは二月二四日以降、外の世界との空の便はなくなっている。

移動に問題があるにもかかわらず、戦争によってウクライナは西側の隣国と近くなった。ポーランドは、ウクライナとの間に未解決の歴史問題がたくさんあるが、その遺恨は脇において、ウクライナの重要なパートナーの一国になっている。モルドヴァは、その工業地域のトランスニストリアがロシアに占領されて久しいが、最善を尽くしてウクライナを支援してくれている。ウクライナ人はモルドヴァ経済の発展に実際に貢献しており、そのことは、この国の主要テレビ局が毎週二番組をウクライナ語で放送するという最近の決定にも影響している。

プーチンがウクライナを「脱ウクライナ化」しようとすればするほど、ウクライナの東西ヨーロッパへの統合がより強まることになる。ウクライナ語の本は既にリトアニア、ポーランド、チェコ共和国で出版されている。東ヨーロッパでは多くのレストランがウクライナ語のメニューを置いている。さらに、ヨーロッパの多くの町や都市にウクライナ料理のレストランが新たにオープンし始めている。こうした店は、ウクライナ難民が経営していることが多く、十中八九、もう帰国しないと決めた人たちだ。しかし、こうしたレストランの利益の一部が、たぶんピックアップトラックの形になって戻り、ウクライナ軍に使用されることだろう——願わくは、よく訓練されたドライバーを乗せて。

あとがき

ウクライナでは、人々は東洋の知恵と文化を驚くほど大切にする。いつだったか一九七〇年代に、日本文化ブームが起こり、当然ながらサムライ・ブームにもなった。それ以来ときどき、ウクライナ人の会話にサムライ由来の格言が飛び出す。「とても長い間、川岸にじっと座っていたら、いつかは敵の屍が目の前を流れゆき、川下へと去っていくだろう」。そんな格言が実際に日本にあるのかどうか私は知らないが、ウクライナでは今も愛されている言葉だ。

あなたがこの本を読んでいる間、私は川岸に座っているのではなく、新しい日記を書いている――もっと正確には、ロシアの侵攻についての日記の続きを書いている。もちろん、マスメディアから、あなたは既にウクライナで何が起きているか概略はご存じだろう。そしてことによると、もし敵の屍が既に流れ去っていれば、私はちょうど二〇二二年二月に着手した小説の執筆に戻っているかもしれない。だがともかく、私の日記は自由と再建を求めて苦闘するウクライナを追い続けるだろう。それもまたいずれ、あなたにお伝えできればと思う。

解説　〈記憶の保管庫《アーカイブ》〉としての日記　沼野恭子

本書『侵略日記』は、キーウ在住のウクライナの作家アンドレイ・クルコフが、二〇二一年一二月二九日から翌二〇二二年七月一一日までの半年あまりの出来事を英語で記した日記の全訳である（原書は Andrey Kurkov, *Diary of an Invasion*, London: Mountain Leopard Press, 2022)。

ロシアがウクライナに侵攻して戦争を始めたのが二〇二二年二月二四日だから、この日記の前半約二ヵ月分は、きな臭い予兆の雰囲気が漂ってはいるものの、ウクライナのいつもながらのクリスマスや村の別荘《ダーチャ》などの平穏な日常が描かれている。ところが、戦争勃発とともに様相が一転し、作家は家族や友人らと西ウクライナのリヴィウに避難することになる。人々は気遣い助け合いながら、何とか現状を把握して生き延びようとする。

もちろん本書は、「日記」と言っても、暮らしぶりや作家がみずから経験したことを綴っただけの単なる「身辺雑記」ではなく、戦況の他、ロシアとウクライナの関係、文化人の役割、歴史的背景、言語の現状など多岐にわたる政治・社会・文化の問題について思索をめぐらし、社会情勢の分析を試みて、読者に文明批評的な視座を提供している。著者は最初から各国語に翻訳されることを想定していたにちがいなく、ウクライナの状況をよく知らない読者にも理解しやすいよう配慮されていて読みやすい。全体として、作家自身が実際に見聞した具体的な出来事と、その背景説明や思索にあてられた部分がほどよいバランスで融合した、非常に優れたルポルタージュになっている。

＊　＊　＊

今回の戦争は、突然起こったものではない。二〇一三年一一月、ウクライナとEUの協定を締結しようとせずロシアにすり寄ろうとしたヤヌコーヴィチ大統領に反発した市民たちが、キーウの独立広場でデモをおこなったことがきっかけで「マイダン革命」へと拡大（ウクライナ語で「マイダン」は「広場」を意味する）。翌二〇一四年二月には、一〇〇人近い死者を出す流血の惨事に至り、同じ月に当時のヤヌコーヴィチ大統領がロシアに亡命して政権が崩壊した。これを受けて三月に、電光石火、まるで報復するかのようにロシアがウクライナ領内のクリミアを強引に併合してしまう。並行して、東ウクライナのドンバス地域（ドネーツィク州とルハーンシク州）で、親ロシア勢力が武力による反ウクライナ暴動を起こし、ウクライナ支持派と親ロシア派の衝突に発展。それ以来、この地域では八年もの間ずっと戦争状態が続いてきたのである。

だから、今から八年前に刊行されたクルコフのもうひとつのドキュメンタリー作品である『ウクライナ日記』（吉岡ゆき訳、ホーム社、二〇一五年。原題は「マイダン日記」。ロシア語原書は *Андрей Курков*. **Дневник Майдана. Харьков: фолио, 2015**）は、まさに本書の姉妹編であり、両者の背景は地続きだといえる。『ウクライナ日記』のほうは、二〇一三年一一月二一日から二〇一四年四月二四日までの約五ヵ月間に及ぶ抗議運動の推移を生々しく綴ったものである。クルコフは、この出来事の舞台である、キーウ中心に位置する独立広場の近くに住んでいたため、マイダン革命の様子を毎日つぶさに観察しては、日々の思いを織り交ぜながら記録に残した。こうして『ウクライナ日記』も本書『侵略日記』も、作家の目を通して刻々と変わりゆく情勢を描き〈記憶の保管庫《アーカイブ》〉に留めておく、現代ウクライナ史についてのきわめて貴重な証言となった。

本書は、二〇二二年度のドイツの「ゲシュヴィスター・ショル賞」を受賞した。奇しくも二〇〇七年度に、ロシアのジャーナリスト、故アンナ・ポリトコフスカヤ（一九五八―二〇〇六）が『ロシアン・ダイアリー』（鍛原多恵子訳、日本放送出版協会、二〇〇七年）で同賞を受賞している。ポリトコフスカヤは、身の危険も顧みずにチェチェン紛争の真相を伝え、プーチン政権を批判し続けた反骨のジャーナリストだ。殺害された後、彼女の日記やメモをまとめた遺作が『ロシア日記（ロシアン・ダイアリー）』である。クルコフの『ウクライナ日記』と『侵略日記』は、〈日記〉というその形式においても、またプーチン独裁体制に抗する姿勢においても、ポリトコフスカヤの衣鉢を継ぐものといえるのではなかろうか。

＊　＊　＊

アンドレイ・クルコフは、一九六一年ソ連のレニングラード州ブードゴシチという小さな町で生まれた。三歳のときに家族とともにキーウに移り、一九八三年にキーウ国立外国語教育大学を卒業。日本語を学んだこともあるといい、卒業後は、新聞社や出版社で編集の仕事に携わった。八五年から八七年までオデーサで警備兵として軍務に服している。

早くから母語のロシア語で創作活動を始めていたが、国際的な名声を得たのは、『ペンギンの憂鬱』（沼野恭子訳、新潮社、二〇〇四年。ロシア語原書は、一九九六年の初版では「局外者の死」というタイトルだったが、その後「氷上のピクニック」に変更された）という長編がヨーロッパのいくつもの言語に翻訳され人気を博してからである。これは、ソ連が崩壊しウクライナが独立してまもない頃のキーウを舞台に、ペンギンと暮らす売れない物書きの主人公が、謎めいた事件に巻き込まれていくというサスペンス・タッチの物語である。新聞社の依頼であらかじめ追悼記事を書いておくという仕事を引き受けたところ、記事を書かれた人たちが次々に亡くなっていく。プロット展開の巧みさ、偶然預かることになった女の子やペンギンの可愛らしさ、独特のユーモアやペーソスが加わって、読者を飽きさせることのない魅力的な小説としてベストセラーとなった。日本でも二〇二三年現在、一七回、版を重ねている。

他にも、『大統領の最後の恋』（前田和泉訳、新潮社、二〇〇六年）、『ピックフォードの世界』、『ジミ・ヘンドリックスのリヴィウ公演』、本書でも何度か言及されている『灰色のミツバチ』などの長編小説があり、三〇以上の外国語に訳されているという。また、映画のシナリオや児童向けの童話も数多く手がけている。

執筆年代からして『ウクライナ日記』と本書という二つのドキュメンタリー作品の間に書かれた小説『灰色のミツバチ』（二〇一八年）は、とくに重要な作品だ。ドンバス地域の「グレイゾーン」の村に住む養蜂家が主人公なのだが、ここは、ウクライナ側もロシア側も制圧できない、つまり白でも黒でもない「灰色（グレイ）」の一帯なのでこう呼ばれている。どっちつかずの主人公セルゲーイチのあだ名も「グレイ」をあらわすロシア語「セールィ」なのは偶然ではあるまい。ときおり銃撃音が聞こえ、村にはたったふたりしか住民が残っていない。小説の前半は、電気も止まり食糧の調達もままならない日々が淡々と描かれ、孤独な主人公の寂寥感が『ペンギンの憂鬱』に似た雰囲気を醸しだしている。後半になると、ミツバチとともに戦禍を逃れてクリミアまで旅するロードムービー的な展開となり、『ペンギンの憂鬱』の続編として書かれた『カタツムリの法則』を思わせる。両者を合わせたような構成から成るこの作品は、クルコフの面目躍如といったところでじつに面白く、完成度も高い。『灰色のミツバチ』で作家は、フランスのメディシス賞（外国小説部門）とアメリカの全米図書批評家協会賞その他を受賞し、国際的に非常に高い評価を受けている。

クルコフは、二〇一八年から二〇二二年までの四年間、二期にわたって「ウクライナ・ペン」（ペンクラブにあたる組織）の会長を務めた。それまでも世界中を飛び回って講演をしたりさまざまなイベントに出席したりしていたが（二〇一五年には国際シンポジウム「スラヴ文学は国境を越えて――ロシア・ウクライナ・ヨーロッパと日本」に参加するため来日している）、今回の戦争が始まってからは、ウクライナを代表する作家としてウクライナの現状を世界の人々に知らせることを「使命」であると強く自覚し、ますます積極的に活動している。

＊　＊　＊

本書ではどのようなことが論じられているのか。とくに大事だと思われる論点をいくつか取りだしてみよう。

まず、目を引くのがウクライナの人々の結束である。革命前のロシア帝国の時代からソ連時代の終焉まで、長きにわたりさまざまな形でロシアの弾圧や抑圧を受けてきたウクライナが、悲願の独立を果たしてから約三〇年。当然のことながら、ウクライナ人としては独立と領土の保全をやすやすと手放すわけにはいかない。ゼレンスキー大統領のリーダーシップを支持して、かつてないほど団結しているように見える。ロシアの攻撃により住み慣れた家から逃げ出さなければならなくなった人々は互いに助けあい、慰めあい、困っている人に手を差しのべあう。クルコフ夫妻も、西ウクライナに逃れ、見ず知らずの人にアパートを貸してもらい、何でも使っていいと親切にされるし、キーウの地下鉄駅は住居を兼ねた防空壕となり、プラットフォームが無料映画館に変貌する。そんな状況の中で、しだいにウクライナ人としての自覚が強まっていく。

だから本書は、クルコフ自身が「前書き」で記しているとおり「ロシアがウクライナを侵略した記録であるだけでなく、ロシアから押しつけられたこの戦争（…）が、いかにウクライナのナショナル・アイデンティティ強化に寄与したかという記録でもある」（12ページ）のだ。

このことと深く関係しているが、第二に、ウクライナの人たちはみずからのアイデンティティを形成していくにあたり、「侵略国ロシア」との相違を強調する。プーチン大統領がロシア・ウクライナ・ベラルーシの「一体性」を主軸とする〈ロシア世界《ルースキー・ミール》〉のイデオロギーを振りかざしている以上、それに対抗するためには、ウクライナがどれほどロシアと異なっているかを際立たせる必要があるのだろう。クルコフも、「ウクライナ人は自由と個人主義を志向し、ロシア人は権力に隷従し集団主義を志向する」というようにウクライナとロシアの国民性を対比的に捉えている。しかし、これは、反体制のロシア人が一定数いることや、ロシアとウクライナの両方にルーツを持つ人も多いことなどを考えると、やや単純な二分法であるように思えないでもない。現在は戦時下でもあり、またEUなどヨーロッパの代表が戦争の構図を〈自由と民主主義のウクライナ〉対〈強権と全体主義のロシア〉と見定めている影響が大きいのだろうが、本来ウクライナのナショナル・アイデンティティは多様性を認めることにあったのではなかったか。

第三に、ロシア語・ロシア文化の排斥問題も重要である。ウクライナの人々が侵略国の言葉を忌み嫌い、ロシア文化を憎むのはもちろん理解できる。しかもロシア語話者がいるところはすべて「ロシア」であるという上述の〈ロシア世界《ルースキー・ミール》〉のイデオロギーがウクライナ人のロシア語離れを加速させているのだから、責められるべきはプーチン政権であることは言うまでもないのだが、世界中で（ウクライナに肩入れするあまり）ロシアに由来する文化を一から十まで否定しようとする現象が見られるのは行き過ぎではないのか。

じつは、こうした状況は、ロシア語を母語とし、民族的にはロシア人だが「ウクライナ作家」を自認しているクルコフにとって、非常にデリケートで辛く複雑なものとなっている。彼は、二〇二二年三月一六日付『朝日新聞』に寄稿した記事に、「私はもうロシアの文化や歴史にも興味は持てない。ロシアには二度と行かないし、本も出版しない」と綴っていた。そしてエッセイやFace Bookへの投稿をロシア語からウクライナ語に切り替えた（ゼレンスキーも母語はロシア語だが、戦争開始以後はウクライナ語を使用している）。本書の執筆も英語である。

しかし本書に、「私も憎しみでいっぱいだ。けれども、私が読んで育った大好きなソヴィエトの作家の作品を読むのをやめることはしない。オーシプ・マンデリシュタームやアンドレイ・プラトーノフ、ボリス・ピリニャーク、ニコライ・グミリョフを避けたりはしない」（158ページ）という一節があり、彼が、抑圧されたロシアの作家たちまでも否定しているわけではないことが知れる。この件について作家本人に問い合わせたところ、「今は生理的にロシアのものを読むことができないが、ロシア文化への（人々の）態度は、戦争が終わって二〇年、四〇年したら変わるかもしれない。一九四五年以後二〇年間ほど、全ヨーロッパがドイツ文化を拒否した歴史が繰り返されるだろう」との返信があった。二〇一五年に来日したときには、「ロシア語がかならずしも支配者の言葉というわけではないことを示すためにも私はロシア語で小説を書く」と語っていたのだが、侵略戦争はそうした良心的な思いをもかき消してしまったようだ。今は、「（ロシア語話者の作家や知識人は）ウクライナ語話者の同業者の三倍も愛国的であることを示さなくてはならない」（281ページ）状況なのである。

第四に、ロシア人のアイデンティティについて、グラーグ（強制収容所）の記憶が軽んじられ、「グラーグとスターリンの弾圧がロシア人の歴史的トラウマにはならなかった」（108ページ）こと、つまり、ロシア人が自分自身の暗黒の過去をきちんと清算し、記憶に留めようとしなかったことが指摘されているが、これは非常に大事な論点だと思う。ロシアでは、一九八〇年代半ばより「メモリアル」という人権団体がスターリン時代の粛清や弾圧に関する史実を調べあげて記録・公開する活動を熱心におこなっていたのだが、戦争開始の直前に最高裁により解散が命じられてしまった（二〇二二年「メモリアル」はノーベル平和賞を受賞）。権力者はえてして自分にとって都合の悪い真実をもみ消し「エセ歴史」を仕立てあげるものである。だからこそ、本来の歴史研究やジャーナリズムと並んで、私的な日記や手記や証言が〈記憶の保管庫《アーカイブ》〉として貴重なのである。

最後に第五として、本書で述べられているもうひとつの論点である文化の意義に触れておく。著者は、「人は水や空気がなくては生きられないし、文化がなくても生きられない。文化は人生に意味を与える。ゆえに大災害や戦争の時期にはことのほか重要になる」（228ページ）としている。そして、ウクライナ文化こそ、ウクライナ人の「尊厳＝魂」を守る「目に見えない鎧」であると力強い比喩であらわしているのが印象的であり、感動的でもある。

クルコフは、二〇二三年の前半、アメリカのスタンフォード大学に招聘され、ポスト・ソヴィエト文学やクリエイティヴ・ライティングを講じた。この間も戦争はずっと続き、今なお停戦の糸口すら見えない。なお、ロシアの侵略開始からちょうど一年目の二〇二三年二月二四日から三月二日までの一週間分の彼の日記が、『新潮』二〇二三年九月号の特集「テロと戦時下の2022−2023日記リレー」に掲載されている。あわせてお読みいただければ幸いである。作家は今後、ノンフィクションはウクライナ語・ロシア語・英語で、小説はロシア語で書いていくつもりだという。

二〇二三年七月二〇日

ぬまの・きょうこ　東京外国語大学名誉教授

［著者］

アンドレイ・クルコフ（Andrey Kurkov）

ウクライナはキーウ在住のロシア語作家。1961年ソ連のレニングラード州ブードゴシチに生まれ、3歳のときに家族でキーウに移る。キーウ国立外国語教育大学卒業。オデーサでの兵役、新聞や出版社の編集者を務めるかたわら、小説やシナリオを執筆。1996年に発表した『ペンギンの憂鬱』が国際的なベストセラーとなり、クルコフの名を一躍有名にした（邦訳は沼野恭子訳、新潮クレストブックス、2004年）。著作は30以上の言語に翻訳されている。日本では『大統領の最後の恋』（前田和泉訳、新潮クレストブックス、2006年）、『ウクライナ日記』（吉岡ゆき訳、ホーム社、2015年）も紹介されている。2014年フランスのレジオンドヌール勲章を受章。2018年から2022年までウクライナ・ペン会長を務める。2022年、本書でドイツのゲシュヴィスター・ショル賞を受賞。

［訳者］

福間 恵（ふくま・めぐみ）

東京大学大学院人文社会系研究科博士課程（現代文芸論）単位取得満期退学。記事翻訳・出版翻訳を手がける。訳書に『英文創作教室』（共訳、研究社）、『作家たちの手紙』（共訳、マール社）、『アニマル・スタディーズ』（共訳、平凡社）などがある。

装幀　　水戸部 功
本文組版　一企画
地図　　内藤画房
校正　　麦秋アートセンター
編集協力　原 真咲

侵略日記《しんりゃくにっき》

2023年10月30日　第1刷発行

著　者　アンドレイ・クルコフ

訳　者　福間《ふくま》 恵《めぐみ》

発行人　清宮 徹

発行所　株式会社ホーム社

〒101-0051
東京都千代田区神田神保町3-29 共同ビル
電話 ［編集部］03-5211-2966

発売元　株式会社集英社

〒101-8050
東京都千代田区一ツ橋2-5-10
電話 ［販売部］03-3230-6393（書店専用）
［読者係］03-3230-6080

印刷所　TOPPAN株式会社
製本所　加藤製本株式会社

ISBN 978-4-8342-5375-7　C0098

ホーム社のノンフィクション

ぼくは挑《ちょう》戦《せん》人《じん》

著 ちゃんへん. 構成 木村元彦

【単行本／電子書籍】

在日差別に苦しんだ少年時代にジャグリングと出会い、パフォーマーの道へ。世界82の国と地域で公演、様々な人と交流し“自分の役割”を見出した著者が半生を振り返る。アイデンティティをめぐる長い旅の軌跡。

ホーム社のノンフィクション

生命《いのち》の旅、シエラレオネ

加藤寛幸

【単行本／電子書籍】

2014年、西アフリカのシエラレオネ。壮絶なエボラの治療現場で必死に戦うこどもたち――。国境なき医師団の小児科医が、汗と涙の日々を描き、生命とは何か、利他とは何かを問う感動作。さだまさしさん推薦！